新剑侠

民国武侠小说典藏文库·陆士谔卷

陆士谔 ◎ 著

中国文史出版社

海上奇才陆士谔(代序)

二十世纪初到四十年代，上海滩出现了一位奇才，他精通医道，医德高尚，曾被誉为上海十大名医之一；他著作等身，医学专著四十余种，各类小说一百余种，是当时享有盛誉的名作家。这位奇才就是陆士谔。

陆士谔，名守先，字云翔，号士谔，用过多个笔名：沁梅子、儒林医隐、珠溪渔隐、梦天天梦生、云间龙、云间天赘生、路滨生、龙公等。晚清光绪四年（1878 年）生于江苏青浦珠街阁镇（今上海市青浦区朱家角镇）一个书香家庭。九岁起，跟随青浦名医唐纯斋学医，前后共五年。十四岁到上海一家当铺做学徒，不久辞退回家，在朱家角一边行医一边大量阅读医书和各种"闲书"。二十岁再到上海行医，因业务清淡，遂改业租书，购置一大批读者欢迎的小说，日间以低价出租，晚上潜心研读这些小说，不但能维持生计，而且渐渐悟出写作诀窍，先写些短篇，试着投稿报馆，竟获一再刊登。他写兴更浓，由短篇而中篇，由中篇而长篇，有些还印成单行本，风行一时。此时他认识了小说界前辈海上漱石生孙玉声，孙玉声知道他做过医生，对医道有研究，劝他重开诊所。他听从劝告，此后坚持一边行医，写医学专著和有关掌故，一边撰写小说，直到1944 年因中风不治在上海家中逝世，享年六十六岁。

陆士谔一生整理、编注、创作医著和医文四十余种，对清代

1

名医薛生白（1681—1770）、叶天士（1666—1745）的医案钻研极深，编注过《薛生白医案》《叶天士医案》《叶天士手集秘方》等重要著作，自著十余种，最重要的是《医学南针》初、二集，其业师唐纯斋为之作序，赞他"以预防为主医学，极深研几，每发前人所未发"，"以新说释古义，语透而理确"。他以所学理论行医，悉心诊治，常能妙手回春。1925 年，一位广东富商请其出诊，为奄奄一息、众名医束手的妻子治病，经过半个月的诊治，病人霍然而愈。富商感激涕零，登报鸣谢一个月，陆士谔的医名由此大振。在沪行医期间，陆士谔以其精湛的医术、高尚的医德，被誉为上海十大名医之一。

陆士谔以医为业，业余还创作了百余种小说。为陆士谔研究付出过艰辛努力的田若虹教授给予高度评价："陆士谔的小说全面地反映了晚清民国时代的社会面貌、重大事件，笔触遍及政治、外交、文化、经济、军事等各个方面，展现了封建末世的一幅真实画图。""他以强烈的愤怒抒发了对社会官场魑魅魍魉的谴责与鞭笞，以感情充沛的笔锋表现了对反帝爱国志士的赞扬与尊敬，用热情洋溢的话语描述了其理想中的新中国。这一切憎爱分明的情感，铭记着时代的苦难痕迹，闪耀着陆士谔在十九世纪末、二十世纪初那个特定的历史阶段与时代同脉搏、与人民共呼吸的真挚情感。同时也热切地表达了其欲挣脱'衰世'腐败黑暗的社会及卑污风气，挣脱束缚、压抑之环境，追求美好自由新境界的愿望。他对现实的愤怒与对未来的追求融汇交织其中，感情激烈而奔放，语言辛辣而犀利，文风格调亦具有时代精神的特征。在封建制度大崩溃之前夕，陆士谔等近代小说家们的那些充满激情的篇章、声情沉烈的创作颇具现实意义。"①

---

① 见田若虹：《陆士谔小说考论》，上海三联书店 2005 年 7 月初版。

陆士谔的小说不仅数量多，而且题材极为广泛，田若虹教授将其分为社会小说（52 种）、武侠小说（22 种）、历史小说（10 种）、医界小说（3 种）、笔记小说（18 种）、科幻小说（2 种）和纪实小说（即时事小品 110 则），共七类。正因为认识到陆士谔小说的社会价值，1988 年起，先后有十余家出版社重印了一般读者较难看到的陆士谔小说，如《新孽海花》《血泪黄花》《十尾龟》《荒唐世界》《社会官场秘密史》《最近上海秘密史》《商场现形记》《新水浒》《新三国》《新野叟曝言》《清史演义》《清代君臣演义》《清朝秘史》《八大剑侠传》《血滴子》等十余种，其中最著名的是《新上海》《新中国》和《八大剑侠传》《血滴子》。

　　撰于 1909 年的《新上海》深刻揭露了清末上海十里洋场种种光怪陆离的"嫖、赌、骗"丑恶现象，竭力描写，淋漓尽致。1997 年，上海古籍出版社将其与李伯元的《官场现形记》、吴趼人的《二十年目睹之怪现状》等一起列入"十大古典社会谴责小说"。1910 年，又撰《新中国》，小说以第一人称写作，以梦为载体，作者化身陆云翔，描述梦中所见：上海的租界早已收回，建成了浦江大铁桥、越江隧道和地铁……2009 年 12 月，为配合宣传 2010 年上海办世界博览会，有出版机构重印了这部小说，国内外媒体也纷纷报道，极大地提高了陆士谔的知名度。

　　陆士谔还以清初社会现实为背景，从 1914 年到 1929 年，十六年中写出二十余种武侠小说：《英雄得路》、《顾珏》（以上为文言短篇，分别载于《十日新》杂志和《申报·自由谈》）；《八大剑侠传》（原名《八大剑仙》）、《血滴子》（又名《清室暗杀团血滴子》）、《七剑八侠》、《七剑三奇》、《小剑侠》、《新剑侠》（以上后合编为《南派剑侠全书》），《红侠》、《黑侠》、《白侠》、《三剑客》（以上后合编为《北派剑侠全书》），《雍正游侠传》、

《今古义侠奇观》、《江湖剑侠》、《八剑十六侠》、《剑声花影》（原名《侠女恩仇记》）、《飞行剑侠》、《古今百侠英雄传》、《新三国义侠》、《雍正剑侠奇案》、《新梁山英雄传》、《续小剑侠》（以上为白话长篇，多由上海时还书局出版）。

这些小说中的人物，出场最多的是康熙、雍正时的八大剑侠，即路民瞻、曹仁父、周浔、吕元、白泰官、吕四娘、甘凤池和了因和尚（俗家名吴天巍），他们是南明延平王郑成功部下，明亡后，存反清复明大志，在各地行侠仗义，扶危济困，名震天下。书中由正面转为反面的人物是年羹尧和云中燕（"血滴子"暗器发明者），起初也行侠惩恶，后来却创办血滴子暗杀团，帮胤禛夺得皇位，最后被雍正卸磨杀驴，下场悲惨。陆士谔笔下这两组人物故事当时吸引了无数读者，不仅小说一再重印（《八大剑侠传》《血滴子》竟印到 21 版），而且被改编成京剧连台本戏和电影《血滴子》，红极一时。受其影响，在陆士谔原著的基础上，稍后出道的民国武侠北派五大家之一的王度庐，1948 年写出《新血滴子》（又名《雍正和年羹尧》）。至 1950 年代，香港武侠名家梁羽生发表《江湖三女侠》，吕四娘、白泰官、甘凤池和了因的形象更为生动；台湾武侠名家成铁吾更写出 350 万字的巨著《年羹尧新传》，使原本笔法相对平实质朴的故事奏出了华彩乐章。

最后值得一提的是陆士谔 1915 年 3 月 19 日发表于《申报·自由谈》的文言笔记小说《冯婉贞》，记载了 1860 年英法联军火烧圆明园时，北京民女冯婉贞率领数十年轻村民痛击联军，杀死近百名敌军，成为近代民族英雄的杰出代表。此文 1916 年被徐珂略作修改后收入《清稗类钞》，二十世纪六十年代又被收入中学范文读本。

2014 年起，中国文史出版社陆续推出了"民国武侠小说典藏文库"和"民国通俗小说典藏文库"两大系列丛书，先后整理、重印了还珠楼主、白羽、郑证因、朱贞木、平江不肖生、徐春羽、望素楼主、顾明道、刘云若、张恨水、冯玉奇、赵焕亭、李涵秋等作家的全部或大部分小说，深受读者欢迎，并获研究者的好评，此番又将重印陆士谔的大部分武侠小说，从《八大剑侠传》到《飞行剑侠》，共15种，真是功德无量！望文史社编辑诸君再接再厉，将建修两大文库的宏伟工程进行到底，使这份珍贵的文学遗产永久传存于世间！

林　雨

2018 年 12 月于上海

目　　录

第一回　严绍模变产谋州官
　　　　倪邦达保镖遇剑侠 …………………… 1

第二回　闭塞言路国师得宠
　　　　牵引内线家姬说情 …………………… 9

第三回　赐知县风流太傅宅
　　　　揽讼事武断翰林家 …………………… 16

第四回　富妇丧儿荒冢横尸
　　　　巨绅翻案冷衙释囚 …………………… 23

第五回　无端相逢仇家今日
　　　　不期而遇客邸故人 …………………… 30

第六回　劫亲贵谷横秋被擒
　　　　送珠宝郑金氏落窟 …………………… 36

第七回　侠去千里珠还合浦
　　　　人来午夜家认南皮 …………………… 43

第八回　叙得失绿玉琢名花
　　　　述离合青剑游胜地 …………………… 50

第九回　案中案李生诉细情
　　　　侠外侠甘女遭敌手 …………………… 57

第十回　书留破晓壮士惊心
　　　　额悬重赏市侩设计 …………………… 63

1

第十一回　山阴城陈世刚惹祸

　　　　　嘉鱼县阳亮澄就幕 ………………… 70

第十二回　妆台花迷巡抚失印

　　　　　官署火起县令入彀 ………………… 77

第十三回　敛贿赂贫士筑富宅

　　　　　逞伎俩无赖谒讼师 ………………… 84

第十四回　两人见证媒孽有据

　　　　　三堂会审冤狱无头 ………………… 90

第十五回　钦使南下秦海充军

　　　　　剑客北上穆相缉盗 ………………… 97

第十六回　掷布袋白日还头颅

　　　　　踏屋瓦黑夜闻啜泣 ………………… 104

第十七回　七尺躯祝吏报恩情

　　　　　一封书云侠排患难 ………………… 111

第十八回　叠石为牢古树成栅

　　　　　瓣香祝寿绿玉记功 ………………… 118

第十九回　探隐衷姊妹花并蒂

　　　　　假横祸宾主毒熏心 ………………… 125

第二十回　侠偶待刑冤火通红

　　　　　奸众枭首怒剑飞白 ………………… 132

第二十一回　叨恩泽绿花赏殿陛

　　　　　　儆奸邪碧血满官衙 …………… 140

第二十二回　箭收弓藏计售皇子

　　　　　　香消玉殒胆落宠姬 …………… 146

第二十三回　人亡镜破旧尹收场

　　　　　　锦簇花添新任到县 …………… 152

第二十四回　葛鸿禄触机起祸心

　　　　　　萧福成临难遇奇侠 …………………… 158

第二十五回　破庙避雨得师乘剑

　　　　　　长亭坐夜失路逢人 …………………… 166

第二十六回　老成西去礼尽师生

　　　　　　山客北来义访故旧 …………………… 172

第二十七回　万飞山横行遭屈辱

　　　　　　于啸海狭路得引援 …………………… 178

第二十八回　八角亭劫后话余生

　　　　　　青龙寺灯前圆骨肉 …………………… 184

第二十九回　大雄宝殿六义聚首

　　　　　　人间地狱孤剑探幽 …………………… 191

第 三 十 回　白幼堂遇救还残躯

　　　　　　李清渠仗义揭冤幕 …………………… 199

第三十一回　琴堂老吏平翻疑狱

　　　　　　深山众伙围劫刑犯 …………………… 206

第三十二回　敕谕空颁强夷入寇

　　　　　　督院新易壮夫落荒 …………………… 212

第三十三回　葛凤藻山寺圆破镜

　　　　　　胡元炜府署拯同窗 …………………… 218

第三十四回　倡耶教国士初被逮

　　　　　　兴团练群英新结义 …………………… 224

第三十五回　平隘山钱江论战策

　　　　　　金鸡岭罗宇称枭雄 …………………… 230

第三十六回　良友登山手舞足蹈

　　　　　　官兵袭寨血溅肉飞 …………………… 237

第三十七回　李清渠县堂释义士

　　　　　　于啸海客舍典奇珍 …………… 243

第三十八回　认玉树姚氏图奸谋

　　　　　　给剑侠欧阳施骗术 …………… 250

第三十九回　十里庄毒酒魔侠骨

　　　　　　姚家店恶侩设银坑 …………… 256

第 四 十 回　地窟银窖残剑解缚

　　　　　　朱门绣户浩劫成灰 …………… 262

附录：陆士谔年谱 ……………………… 田若虹　269

第一回

严绍模变产谋州官
倪邦达保镖遇剑侠

话说清朝自顺治入关以来，历康熙、雍正、乾隆、嘉庆，以至道光，帝经六易，岁历一百七十有七年。

当日爱新觉罗氏努尔哈赤起兵满洲，何等悍勇兴旺，子孙绳继，一再摧残。顺治、康熙还能把守旧业，雍正便谋皇夺位、杀戮宗室，那乾隆虽是个英明果敢之人，因信用和珅，遂至金壬满廷，朝纲倒柄，再后嘉庆不过粉饰太平，又无振作之气。到了道光，只剩些衰微暗弱之象，再无崇隆阳刚之机，渐渐清朝国脉一天天但有削弱。那道光皇帝又是个昏昧无才之主，更是奋兴不起，因此内而革命军洪秀全起义，外而英吉利强夷入寇，弄得天下大乱，民无一夕之安。

在这时代，倒有惊天动地、骇人听闻的几个剑侠应运而生，上游帝皇宰相之家，下步户牖绳枢之门，心抱孤诣，身历万险，练得一剑在手，吐长虹十丈之光，上天拨云雾，下地斩海水，倒能伸缩自如。凭你个横魔十万，再也挣扎不及，岂不是惊天动地、骇人听闻之事？江湖上因此起个名儿叫作新剑侠的就是。

这话从何处说起？也不在帝皇之家、侯门之宅，先要说个山野僻乡小康人家，住在浙江省平湖县城外藕家村，姓严名家炽，表字绍模的一桩家下小事。

这严绍模是个做丝茧生意出身，上无祖产，旁无宗族，藕家村一村，只是他一家姓严的，亏他勤俭成业，年年赚些余钱。自从二十几岁，出门做买卖，干到三十多岁，十几年工夫，家下着实积蓄几个辛苦钱，因此买田置产起宅娶妻，倒整整成了一户小康人家。只缘独立无助，又没个宗族亲戚，藕家村人见他白手成家，气愤不过，便常想些法子，往严绍模头上拷竹杠。偏是严绍模是个小本生意出身，生成一副悭吝脾气，死也不肯拿出一文钱来。因此藕家村一班流氓劣绅越发心中不甘，合着无端贾祸，凭空闹出许多不关紧事。有时勒捐，有时暗算，有时把严绍模拿到官中，弄到后来，无非是花钱了事。严绍模一年之中，这种冤枉钱至少要花去十几遭，心中老大不安，却也无法可想，与他妻子程氏商量。

程氏本是个官家婢女，因那官家在和珅抄家之后，因同党累及，人亡家破，便把程氏卖与嘉兴府城开丝栈的名作程开发为婢。程开发年过半百，膝下只有一子，见程氏聪明伶俐，又懂得大家闺范，因收为养女，认姓程氏。程氏也就忘了亲生父母，究不知是姓甚的，只作程开发老夫妻当父母。程开发与严绍模本是生意上主客帮朋友，因两人年龄相差甚远，故严绍模以父执敬事程开发，程开发见严绍模精明干练，少年老成，就把程氏配与严绍模为妻。严绍模这时在藕家村已置有薄产，娶妻成家，夫妇两口子也很快活自在。家下雇了几个农工，一面耕种，一面仍是兼理旧业，只因历年被村人欺侮，害得不能安居乐业，当下与程氏商量。程氏原也是很有心计的人，向来又长在仕宦之家，见她丈夫这样忧虑，早思一计，说道：

"独龙不敌地头蛇，我们长此下去，花钱还是小事，把人都要气坏了。依我看，不如把所有产业卖他个光，省得他们早晚来打算，我们不如拿钱去捐官做，将来再和他们说话。眼前的亏吃了也罢了，你以为何如?"

严绍模道:

"我也是这么想，只是俗语有句话，做官人家一篷烟，生意买卖淌来钱，种田财主万万年。我心中委实不想做什么官，做什么生意，只打定主意，来此种田。争奈他们一颗子流氓过我不去，我只好改业。可是有两层很觉困难，一来做官没有门路，二来我的财产卖给谁去? 要卖与本村人呢，那简直是烂羊头一般白送去，还见什么钱?"

程氏道:

"这个我也想过，做官倒不愁没有别路。至于变卖产业，本地人果然靠不住，不如找我家哥哥去召卖，托他行事，人头比你熟，手势也比你顺些。"

原来这时，程开发老夫妻早已亡故，程开发的儿子程继发当立门户，继承父业，为人倒很机警圆稳，故此程氏把这话提起。

严绍模道:

"不差，托继发兄干去，定然妥当。好在我们往后的日子多了，忙不在一时，准定请他慢慢设法，只问你说做官不愁门路，究是哪一条门路呢?"

程氏道:

"讲起这人，你也见过的，就是我那王家姊姊，如今她嫁的丈夫是个嘉善人，名作包志茂，不是在国师爷杜大人跟前当领差吗? 现今国师爷是何等威望? 万岁爷何等信任? 王家姊夫得着这么一个主子，真是鸿运当头。我听王家姊姊说过，国师爷有什么话，都要吩咐王家姊夫包志茂的，这不是大大一条门路吗?"

严绍模一壁听，一壁点头说道:

"不差不差，那年你我到嘉兴去，路上遇着的包爷你说就是

3

王家姊夫，我也认得的，果然是一条门路。"

程氏笑了笑道：

"我虽是个女子，夸一句口，还有什么世面不见过？正好比平常男子见得广呢！做官的勾当，不消说了。"

严绍模道：

"好好，一定如此干去，你等着做官太太是了。"

原来程氏所说的王家姊姊，也是婢女出身，与程氏本系一伙的，生得花枝样苗条，挟着聪明能干，同为主子看重。两人结为姊妹，惺惺相惜。后来，程氏卖与程开发，收为养女，王氏也嫁了一个少年。因那少年不务正业，养不起妻子，王氏遂改嫁了包志茂，为第二房媳妇，故此程氏想妥停当，自觉十分可靠。严绍模听程氏一番话，自然遵照办理，于是先往嘉兴，面托程继发变卖财产。程继发问明情形，知妹夫严绍模做事向来仔细，虽卖产求官，觉着稀奇，究属事非关己，也不阻止。果然程继发交游广阔，手势敏活，不上半个月，把严绍模产业如数售尽，卖价却也不高不低，很觉得当。程氏不胜之喜，严绍模血产发卖，心中未免有点儿感慨，不住地暗暗叹气。倒是程氏直接痛快，说道：

"你何必这样颠三倒四地怙恤着，我们做了官，还怕没有钱使？有了钱有了势，要什么便什么，这些田产也值得搁在心里？我们受了藕家村恶气还不少，着实要吐口气报复报复咧。"

严绍模被这一说，自然兴奋起来，声声答应道好。程氏道：

"如今不说别的，我们藕家村房子，暂时租给人家，我且到我哥哥家去，横竖吃着用着，都是我自己的，想来我哥嫂也不会讨厌。你拿八千两银子上北，余多的留下，我要买田，托我哥哥在嘉兴买去，买不到时，我存在庄家放款收利是了。"

严绍模道：

"一切由你主持，我很放心，我也用不着带许多银子，多带

4

多用，拿三千两银子去也够了。"

程氏道：

"你又要这么打算了，须知谋官是不能可惜钱的，既是这样，你拿五千两银子去，要不够时，再来兑取。"

于是夫妻二人收束家务，程氏即往嘉兴她兄程继发家居住，严绍模办了行装，程氏又买了许多送货，都给那包志茂与王氏两人的。即日动身，一路无话。

约莫十几天光景，行到德州，在客店下车，道讯店中掌柜的，回说：

"由德州北上，二三百里开阔无人家，中间只有乌龙驿一站可以下宿。那乌龙驿四面都是盗窝，前进更是危险，商贾行旅没有保镖的，不敢独行。"

严绍模行装也颇充实，为人更极细到，听到这话，少不得雇人保镖。又问掌柜的：

"谁家镖店最妥？"

掌柜的回说：

"此地有一倪家老店，是祖传行业，一手看家拳老练精到，到处都有熟伙。倪家旗帜出去，万无一失，从来没有出过事，最是妥当不过的。客官如果更要老到，最好请倪家店主倪邦达亲自出马，不过他老人家是很忙的，不知在不在家，肯不肯去，倒要看客官的造化了。"

严绍模忙问：

"倪邦达是本地人吗？倪家店在什么地方？"

掌柜的笑道：

"客官究是来路人，是不懂的。这位倪爷四海扬名，江湖上人谁也够不上和他攀谈，本地没个不知倪家老店的，你往东门一问就是了。"

严绍模唯唯答应，直往东门问讯，果有倪家老店。刚到门前，里面走出一个小子，迎面前来问道：

"达官可是要上北吗？"

严绍模道：

"正是。特来招请。"

小子闻言进去，一会儿，见一高架汉子自里间踱出门来。严绍模打量这人，四十五六年纪，满面红麻皮，挺胸突肚，意想必是倪邦达了。因言明来意，并问：

"汉子就是店主倪英兄吗？"

汉子道：

"在下正是。达官来得不巧，兄弟们都随客去了，须得明天午后回来。"

严绍模听倪邦达言下不许，很是焦急，再三声请，倪邦达方始应允，问明严绍模姓名，带有几多行李。严绍模一一告知，倪邦达道：

"横竖今晚走也无益，破晓动身也赶得上乌龙。严达官且回店，明晨自来相候。"

严绍模辞了回店，第二天黑早，倪邦达已雇好骡车，来店接客。二人破晓上路，整走一天，历经黄沙平野，绝无人家。天色昏暮，行经一山，四围似是松林，从松林下望去，见一骡车先程前行，非常迅速。倪邦达命骡夫紧追，约行十余里，见前车已在面前，车中坐着一男一女，并无镖友。看他行李，倒非常充实，大概保镖护客，都从骡行风尘，看得出囊橐几许。譬如行李少，而骡行踏尘高起，必是负重，显见有金银等物。当下倪邦达追上前车，见车中男妇二人，重带行赆，不雇镖师，心下很是顾虑，意想二人必是南方来此，尚不知此地危险。

两车前后同行半个多时辰，已到乌龙驿，同往客店，前车先到，正在卸货，倪邦达押车随到。店小二两方招接，极其忙碌。倪邦达冷眼观看，瞧那车中男子，不过三十多年纪，白皙面庞，瘦小身材，是个文弱书生模样。那妇人不过二十七八年纪，姿容绰约，体态轻盈。二人有说有笑，正是一对恩爱夫妻。倪邦达也不暇细看，忙着安排自身，招呼严绍模下房安歇。看那夫妇二人，却在前面一房，也正收拾行装。

晚餐略毕，倪邦达暇着无事，行过前房，打从门缝窥去，见二人端端地对坐弈棋。倪邦达一念之动，暗想：如此文弱男妇，跋涉险阻，好不危难，不妨通知他们，有所戒备，也是大丈夫济人危急之心。想定，轻步敲门，哪知门不上闩，一推立开。二人见倪邦达跨进门来，并不起立，只抬头望了一望，仍顾自己下棋。倪邦达见二人如此不逊，心下自不愉快，开言道：

"在下贸然闯入，为的客官与娘们两个远游步险，同是客边，心中忐忑不安。明晨如果望北而行，更加危难，两位也须提防则个。"

那男子听了这话，点了点头说道：

"劳你费心，咱们知道了。"

说毕，仍自下棋。倪邦达满心要卫护他们，碰了这个钉子，好生没趣，心想：天下竟有这种不成抬举的东西。也不知他们究是什么玩意儿，倒有点儿进退受窘，只得逡巡退出。

第二天清早，倪邦达起身，替严绍模整顿行装，早见对房夫妇二人拔程起行。倪邦达总有点儿惊疑不定，也追着同行，却是一路，前后相距不过一丈多路。出了乌龙驿，行过一山，方见红日高升，山上大盗已结队奔来，约莫望去，足有三五十人，纷纷下山劫车。倪邦达赶忙预备钢镖在手，抬头一望，盗伙已近前来，动手欲劫，倪邦达紧紧地代前车捏了一把汗。冷不防刺嘎一声，白光荡空，早见前面两个盗首掉下脑袋，吓得众盗一溜烟奔

7

窜不逮。转眼盗迹四散，前车忽然停止。倪邦达客车也就赶上，车中夫妇掉过头来，对倪邦达道：

"昨晚承你关照，很是感激，我们也有一句忠言奉告。像你这样本领，也算不差，只是江湖上近来好汉忒多，也不容易对付，总须慎重藏锋为是。"

说罢，驱车疾行。倪邦达见了这般奢遮，真是瞠目不知所对。欲知倪邦达如何计量，严绍模到京如何谋官，且听下回分解。

第二回

闭塞言路国师得宠
牵引内线家姬说情

话说倪邦达听了前车夫妇之话，暗想：自己乃有名镖师，横行南北要道，不曾受过奚落。心下好生郁闷，又眼看他们夫妇杀人如麻，毫不动力，更是惊骇不定，待要上前回话，见前车霎时去得远远，追也无益。思来想去，不觉呆了半晌。严绍模在旁，眼见这样怪离情形，动问倪邦达：

"究是怎样一流人物，有如此本领！莫非身有妖术，故能安坐杀人？"

倪邦达道：

"不瞒客官说，在下奔走江湖二十年，也不曾遇到这么奢遮。言就是剑侠一流人物，并非妖术，口说只当是假，如今眼见，分明是真的了。"

严绍模道：

"剑侠究是什么东西？看他们轻轻年纪，哪里学来的本事？莫非生成了的？"

倪邦达道：

"客官，剑侠原是天才。半是生成，半是学得，有好几种人不能学习。第一，心险的；第二，好斗的；第三，狂酒的；第

9

四，好色的；第五，轻露的；第六，骨柔质钝的。必要质地纯厚，资质聪明，大公无私，坦白无隐，始可学得。讲他学法，是最麻烦不过的，练耳练目练手练足，以至无所不练，尤要在锻炼心志。总归于一，练到身心归总，便是心剑合一。心想到哪里，剑就会飞到哪里，故五六十步之外，杀人如囊中探物，毫不费事。到了极步，便能身剑合一，横飞空中，心到哪里，剑也到哪里，身也随着到哪里。万事皆可学，万学皆可超极，我们只是少见多怪，觉着稀奇的了。其实人世上的事，想得到必定做得到，也并不为奇。"

严绍模道：

"镖师想来也学过剑术的，懂得这么清楚。"

这时，车行沙石中，轮轴咔咔有声，又是逆风，说话不大分明。倪邦达也不回答。过了一会儿，说道：

"严客官，我这番幸亏你，遇了这么两位剑侠，也是定数。我送客官北上之后，回去要把镖店收歇了。"

严绍模惊道：

"怎的好端端要把多年老店收歇起来呢？"

倪邦达道：

"客官有所未知，咱们自以为能耐无敌，其实像咱们这等人，江湖上不知几多呢！两位剑侠的话不差，我越想越感激的了。咱们若自不量力，往下赶去，将来不但害咱们自己，还怕要累着客人，岂不是自寻罪戾？"

严绍模听了，以事不关己，随口答应。两人行行说说，倒也不觉寂寞，一路平安到京，在前门外落店。倪邦达替严绍模招呼完毕，仍回原路到德州去了。后以，倪邦达果然收歇老店，重又寻师学技，不在话下。

单说严绍模到京之后，急着就去探望包志茂，不知包志茂住宅，只从国师爷府问去。这国师爷姓杜名受田，本是安徽霍邱人，是个翰林出身，家下着实有点儿产业。在嘉庆皇帝时代，新点翰林之后，就交接一个宫中老太监，名作安康的为老师。安康是嘉庆皇帝最信用的人，杜受田不惜重资，竭力供奉，安康果然死心塌地地替他策划。不上两年，嘉庆帝放他广东主考，第二年回京，钦命大学士，在南书房侍读侍讲，后与皇太子结识起来，越发有了奥援。道光皇帝登基之后，就把杜受田当个精忠宏模之臣，大用特用起来。把五个皇子都交与他教授，官为大学士，职为太傅，因此国师爷杜大人威名，遍于全国。除他之外，深得道光帝的信任的，只有相爷穆彰阿了。道光帝生就脾气，好自行断，不喜臣下进言。偏这时言官都以为国脉衰微，每日奏章十起，请帝勤政。帝心非常厌恶，问杜受田用什么方法制止。杜受田回说：

"皇上如要臣下不妄言，自是容易。不论他奏章所论何事，只管挑剔奏章的格式、字体的差误，交吏部议处，自然言官不敢信口狂吠，就此也可仰见皇上留心小节，那臣下大的过失，更加不敢冒犯的了。"

道光帝很以为不差，便命杜受田帮同挑剔。杜受田吹毛求疵，无所不用其苛求。有一个奏章上写着一个"群"字的，杜受田说君羊并写，足见目无君主。有一个写"啼"字的，杜受田说啼为鸟兽之声，帝口为啼，明明把皇帝比作鸟兽，对皇上应写"唬"字，不该用"啼"字。这两个上奏章的人都交吏部议处，发下黑龙江充军。从此，满朝失色，再也不敢说话。杜受田大为道光帝信任，气焰益盛。那包志茂不过是杜受田手下一个管家，因其善为奉迎，也大为杜受田信任。包志茂的二房媳妇就是程氏所说的王家姊姊，又奉迎杜受田的三姨太太，因加上这一条内线，直通枕边，益发有声有色。当下严绍模道往国师爷府，万目睽睽，众口声声，一闻而得，直到府门，问门上要见包二爷。门上回说：

"包二爷正在伺候国师爷，白天哪里可以见客？你要与包二爷说话，只好晚上到他家去得了。"

严绍模因问：

"包二爷家在哪里？"

门上回说：

"在石皮胡同尽头，一问便知的。"

严绍模只得回去，到晚直往石皮胡同。只见一座巍峨巨宅，朱门绣户，一班门房听差，好不威风。严绍模跨进门去，就有人前来招呼，严绍模言明来意，那人引入客堂坐下。严绍模四围一望，都是目所未见之物，心下暗暗称奇。一会儿，屏门开出，一老头儿大约五十多年纪，广额高鼻，头发斑白，颊下有几根短鬓，目光炯炯如鼠。穿着一件二蓝宁绸袍子、天青缎子背心，右手拿着旱烟袋，缓缓走到客堂。先把严绍模身上估量了一回，问道：

"尊姓是严，好像哪里见过似的，面熟得很。"

严绍模也认得这老头儿是包志茂不误，连连打恭作揖，赔着笑脸说道：

"小的便是严绍模，贱内程氏，与包爷二夫人向昔似同胞姊妹似的一块儿处，只是小的不配说这句话。小的与包爷在浙江嘉善曾会过一面的。贵大人事忙，想来也忘记了。"

包志茂道：

"原来是咱们二太太的亲眷严兄，请坐请坐！咱们远离南北，倒把自己至亲疏远了。"

说着，递过旱烟袋，一壁由值差端上茶来。包志茂随手喝了口茶，说道：

"听说严兄从前不是做丝茧生意的吗？今年生意可好？几时

12

到北京的?"

严绍模道:

"不瞒包爷说,家下被人欺侮,田产都卖光了。这回特地来京求包爷的,要请包爷开恩,替小的谋个差事。"

包志茂听到这话,想了想,说道:

"严兄向来做生意的,懂得生意规矩,如今做官也是和生意一般,只怕下本还要比生意重些。兄弟承蒙国师爷瞧得起,在国师爷府当差,眼看得多了,如今人情厉害,不论什么都尴尬起来。要是前两三年,只要兄弟一句话,那就使得。"

严绍模道:

"小的也曾带几个应酬费来,不知怎么排布,种种要请包爷鼎力。"

包志茂道:

"你想做什么官呢?"

严绍模道:

"在下也不想什么,只谋个州县是了。"

包志茂点头道:

"大家亲眷,兄弟无不竭力。只是兄弟也没有干过这些勾当,干不成时,休说笑话。"

原来包志茂晓得严绍模是生意场中出身,一个钱字不肯放松,故把这些阴阳怪气藏头露尾的话说在前头。其实,包志茂倚了气焰逼人的主子,还有什么事不干?自然是十分拿把的。当下严绍模连声称谢,包志茂明知严绍模也出得起几个钱,说:

"既是至亲,不必客气。"

叫严绍模无须落店,搬往自己家住。严绍模不胜之喜。翌日,移到石皮胡同包宅住下。包志茂走入上房,把严绍模一切话告知了王氏。王氏道:

"既然是程家妹夫，咱们须得真诚替他想法子。"

包志茂道：

"真诚不真诚随你，我把这事拜托你了，你与国师爷三太太说一句话便是。"

王氏道：

"你又来打发我了，我替你干的事还不少，这回子你自己答应人家，你在国师爷面前说去就是。"

包志茂道：

"我的太太，你不知道，我说句话，哪里有你家娘们自在？我须得乘国师爷有空，又要看他老人家面上高兴不高兴，才得旁边插一句。你与三太太虽说是主子仆妇，却与姊妹差不多。三太太答应了，只需在国师爷面前拧拧头放放刁就得了。我的太太，还是费你的心，再帮我一回忙吧！"

王氏被包志茂缠不过，又是程氏的事，便应允了。第二天早上，雇了一乘小轿，直到国师爷府。一会儿登了上房，放轻脚步，悄悄地行到三姨太房中。三姨太正在梳洗，王氏走上一步，请了安。三姨太抬头见是王氏，说道：

"包氏媳妇这么大清早来看我，想必是有什么事了。"

王氏忙跪下叩了头，说道：

"太太真是神明，小的果然有些事要恳求太太。太太答应了，才敢说出来。"

三姨太道：

"你尽管说，办得到的事，我没有不答应的。"

王氏又磕了个头，说道：

"小的有个把姊妹，比同胞似的亲昵，从前小的受了磨难，幸亏那义妹搭救。如今义妹严家炽穷得饭都没吃，他本也是当过属吏的，要求太太赏给个州县。他如果得了官，自然要孝敬太太。"

三姨太笑道：

"我道是什么人命大盗案件值得这样惊慌，孝敬不孝敬不必说，我替你办就是了。"

王氏连连谢恩。三姨太随手喝了口茶，王氏拉她过前去一瞧，说道：

"这是野山参汤吗?"

三姨太道：

"说是野山的，也不见得这么好。我还是用珍珠粉觉得细腻点子。"

王氏也顺口称说，心下早把这事体贴进去。又谈了几句话，才出了国师爷府。晚上，包志茂回家，急问王氏与三太太说过了没有。王氏道：

"说是说过了，也总算太太给了脸，答应了，只是你要替我办两件送货。"

包志茂忙问：

"什么送货?"

王氏道：

"一件是野山人参，一件是珍珠粉，都要真正上好的。"

包志茂伸了伸舌头，说道：

"哎哟，我的太太，这是什么价钱?"

王氏道：

"你要人家办事，又舍不得钱。既是这样，索性我去回三太太吧!"

包志茂道：

"好了好了，不要作恶，我准去办是了。"

说着，走下楼来，叫人去请严绍模。欲知包志茂请严绍模有何说话，且听下回分解。

第三回

赐知县风流太傅宅
揽讼事武断翰林家

话说包志茂叫人去请严绍模，严绍模原住在包家大厅旁右厢房。一会儿，严绍模请到，在里厅坐下。包志茂拱了拱手，说道：

"严兄嘱咐的事，兄弟已在国师爷跟前探过，大约有七八成把握，只是严兄究竟要谋得什么官职？"

严绍模道：

"我也不知怎么是好，种种拜托包爷办去。"

包志茂道：

"不是这么说。譬如办府差，平常总省不掉一万五千两银子，兄弟办去，有一万两也够了。县差平常八千两，兄弟面上，只须六千两，最少是不能的了。兄弟要问严兄，究竟办的府差还是县差？"

严绍模听说这许多钱，心中大大一惊，暗想：带来不过五千两银子已花去四五百两了。不由得脸上沉下一色色的愁容。包志茂早已明白，笑道：

"严兄想想妥当，如果有不及的所在，兄弟都可帮忙。"

严绍模这才放心，说道：

"我出此娘肚皮，不曾做过一回官，府差不消说的了，还是谋个县差，将来做得好时，再谋升迁。"

包志茂接连点头道：

"不差。"

严绍模又把银钱不够的话说过。包志茂道：

"这个也值得说吗？便是兄弟都替你垫付了，也无有不可。"

严绍模究是干生意买卖的人，巴巴地拿出四千两银子，双手捧给包志茂，请他代垫二千两，又说了一大篇好话。包志茂道：

"至亲不必客气，我替你垫了是了，包在我的身上。"

于是包志茂回到上房，与王氏说了。王氏笑道：

"你这人也未免太黑心些，口口声声说至亲，偏是至亲要六千两银子。不是至亲，难道要六万两不成？好了好了，分三千两给我。"

包志茂道：

"我的太太，你拿二千两去吧，我还要买野山人参、珍珠粉去。"

王氏哧地笑道：

"骗谁呢？你买人参、珍珠，难道要拿现钱去吗？京城里头哪怕龙脑凤髓，只要咱们要，谁都要送到咱们这儿来。亏你是个管家，说出这等话来哄我，我定要分三千两用。明儿你叫他们多送些真野山参、珍珠，我自来拣选，不必你赔钱了。"

包志茂被王氏说得开口无语，一件件都答应下来。第二天，京城里有名号珠宝店都送野参、珠粉来。王氏拣了顶好的几种货色，约值六七百两银子，自己留下一点儿，装好盒子，当下送国师爷府三姨太去。

那三姨太从王氏去后，当天晚上，等着杜受田进房来，开了口说了。杜受田道：

"你又来多嘴多舌管这种闲事，那严某究是个什么人呢？你也不问问清楚。虽说我承万岁爷宠信，那卖官鬻爵可不是玩的呢！"

三姨太闻言，登时沉下脸来，说道：

"照你说来，我倒害糟了你。人家有恩报恩，也是分内之事，说起来，总算我也是国师太爷跟前一个亲近人，偏是这种芝麻绿豆官都办不下呢！这分明是你丢我脸，我自己也晓得错了，不配和国师太爷说话。像我这种苦命人，丈夫又不疼我，娘家人是死光的了，诉怨谁来？"

说着，早已腾出眼泪，不住地呜咽。杜受田这一惊，非同小可，连连赔着笑脸，说道：

"你也太多心了，我并非说不给你办，不过要查查那严某究是什么样人。"

三姨太道：

"凭他什么人，难道严某是王八乌龟不成？就是王八乌龟，做个小官也不打紧。"

杜受田笑道：

"女娘们说话说得好听点儿，不要这么尖刻了。"

三姨太道：

"女娘们说话有一句说一句，比不得你们男子，嘴里话脚里躲，满口仁义道德，满肚皮男盗女娼，谁晓得呢？"

杜受田嬉皮笑脸地抹了抹胡子，说道：

"你倒会骂人了，不给你点儿颜色，你可不相信。"

说着，抱住三姨太一只手，插入三姨太胁下，一只手拧住三姨太大腿，遍身搔起痒来。弄得三姨太咯咯笑不可仰，一会儿，三姨太央求道：

"我的爷，放了贵手，饶了我吧！我给你好东西吃。"

杜受田忙问：

"什么好东西？可是这个？"

说了许多玩不当正经的话。三姨太道：

"规规矩矩坐着，不要动手动脚，我说的事，你究竟替我几时干成？"

杜受田道：

"赵良分发湖北汉阳道去了，就防这几天要来参见，我叫他办去就是。"

三姨太方才无语。过了两天，包家媳妇王氏拿着野参、珍珠粉，满面笑脸进来，请过安，说道：

"前天听太太说野山参不好，小的和管家说了，整整地跑了一天，幸亏有一家有这劳什子，也顺便带了些珍珠粉来。这不成意思的东西，太太赏一个脸，姑且收下。"

三姨太笑了笑道：

"包家媳妇，难道你求我说话还要给贿赂吗？好了，我早替你给国师爷说过了。他说湖北汉阳道姓赵的不日要来参见，叫他办去，你把你亲眷姓严的开了条子，交给我是了。"

王氏听了大喜，一壁谢恩，一壁开口太太闭口太太，搬了一大担好话，辞了出来，回家告知包志茂。包志茂立即开了条子，叫王氏送去。不上一个半月，官书到来，命严家炽分发湖北汉阳道，孝感县大挑一等知县。严绍模奉了官书，喜得眼花心跳，却不懂怎么规矩，都由包志茂教导，引他叩见杜受田，叫他到省先参谒三大宪，然后参见赵良，所有严知县用的员属，自师爷起，以至差役仵作，都由包志茂一手包办。这数人既是包志茂打发，孝感县就是包志茂做的了。包志茂第一桩吩咐钱谷师爷，先要把代垫两千两银子筹好汇上，其余不过串通一气，忙着孝敬包志茂是了。于是诸事齐备，严绍模带着众人出京，走马上任，好不扬眉吐气，一面派人到嘉兴去接程氏，等做县太太。严绍模出京到任接印，过了五六天，县太太程氏也就接到，夫妇两人，久别南北，一朝在官衙相逢，快乐自不必说。

谁知一人无才，万事皆休。严绍模一生只学得"盘剥积蓄"四字，余外简直莫名其妙。县官是何等切近民瘼，最是烦琐不过的任务，非得才大心细不能干得，而况天上九头鸟，地下湖北佬，更是孝感县一处，格外刁钻模棱。偏是严绍模是行尸走肉之辈，只会吃饭，不会做事，偏遇到孝感有个天字第一号的大绅士，姓秦单名海，表字友龙，专管官事，包揽讼务，是个嘉庆时候的老翰林。却与杜受田一辈同年，诗词诗赋，八股词章，都很佳妙，只有一身脾气，刚愎自用，又夹着好几分霸气，无论何人，他都不在眼里。他新点翰林时候，在京候补本是高中第八名，这时翰林求差，必须拜过老师，或是王爷，或是太监，始得有人荐引，在里面说话，即立刻就可到差。这样拜老师的花费，至少须一两千金，也看那老师的资格，花钱多少。秦友龙本是家道不裕，又加脾气倔强，太监们知道他将发差，特来说合，请他拜老师。他想自己是第八名翰林，第七名放差之后，少不得要分发自己，决意不肯花钱，反把太监训了一顿，说：

"你们内臣，管不到这些事。"

太监们愤愤而去。谁知秦友龙这一次以后，左等右等，总等不着差使，后来七名以前九名以后，至十七八名，个个都得了恩旨，什么学差主考，补京阙的京阙，放府道的府道，至少也得了县官，唯有他第八名摘了出来，商搁无问。左思右想，不解什么缘故。再后到内务府探查，才知太监们替他告了病假。这一来，他愤火中烧，怒不可言，却又无处可以发泄。于是决意不要做官，回到孝感原籍，做他的大绅士去了。

看官知道，清朝一个翰林，不受官爵，是最奢遮没有，不论督抚道府，见了都要尊称老夫子，为的是天子门生，不好小觑。一做了官，就有上司的束缚，以官职高卑而论，不讲虚衔了。秦友龙在京吃了大亏，就打定在县扳梢，回到原籍之后，无事不管，无话不说。县中劣绅讼师流氓等类，一网打尽，都归到秦大人之门。孝感县人有句俗语，叫作衙门易穿，秦门难钻，可见他的声势了。不论县官执行何等政务，先要和他商量，他说不行，县官再也不能承办。

清朝捉拿私盐，非常严厉，凡是私盐贩子，差不多格杀勿论。前任一个知县姓唐的，本也是个进士，奉着府札，严缉盐贩，事前却不与秦友龙商量。秦友龙闻了，放在心中，果然私盐窟穴被抄，所有积盐都归官没收，约值五六万金。贩盐的个个都要判罪立决，盐贩子没法奈何，百计营求，终不得脱。内中有人引到秦大人门中，愿再出两三万赎罪，秦友龙满口答应，立命人拿自己名片到县，要把盐贩子一律释放。唐知县久震秦海之名，无计奈何，内中师爷想出法子，说已详上，知县做不得主，一面星夜派人赍送详文，由府到省。秦友龙明知唐知县故意卖弄推辞，也连夜着人写信到府到省，声明盐贩无罪。唐知县详文上去，哪知省府严加训斥，说：

"据孝感县巨绅秦海函称，某某等皆系良民，该知县误为盐贩，应予彻查释放。"

唐知县奉到省府之命，再不敢怠慢，一面释放盐贩，一面亲自上秦友龙家中谢罪。谁知秦友龙屏拒不见。回到县署，粮柜上禀称：

"秦大人已支取盐款六万，小人等不敢违背，业已照送。禀明老爷，有秦大人亲笔收条为凭。"

唐知县待要斥责，粮柜上人回说：

"老爷只管问秦大人取去，横竖有秦大人笔据，小人等无法，只好照付。"

原来这类人都是秦友龙党羽。唐知县闷声无计，气得手足冰冷。从此，秦、唐两人，似冰炭似的不能相容。唐知县禁赌，秦友龙偏偏邀了人到大堂里大赌特赌，甚至后来孝感县官粮都送到秦友龙家去。秦友龙只出一张收条给粮柜，粮柜上空无所有。唐知县委实不能再忍，于是进省陈情，上告秦海种种大罪。秦友龙早已知悉，不慌不忙，光身到省，偏偏湖北抚台听得秦海到来，开麒麟门迎接。唐知县不过走从边门，行着大礼。秦友龙经抚台接入内厅，高坐炕上，与抚台说东说西。唐知县也不敢坐上，立着呈上手折。抚台看了，笑道：

"贵县也是科甲出身，要知为政不难，不得罪于巨室。"这两句话，把个唐知县冷水灌顶，只应了几个是，连忙退出。这里，抚台又安慰秦友龙。秦友龙回县之后，自是格外锋利。唐知县倒也知难而退，索性学了些乖，每天到秦友龙家请安讨趣，渐渐把秦友龙心气平复了。只是唐知县气郁不散，几乎成了疾病，苦求上司开缺。适逢江汉道到任，查知孝感县有个巨绅，不易安排，特把严家炽补阙，为的严家炽是杜受田的私人，后有脚力，自必容易调度。哪知严知县本身是个饭桶，到任未久，偏又遇着一桩疑难大案。欲知严知县如何办案，且听下回分解。

22

第四回

富妇丧儿荒冢横尸
巨绅翻案冷衙释囚

话说孝感县北门外有个富家，姓葛，名元贵，家下足有一百万私财，开好几爿当铺、好几家酱园，远近三五百里开阔，要算他是首富的了。孝感县人见他这么银钱叠栋，财势冲天，起他一个名字，叫作葛半天，显见他的金钱势力可以抵得半天。

当道光时候，人民俭朴，百样物价平贱，一百多万家私，抵得现在几千万了，哪得不令人惊羡？

这葛元贵生下两个儿子，大的名作葛宝驹，小的名作葛宝骏，娶两房媳妇，各立门户，分为东葛、西葛。东葛长房葛宝驹，娶妻卞氏，只生一个儿子，名作鸿寿，西葛次房葛宝骏，娶妻莫氏，生两子一女，长子名鸿福，次子名鸿禄，女名如意。葛元贵在日，早把东葛、西葛分开，兄弟很是和睦，只是二人习性不同，葛宝驹稳守家产，文毫不肯花费，吝啬出众，又会盘剥取利，一年年只有增产。葛宝骏好客爱友，性好挥霍，又喜嫖赌，一年年把财产短少，三十几年工夫，竟然把父传产业如数败光了。

这时，鸿福、鸿禄兄弟都已娶亲成家，如意也已出嫁，葛宝骏自己也上了年纪，一家丁旺财散，亏得些继产糊口度日。鸿福、鸿禄这时也做些生意买卖，扶助家用，虽家道中落，还算可以将就，这是西葛次房的情形。

讲那东葛长房葛宝驹，因一生算进算出，全副精神都用在几个银钱上，不上三十岁，就一命归阴，只留下葛卞氏、葛鸿寿母子两个，鸿寿又比鸿福、鸿禄年幼，身体更是单薄，一家大小事情，都赖葛卞氏掌管。鸿寿娇养已惯，全不懂事，幸亏葛卞氏还是个女中丈夫，倒能顾上顾下，有时妇女不能出场，请葛宝骏助理，旁人疑着葛宝骏家道艰难，未免要欺侮寡嫂弱侄。谁知葛宝骏人穷志高，做事非常公平，老叔嫂两个很是谦让和睦，遵守葛元贵老祖宗遗训，依然治得井井有条。终究妇女贪小失大，葛卞氏虽是精明能干，也染着他亡夫葛宝驹脾气，非关己事，一毛不拔，因此乡里间未免有几句闲话。

葛卞氏有个远房侄孙，名作葛凤藻，也是五服之内的，本身是个秀才，家中一母一妻，更无别人，因素无恒产，又乏钻营，穷得透心入骨，连饭都吃不成。这葛凤藻虽是葛卞氏侄孙，年纪却比葛鸿寿大上一倍，为人也向昔纯正。这年举行乡试，葛凤藻想上省赴考，缺下盘缠，逼不得已，问葛卞氏商借。葛卞氏说话十分客气，始终一钱莫名，倒是葛宝骏见了不忍，把自己衣服当了十几吊钱，送给葛凤藻。这一桩事发生，乡里都说葛卞氏刻薄，大为葛凤藻不平。有好事的，劝葛凤藻暗算，葛凤藻倒说：

"不借是分内事，借是格外情面，妇女家可惜钱财，本是常事，何必在意？"

大家也就罢了。谁知天道好奇，祸来不测。葛卞氏儿子葛鸿寿忽然失踪，四处找寻不得，还亏地保查觅，在葛凤藻宅后乱冢丛中发现一尸，喉管割断，七窍流血，葛家仆役认得是葛鸿寿无误。葛卞氏只此一子，爱逾掌珠，一旦横死，真是痛彻心肺，哭得死去活来。路人见了，也替她引出酸心泪来。葛宝骏闻变大惊，细问葛卜氏遭害情形，葛卜氏只说儿子鸿寿向在楼房安睡，昨晚前后门户紧闭，并无盗贼闯入，也不闻呼喊之声，一定是冤家挟仇加害。葛卜氏想来想去，一心疑到是葛凤藻商借不成，含怨下毒，偏偏又是葛凤藻宅后乱冢丛中发现尸首，两方对合，毫无疑义，就此告到官中。适值严绍模买官到手，走马上任，第一桩就是这人命大案，吓得严绍模目瞪口呆，还是师爷出主意，照例下乡验尸，发朱签拿葛凤藻到案严讯。又把葛卜氏家中一切账房男役仆妇如数拘案询问，都是师爷指教做去。偏是严绍模平生只会辨白丝茧，胆小如鼠，听得验尸问案，早已心下吃惊，只是糊里糊涂记着师爷几句教训，坐堂传发，弄得值堂差役都噤不住要笑起来。

那严知县的师爷虽是内行，却不曾知道孝感县有一位巨绅秦友龙，严绍模到任不去拜访，只行了普通见客礼。秦友龙已是不快，过后又不照前任规矩往秦家请安，等到如此人命大案发生，又不与自己商量。秦友龙想：这厮瞎眼不识泰山，须得给他一点儿声色。等到严知县坐堂之后，派人前去探听，探听回来，告知秦友龙，说：

"葛凤藻已钉镣付押，葛卜氏家人一律无罪。"

秦友龙闻言大怒，当即穿起袍套，戴上顶戴，补服朝珠，全身配挂，坐着一顶绿呢小轿，前后四名长随，直往县衙门大堂而进。早有跟班高递大红名片，通报秦大人要见县老爷。忙得里面严绍模连连请教师爷，问：

"这是何人？如何见法？"

师爷偷偷出来一望，突然吓了一跳，回报严绍模说：

"这位是翰林大人，须得大礼相见，不可怠慢。"

急忙吩咐左右站班伺候，打开大堂屏门正中迎接。师爷又百忙里敦嘱严绍模，教他请入花厅。

严绍模还要东问西问，师爷道：

"赶快出去，不要问了，少说话，多见礼。他老人家来必有缘故，千万不好得罪，我在门后细听。他老人家等久了，怕要恼了。"

严绍模好像出丧做孝子似的听人打发，急得跟跄奔出。两下见过礼，请入花厅。

秦友龙开口道："公主下车伊始，想来公务纷繁，治弟不曾前来候教。"

这句话明明说严绍模不来请安，严绍模哪里听得懂？回道："是是，卑职委实忙得很。"

秦友龙见严绍模一副怪状，又问道："公主是何科中魁？"

严绍模不懂，回道："是是。"

又问道："向署何县？"

又回道："是是。"

秦友龙好不耐烦，高声问道："向在什么地方当差？"

严绍模被秦友龙高声一呼，倒有点儿梦醒了，回道："不曾当过差。这回奉国师爷面谕来的。"

门后师爷听了，急得搔头跺脚，听那位秦大人声势不对，又不敢出去。只闻秦友龙又道：

"既是国师爷厚意，命公主来治敝县，公主理应仰体皇恩，遵奉国师，宜如何保民如子，为甚残害无辜，倒行逆施？这是什么道理？"

严绍模听得秦友龙越说越不对，心下既慌，口中更无语言，只把眼珠白了一白，回道："是是。"

门后师爷再也不能躲避，只好冒险出去。秦友龙抬头一望，见一人约五十年纪，穿着深蓝袍子，大袖马褂，架上一副玳瑁边眼镜，辫子打结，袖底挂了几条破布，手中一根长旱烟筒，挂着个烟盒子，一步步摇头摆尾从门后闪出前来。秦友龙一眼看去，早知是个幕友，依然坐着不动。

那师爷刚行到秦友龙面前，严绍模忽然站起来道："这位是敝县老师爷。"

师爷对严绍模皱了皱眉头，双手除了眼镜，恭恭敬敬请过安，说道："不知大人驾到，诸多简慢，乞大人宽恕一二。"

秦友龙稍微点了点头道："贵姓?"

师爷道："敝姓陈，草字玉书，金玉之玉，诗书之书。舍间绍兴府诸暨县。"

秦友龙随手作势让座。陈师爷道："大人在上，晚生不敢告坐。"

秦友龙道："老夫子未免客气，要如贵东直爽才是。"

说着，重叫陈玉书坐下。陈师爷告了坐，方把眼镜架上，说道：

"敝东初出茅庐，不周礼节，大人宽容，要恕其愚钝，谅其忠厚。方才听大人说敝东有刑及无辜良民，大人是两湖名宿、本县福星，必然明镜高悬，胸罗万象。敝东初到，晚生又不识时务，致有误会之处，要恳求大人栽培，随时赐教，敝东谨遵命办理就是。"

这时，严绍模已放了胆子，静悄悄坐着，听师爷对付，动也不敢一动。秦友龙被陈玉书大人长大人短一番油嘴，又见得严绍模是个木瓜一尊，也就平了气，说道：

"方才葛家命案，葛卜氏告葛凤藻商借不成，含怨下毒。那葛凤藻是个安分寒士，向昔不与外事，我们都知道的。葛氏失子在夜间，门窗紧闭，丝毫不动，岂是文弱书生所能？若使葛凤藻果有毒心要杀葛氏子葛鸿寿，何必要抛尸自己宅后乱冢丛中？这

27

分明是自表杀人了，岂有此理？"

陈玉书听秦友龙这话，万分心服，不由得立起身来，说道：

"承大人教训，晚生茅塞顿开，再望大人赐诲，俾敝东得以遵行。"

秦友龙道：

"老兄是老幕友，应该明白，这必是诱出葛氏子，到外肆杀无疑。葛凤藻不向葛卞氏借贷也罢，既经借贷之后，断然不能入葛卞氏之门。那葛氏子向是高居楼房，又非门外可以诱致，据此一论，可见葛凤藻毫无嫌疑。"

陈玉书听到这话委实有理，不胜佩服，也已明白秦友龙意思，接着说道：

"大人高见，明察秋毫。晚生也已明白，这凶手必是葛卞氏家中人无疑。"

秦友龙点了点头。陈玉书细想：葛卞氏家中只有仆役，仆役杀主子何意？理不可通。忽然想起葛卞氏有个账房马金森，说道：

"照晚生看来，那葛卞氏家的账房马金森确有嫌疑。"

陈玉书这句话一半也是道探秦友龙意思的，秦友龙道：

"究是老兄老公事，所见略同。"

陈玉书大喜，立刻反身对严绍模道：

"东翁，快去捉那账房马金森来。"

严绍模不敢怠慢，忙到签押房，发出朱签，命差役前去捉拿。这里秦友龙又道："葛凤藻无罪，理应释放。"

陈玉书忙道："自然，自然。"

遂把葛凤藻从狱中提出，解除脚镣。陈玉书又说了许多好话，严绍模更十分恭维，倒弄得葛凤藻莫名其妙。秦友龙见葛凤藻已恢复自由，说道：

"以后如果要传葛凤藻，问兄弟便是。"

葛凤藻方知是秦友龙保释，忙着谢恩。秦友龙立起身来要走，跨出花厅，到大堂上轿，四名长随，呼喝而行。严知县、陈师爷、葛凤藻都恭恭敬敬送到大门，葛凤藻也自回家去了。欲知秦友龙缘何翻案，马金森性命如何，且听下回分解。

第五回

无端相逢仇家今日
不期而遇客邸故人

　　话说秦友龙释放葛凤藻，暗中吩咐陈玉书捉拿马金森，其中有一个道理。原来，马金森是葛家老账房，还是葛元贵手里留下的，十七八岁时候，在葛家当铺里学生意，为人最是精细机警，盘算功夫，数一数二。凭你是钱店恶侩，也架他不过，只准算进，不行算出，真是苍蝇脑子里，要算出四两骨头来。因此被主人葛元贵看上，升为典铺当手伙计，后来升为朝逢，那马金森更会奉迎主子，件件合着葛元贵心苗，因此又调到本宅当内账房。

　　当日，秦友龙尚未发迹，不过是个秀才，家道本穷，上省无盘缠，也和葛凤藻似的问葛元贵商借。葛元贵这时银钱进出，都交给马金森一手料理，不过逢着月底月初，查一回账。秦友龙和葛元贵商借，葛元贵觉得难以回复，与马金森商量。马金森一时讨趣，眼孔中只有钱，讲钱只有葛元贵，再不把别人放在心上，说道：

　　"庄主虽是一县首富，可以济人之急，哪得济人之穷？像我们孝感，这种穷秀才不知几多，如果一旦结交起来，烦也烦死人，此风断不可张。庄主如果难以回复，让小的和秦友龙说了是了。"

葛元贵果然大喜，于是马金森挟着一副市侩面目回复秦友龙，说：

　　"小有小难，大有大难，葛庄主不过是空名声，哪里有什么钱存在家中，这是我亲手值管的，哪有不知？庄主说，千万对不住秦先生，请秦先生另行设法吧！"

　　秦友龙碰了一鼻子灰，也不说话，心下十分懊悔，不该与这些人张口。后来探听，知道全盘是马金森闹的鬼，就把马金森放在心中。谁知秦友龙文星高照，上省乡试，连科中魁，点了进士回来。葛元贵知道前次大错，不该回截借款，十分埋怨马金森，忙叫马金森送款，替秦进士盖宅竖旗杆。哪知秦友龙婉辞推却，说葛庄主大有大难，不必破钞。葛元贵嗫得手足无措，还是马金森想的法子，教葛元贵妻子与秦太太讨情，又送了许多贵重物品。秦太太收了，葛元贵才得放心。

　　后来，秦友龙点了翰林，葛元贵少不得又一五一十地巴结供奉。秦友龙追想前次原非葛元贵本意，现下如此恭维，也就罢了不提。再后，葛元贵作古，葛氏分家，马金森仍在东葛长房葛宝驹家当账房。前后在葛家三十余年，自己也着实有点儿积蓄。秦友龙总有点儿看他不过，凭空也不屑与这种人造事，适逢东葛葛卞氏遭了命案，秦友龙细想案情，马金森定有嫌疑，而且秦友龙有一种成见，平生最痛恶剥刻尖钻市侩，最爱疼落拓无依寒儒。那葛凤藻向来与秦友龙无来往，不但无来往，而且葛凤藻人虽贫穷，倒有点儿独行其是，也不以秦友龙为然，偏偏秦友龙要释放他，为的他是落拓无依寒儒。那马金森就使与秦友龙素无恶感，秦友龙见他那种刻薄尖刁，也少不得请他坐牢，这是秦友龙一辈子成见。故此一进县门，就把这事叫陈玉书、严绍模干了。

　　严绍模、陈玉书送出秦友龙之后，回入师爷房，两下心中不安，陈玉书暗叫人探问秦友龙平日究是怎样。衙门中只有粮柜上胥吏全晓得，把这位秦大人与前位唐知县刁难的情形都说了。陈玉书暗自惊慌，心想：幸亏今朝不得罪他，险些闯了大祸。再思捉拿马金森是合了秦翰林的意旨，少不得办他个水落石出。主意打定，把一切问罪讯话都教了严绍模。这时，马金森也已拿到，陈玉书命犯人带入内堂审讯，知县严绍模坐在正中，师爷陈玉书坐在左首，见犯人马金森五十多年纪，身穿蓝布袍子，罩一件黑布背心，头上一顶瓜皮帽，脚下一双双鼻梁雨缎鞋，差役拿入内堂下跪。严知县照例问过犯人姓名、年岁、职业，喝道：

"马金森，葛卞氏儿子葛鸿寿闭户栖居，你谋财起意，把他诱至乱冢丛中用刀斩杀，本县业经查实，恕你照实供上，免受刑讯。"

马金森一面磕头，一面说道：

"青天在上，小人安分守业，三十多年，承老主人信用，不曾犯过一桩小事，求大人老爷开恩。"

严知县道：

"葛家门窗紧闭，葛鸿寿夜间失踪，不是你引诱是谁？你还敢狡赖吗？"

说着，眼看陈玉书。陈玉书丢了个眼色，严知县立即呼喝用刑。左右齐应一声，早把马金森拖下拷打，打了又问。几次三番，打了个马金森不死不活。马金森还是不认，声声呼冤，只好付押再审。

这时，孝感县城中传讲东葛命案，都说凶手葛凤藻问了当即发放，转把葛家老账房捉去，究竟官中玩的什么把戏，共称奇怪。有的说葛凤藻是读书人，本来无罪；有的说老账房马金森在葛家三十多年，哪里会做这事？后来，有人传出，说是秦大人翻了案。县城中也有年高的人，晓得秦友龙从前商借一事，吃马金森的亏，这回是以私报公。好事无人闻，恶事遍天下。偏是秦友龙武断名望太大，历次包揽讼事，好歹总有人记怨，于是城中茶馆酒楼，悄悄地都批评秦友龙的不是。

在这个当儿，就引起一条好汉，怀抱不平，少不得要挺身泄愤。这好汉不是别人，就是上回书中所说替严绍模保镖的德州镖师倪邦达。倪邦达在乌龙驿遇了剑侠之后，自觉本领不够，深悔莽撞，一心要求师学艺，回到德州，把老店收歇，勾当杂务。好在家中无人，来去很是方便，从此漫游江湖，专意留心师承，再无向昔锋利之气。谁知人生遇合，往往在不意之中，有意栽花花不活，无心插柳柳成荫。万事可遇而不可求，况且侠客技师更是稀罕的了，因此倪邦达历走安徽、河南各境，不曾遇到一人，意想由河南信阳涉湖北孝感夏口，往湖南四川一走，再作道理。刚到了孝感，才行茶馆酒楼，听人讲说秦友龙无法无天，连道台知府都不在他的眼里，孝感县大小事情都系他一手掌管。又说起葛家命案，秦友龙以私报公，把老账房马金森陷害为杀人凶犯。倪邦达一听之下，不由得怒发冲冠，暗思：自己空劳奔走，毫无所遇，如此恶霸，害民害官，除掉他也是一桩功德。计议已定，就不免找个客店住下，先要探听那秦友龙出入情形，才得动手。谁知孝感城中，只有一所客店，那客店生意非常兴隆，客人都已住满。倪邦达跨入店中，店小二一面招呼，一面和掌柜的说话，似乎说住客已满，如何安置的意思。掌柜的道：

"东房还有一张空铺，你去问问李客官允不允拼铺。"

小二答应了，引着倪邦达到东房，伸手轻轻敲门。当下有一少年开出门来，约莫二十多年纪，生得一表人才，目光如箭，额角有光。倪邦达打量上去，知必是李客官了。小二把掌柜的话说过，手指着倪邦达道：

"就是这位客官。"

那少年把倪邦达望了一望，点点头应允了。小二不胜之喜，引着倪邦达入内。倪邦达问过那少年邦族，知姓李，名清渠，浙江镇海人，因生意买卖路过暂宿。李清渠也问倪邦达，倪邦达告过姓名，只道性好游历，并无甚事，也是路过玩玩的。两人谈起世故人情，说得很是投机。房内有两张客铺，一张朝窗，就是李清渠睡的，倪邦达一张，向东靠住板壁，两铺极近，中间不过一张桌子、几把椅子。李清渠带有酒肉，请倪邦达吃喝，看他情形，非常豪爽。饭后，倪邦达想出去探看秦友龙住宅，刚跨出房间，迎面来了四人，内中两男两女，都是差不多年纪，男的大约三十多岁，女的不过二十七八岁。倪邦达仔细一瞧，惊得几乎要直跳起来。

原来，其中一男一女，就是从前乌龙驿遇见的剑侠夫妇，再看其他男女两人，也像是夫妇模样，男的瘦长白皙，女的娇袅自然，都有点儿南边口音。四人说说笑笑，行近前来，看他们行动姿势，不消说得，暗中露出无限内家气脉。倪邦达心想：奇了，怎么会在此地遇到他们？那同行的夫妇必然也是剑客无疑，倒不虚此一行，可以乘间结识了。只是如何说得上去？设想之间，四人已转过东房，行到角门，即见小二上前招呼开门。倪邦达才知他们也住在此地，越想越奇，在门口立着出神。一会儿，退入房中，独自凝思，暂把探听秦宅事搁了不提。

看官你道这四人谁呢？说起来大有来历。原来，倪邦达在乌龙驿遇见的两位剑侠夫妇，男的姓云名杰，是血滴子队长云中燕的儿子，镇台毕五的外甥孙子，八大剑侠里吕四娘的徒弟。他本是通臂神猿所生，因毕镇台的小姐曾被神猿摄去，由云中燕等救回，已受了猿孕，后来嫁与云中燕时候，就把这神猿遗子取名云杰。云杰既禀神兽异胎，又承家传基业，更由大剑侠吕四娘悉心传授，自是术精无边，剑芒万丈。那女的姓甘名小蝶，是八大剑侠里甘凤池的女儿，也是吕四娘的徒弟，配与云杰为妻，夫妇两口子南奔北走，浪荡乾坤，自嘉庆以来，不知行过多少路，结过多少义。不料乌龙驿中，轻轻一语，使倪邦达收歇数十年老店，漂流找寻，可见侠义感人之深了。

　　再讲那同行一对夫妇，男的姓甘名虎儿，是甘凤池的儿子，与云杰之妻甘小蝶是同胞兄妹。当日甘虎儿、甘小蝶、云杰三人同学吕四娘之门，学成认亲，结为内外兄弟。三人功力悉敌，剑术超群，其中尤是甘小蝶敏捷迅速。当世称三人叫作小剑侠的就是。那甘虎儿娶的妻子，姓朱名斌，是大明遗民台湾中兴王朱一贵的孙女，朱继贵的女儿，文武全才，儿女英雄，却是气概一世。只缘独自走厦门行刺，被云杰捉住，百计诱说，配与甘虎儿为妻。朱斌本不懂剑，因嫁了剑侠之夫，结了剑侠之友，自然也渐渐能得剑术，这些话，在《小剑侠》书中已详细叙明。因四人是夫妇同学亲眷连带关系，有事分头干事，无事结队游行。要知四人缘何来到孝感，倪邦达如何计量，且听下回分解。

第六回

劫亲贵谷横秋被擒
送珠宝郑金氏落窟

话说云杰、甘虎儿等夫妇四人来到孝感，原是云杰邀往北上，为的云杰有个哥哥云程，表字万里，由永嘉县升任温州道，由温州道调迁厦门道，由厦门道得督院保奏，加二品顶戴，调任台湾道。台湾道是道缺中最大的阔缺，遇有要故，得以专章入奏，差不多比个小巡抚，这一番来由都已在《小剑侠》书中表过不提。

单说云万里在台湾道任中，内有个得意门生姓封名仪字棣华的，运筹帷幄，外有云杰、甘小蝶夫妇随着同行，决胜千里，因此云观察德政布于海国，威名震于边省。却巧这时候有个满旗亲王布达，携着家眷游行江南，路遇海马谷横秋，所有财物珍宝被他劫去不算，布达有个爱女，生得天仙化人似的万般袅娜，千般旖旎，竟被谷横秋掳掠走了。那谷横秋精通内家拳技，尤擅轻身飞行，力有万夫之勇，身如柳叶之轻，飞墙走壁，无所不能，学得一手金钱镖，百发百中，可以击人脏腑。只是性好采花，娇艳妇女，又不立即归还，阀阅名门失掉妇女的，一年起码听得有几十家，都是谷横秋行的好事。官府终年悬赏严缉，他还是干他的老业，始终弋获不得。这回布达王失了爱女，真也了得，密札各省督抚星夜查缉，务必拿获盗犯。督抚严饬州县大案，弄得民无安居，哪里有谷横秋的影儿？布达密札纷似雪片下来，督抚都相顾失色，莫知所计。江南老督院知台湾道云程，屡破盗窟，缜密有策，联名呈保。亲王谕下，命云程随机捉拿海马谷横秋，云万里无奈，只得与云杰商量。云杰道：

"既是哥哥叫办，小弟只好照办，但是我们以后务必要敛迹藏锋，这样地招摇开去，忙得别人事情都弄到我们身上来，可不是道理！"

云万里道：

"事到如今，只好费老弟的心了。"

云杰道：

"这厮漂流无定，我们前去捉获，正似大海捞针，如何下手？此事必须与甘兄从长计议。"

云万里也深以为然，当下云杰到松江甘宅先寻到甘虎儿夫妻，经不得云杰再三邀同帮忙，甘虎儿也答应了。于是四人计议，分两路找寻，隔十天一会。云杰夫妇北走转东，甘虎儿往南绕西，以甘小蝶、朱斌两人盛服冶容，作为钩饵，四人寻了半个多月，果然撞见谷横秋在安庆城中采花，先被甘虎儿查悉，告知云杰，四人团团伺候，乘谷横秋夜行逾墙时候获住，押解台湾道衙门，经云万里一再审讯，查出盗窟在南昌九江交界地方，捣了窟穴，扫除众盗，把布达亲王爱女救出。云万里专折报京，亲王十分嘉奖，保奏云程才堪大用，擢为直隶巡抚，江南老督院也都同声上奏，旨下准奏，着云程为直隶巡抚。云万里奉到谕旨，即行进京陛见，然后赴任。从此以后，云万里声名益大，请求他干的事也越多，凡有疑难案件，非请教他不可。云杰夫妇委实不胜麻烦，再三对云万里说要回去看家，云万里再四也不肯放他们走掉，说：

"除非我也不做官，一道隐去吧！否则，老弟好好歹歹总要大家聚着。"

云杰没奈何，只得又在保定巡抚衙门住下，果不其然，天大的案子，又找到云万里头上来了。

原来，道光皇帝本性懒惰，最喜燕暇，登位以后十几年，便把国事托了两个权臣，一个上回已经说过，就是国师爷杜受田，一个是满人穆彰阿。穆彰阿权力比杜受田更加厉害，连诸王贝勒个个都慑服，不敢动弹。偏是这穆彰阿外貌严正，暗地是最佻㑌不过的。他赋性喜淫好乱，尤爱汉女，只为清朝皇帝遗训，满人不准娶汉女，穆彰阿身为大员，自不好违引谨严之律，往往引为深恨。

这时，前门外有一爿珠宝店，生意极盛，各项珠宝都齐，王公大臣要购贵重稀世之品，必须到他那里采办。店主姓郑，名荟生，江苏吴县人，妻子金氏，年约二十三四，风竭天然，姿态如仙，淡妆粗服，备觉飘逸，真个秋水为神玉为骨，芙蓉如面柳如眉，是不经见的尤物。夫妇二人开设此店，也不多用伙计，只是三五个人守着，有时各伙计送货出门，只剩金氏一人在内，有时物品贵重，郑荟生自己出门去了，金氏也自会送去。无论亲王贝勒之宅，金氏倒也非常倜傥，来去自然。

有一天，穆府管家人到店传说，相爷要购置上等珠饰数十件，叫店主多备式样，亲自携去。适值这时郑荟生送货出门了，金氏因穆相吩咐，又须多备式样，只好自己送去。到了穆府，侍卫引入，直至穆彰阿内厅。金氏请过安，说道：

"小妇人已把小店最上等珠饰都带了来，请相爷吩咐采择。"

穆彰阿两只鼠目盯住金氏，看了半晌，看呆了，只是微笑不语。一会儿，问道：

"你是前门外哪一家？你干甚的？"

38

金氏回：

"丈夫郑荟生，开设珠宝店，因丈夫出外未回，相爷有命，不敢怠慢，小妇人故敢送来。"

说着，金氏已打开盒子，呈上穆彰阿面前。穆彰阿道：

"好！好！"

胡乱拣了二十多件，也不说话，缓缓踱到里间去了。金氏只得在外恭候，一会儿，两个婆子出来，笑吟吟地走到金氏面前，说道：

"相爷有命，叫姑娘在东花厅坐吧！"

金氏不解其故，问道：

"怎的？难道给我银两吗？"

婆子们笑说：

"那边说去。"

接着，拉住金氏，走了好几条廊檐，转了三五个弯。婆子们回头道：

"里面坐坐。"

说着，两人携着金氏入内。只见内室全副紫檀器具，白玉镶金床，铺西洋红花地毯，满壁琳琅，陈着些书籍古董。金氏也不暇细看，问道：

"两位老姥，叫小妇人到此怎的？"

婆子们拉着金氏坐下，说道：

"相爷说，像你这种模样儿，真是稀罕。相爷看中了你，劝你不必走了。"

金氏蓦地听到这句话，知道不好了，急着生了一计，说道：

"求两位老姥讨个情，小妇人还有个丈夫，家去称声，立即就来是了。"

婆子们笑道：

"姑娘也太傻了，相爷既看中了你，哪里会准你出去？便是你插翅也飞不走了。除非死了这里，才没事咧。不瞒姑娘说，像你这种人有好几个了，都是咱们两老经手的，相爷待她们最好也没有的了。姑娘，这才是福气咧，切莫三心两意啊！"

金氏听两老这么说，想起家下种种事来，心中一酸，不觉香泪横流，咬着牙齿说道：

"什么相爷不相爷？这老贼简直是畜生！你们和那畜生说去，他要触犯我的身体，我便要他的命。我抵住死在这儿了，也是我的命里应该。"

婆子们道：

"咄咄，该死该死！你这小贱妇，真不要命了呀！"

金氏怒极，拿起珠盒子，望左边婆子掷去。婆子连忙退过，叮当一声，早把盒子打得粉碎。婆子们大惊，喝道：

"泼妇，没有王法了吗？看你像个人，竟然野兽似的，险些把老娘头壳打破了。"

说着，两人打开房门溜出。金氏随着扳门，早已锁得铁桶似的，哪里开得开来？一会儿，门开了，两个男子拿着绳进来，不问皂白，把金氏反手捆了个结实，推向白玉镶金床铺后面，打开一头小门，送入门内窟穴去了。那窟穴真是地狱似的，黑漆漆一点儿光线不透。两男子把金氏坐在一条椅子上，又把椅子也捆了一起，捆毕，退出，关上门，声息都没有了。金氏存着一死，倒也不怕，只顾家下丈夫，店中情形，一溜溜的眼泪向下直滚。两只手都被捆缚了，连身子都不能动一动，如此坐了好久好久，也不知一日呢还是一夜，在窟中既暗无天日，哪里辨得清楚？只觉肚子有点儿饿了，人也倦极了。忽觉耳旁嗡嘎嘎嘎的声音，绕个不住，好像蛇鼠似的。金氏愣了一愣，打了个寒噤，张眼一看，白茫茫的，似乎有个人蹲在前面。金氏屏气不声，虽把死生置之度外，终究有点儿害怕，心想：丈夫郑荟生何等疼我，常劝我不要乱走，如今果中了恶毒暗算，死也命该。只是丈夫不知怎样伤心着呢！设想之间，猛听得有人对自己说道：

"姑娘，饿了吗？喝口汤吃吧！"

说着，便觉唇边有物。金氏不管毒药也好，盐卤也好，心中但求速死，就依着喝下。只听那人又说道：

"姑娘，你犯什么罪？何苦呢？你若答应了，要风便风，要雨便雨，多么娇养啊！"

金氏听着口音，又是那个婆子来了，默默地不发一声。那人又道：

"谁也替姑娘可惜，不是我说一句粗鲁的话，姑娘若是迎了喜，有这么一副怪可怜的模样，要他这样便这样，除了那万岁爷跟前的皇后娘娘，还有谁呢？"

金氏仍是不语，那人也不再说了。约莫一个多时辰，金氏忽然觉得神清气爽，似乎眼目手足都活泼起来了。心下怪着，不觉口中自语道：

"奇了，怎的要死的人又清爽了呢？"

一语未毕，只听那人接着笑道：

"姑娘，方才你喝的是相爷命我送来的人参汤咧，可见相爷疼你极了。唉！姑娘，何苦何苦！"

金氏才知婆子还没走，依旧不语。那人又道：

"姑娘早若回心了，什么话都对我说，我禀过相爷办去，总之，天下没有办不到的事。从前比你先来的几个姑娘，也是哭哭啼啼，不肯从命的。如今安坐享福，打也打不她们出去。姑娘不知相爷的爱好呢，尝着点儿味，休说丈夫，再比丈夫疼爱的也忘记了。"

金氏听到这种不入耳的胡诌，委实忍噤不住，狠狠地嚼着牙根说道：

"不要脸的东西，快给我滚出去！我死也死得干净，谁要触犯我，我和谁拼命！"

那人道：

"你这小蹄子，开口骂人，闭口诅咒，不给点子厉害，怕你死也不信。"

说着，只望金氏身上的绳结一拉，金氏浑身被绳索紧捆，痛得什么相似，连气息都吸不过来。原来，这打绳捆缚有个名儿，叫作五花大绑，只需归总轻轻一收，遍身绳索，连根拔起，都会陷到皮肉上去。可怜金氏娇小弱质，哪里经得起如此摧残？欲知金氏性命如何，且听下回分解。

第七回

侠去千里珠还合浦
人来午夜家认南皮

话说金氏在暗室中被穆彰阿家人五花大绑，黑地里经那人紧紧一收，痛得皮坼肉裂，浑身煎熬。偏是金氏倔强，狠命支住，死也不肯呼痛。正在这时，听得旁边有个男子口音的说道：

"陈妈，你不要发了昏害死了她，可不是玩的呢！好了，好了！"

说着，金氏觉得手足顿时轻松，只又听那婆子说道：

"从来也不见过这样的犟种，如今怎好办呢？"

一人道：

"不要紧，千年野猪老虎食，慢慢地收服她。再不然，给她上了魔药。"

婆子道：

"你不知道，相爷说过，上魔药的好比死人一般，再没兴趣儿，故此叫我劝服了她。"

一人道：

"咱们禀过相爷再说。"

说着，听两人脚步声渐渐远去了。一会儿，又有人来劝，无非说相爷如何疼爱，如何慈悲，如何阔绰。金氏总听不入耳，听得恨极了，又拼命地一顿痛骂，随又吃起苦来。说也奇怪，吃苦只管吃苦，偏有人奉侍她喝参汤，倒也支持得住。如此无日无夜，在黑暗中捆坐。不知经过了几多时日，一会儿，金氏倦极了，昏沉沉正要睡去，听得耳边有人问道：

"你是郑荟生妻子吗？"

金氏觉身在梦中，也随口答应道：

"是的。"

那人又道：

"我来搭救你的，你莫作声。"

金氏道：

"莫非做梦啊！"

那人道：

"莫作声。"

金氏睁眼一看，见一少年，穿着一身短打紧扣衣服，手中拿着一支绛蜡，立着面前，替自己解缚。从蜡烛光下望去，就见得左旁有个老婆子打盹。那人解完了缚，灭了烛火，携着金氏，叫她伏在背上，低声说道：

"紧闭了眼，不要害怕，咱们去也。"

金氏正要闭眼，忽见白光闪烁，一忽时，觉身浮如叶，突进猛飞，势如奔马，耳边听得暴声似雷，狂吼似风，金氏伏着不动。如此约半个多时辰，风也平息，雷也无声，觉自身横倒地上，张眼一看，谁知身在床褥，但见满室灯烛辉煌，光耀夺目。原是由黑暗中跳出，目光委顿，顿显得光明似昼，几乎张不开眼。仔细一望，见那少年站在床前，下面跪着一人叩头。那叩头的人不是别人，正是丈夫郑荟生。金氏忙着跳下床来，突地在丈夫郑荟生右旁跪下，也磕了个头。郑荟生连连扶起，搂金氏上床，夫妻二人，抱头大哭，半天说不出话。那少年管自换衣，披起长袍马褂，说一声去也。郑荟生惊得忙要留住，那少年道：

"不必，后会有期！我须得禀明师父。"

说着，跨出大门，一溜烟便无踪影。这里郑荟生替妻子金氏服侍睡下，金氏道：

"怎的你会知道我被捆缚黑室，叫那后生来搭救呢？"

郑荟生叹了口气，说道：

"你哪里晓得？也是我们夫妻合当团圆。我从那日回家，伙计们说你到穆府送货去了。我等到晚上，不见你来，直等到天亮，又不来。整整一夜不睡觉，清早，我跑到穆府，哀求苦问，哪知穆府看门的都是恶狗，开口便骂，半步也跨不进门，反说：'你做什么人，连个老婆都管不端正，难道我们替你管老婆不成？'内中有一个老家人，在旁冷笑道：'你是珠宝店店主吗？罢了，不用寻了，还是另外去娶个吧！谁叫你讨这么一个老婆花枝儿似的，自然要不见了！'我听得这话，必有缘故，再要问时，他们就拳打脚踢，不准我说半句话。我真也登天无路，入地无门，要告到官司，一来他是当今相爷，二来我无半些凭据，叫伙计们四圈搜寻，何曾有一点儿影？我想起那陶然亭旁边的花神庙，很是灵验。这天午饭也没吃，巴巴地跑到那里求签，正在磕头，后面走出一尊佛菩萨来。"

郑会生说到这里，金氏插言道：

"奇了，怎么佛菩萨真的出来了？"

郑荟生道：

"哪里是真的佛菩萨？是个和尚，穿一件大布海青，戴一顶地藏皇帽，踏一双黄色麻布鞋，相貌非常堂皇。我道是花神庙的住持，就问大和尚：'要香金吗？'那和尚不住地向我打量，说道：'我也是进来玩玩的，居士为甚担着重忧，哭得两眼红肿？莫非遭了意外吗？'我经他一说，好比遇了自家亲人，不由得叩了个头，苦求他设法。他笑道：'你这人傻了，你不告诉我事由，我怎晓得你犯了何事？况且我是个出家人，多半是办不了的。'我那时不管好歹，便把一切情由和他说了，死心塌地地苦求他设法。那和尚听我说完话，怒道：'有这等无耻禽兽，必是那穆彰阿把你妻子糟蹋了。我要问你，你妻子金氏往日出去不出去？向来做人规矩不规矩？'我道：'往日也常出去的，向来端正得很。'那和尚道：'我替你且去探听一回，如果你妻子还没有死，总得救她出来。明儿我到你店里给回音是了。'我恭恭敬敬叩了头，问那和尚法号，名作霞航。"

金氏急着说道：

"原来救我的后生还是个和尚。"

郑荟生道：

"哪里是和尚？我这天回到家中，又翻来覆去，一夜不曾闭眼。第二天清早，果然霞航大师到店来了，后面跟着个少年，生得非常秀丽。我动问邦族，知他姓于，名啸海，是霞航大师的徒弟，就是刚才救你来的那人。当下师徒二人走入店中，霞航大师悄悄地对我说道：'这儿人杂，里面讲吧！'我请他们到账房间坐下。霞航大师道：'你妻子金氏现被穆彰阿幽闭在穆府东花厅后面窟穴里，遍体都上了绳捆绑了，一时不会断送性命，我们准替你救出来是了。但是你赶快要把珠宝店收去，万不能住在京城。'我忙问：'什么？'霞航大师道：'你哪里知道？穆彰阿几多厉害，你失了妻子，东说穆府送货去，西说相爷家中留住了。他是当今大员，经得起你这样招摇吗？势必致于把你店铺人口斩除干净，方无后患，这是一层。二来，你妻子果然救得出来，试问你们夫妻还住得前门外不成？他手下几多毒鼠恶狗，怕你个珠宝店这些人？还有命了没有？'我被霞航大师这么一说，果然提醒了我，忙地就要收歇店铺。霞航大师道：'如今事极危险，你万不可声张，也莫走远，怕时候来不及了，你自己想想哪一处地方是你熟的。'我说：'近地只有宛平县、武清县我有亲眷，很是熟悉。'霞航大师道：'有熟人的所在不行，反而容易寻到。我只问你，哪一处路径最熟就是了。'我想了一想，说：'南皮县我去过好几遭，路径熟悉得很。'霞航大师道：'那边没有熟人吗?'我道：'没有。'霞航大师道：'那么你就到南皮县住家去，立即动身。'于是我搜集珠宝，安放了两大箱，把一切器用杂物都丢了不提。霞航大师道：'你把伙计们都回复走了，应该多给些银钱，叫他们家去。你自己光身先走，咱们替你带了箱子，在南皮县城隍庙等你。'我自然一切照办，把伙计们打发走了，两只大箱子交给于啸海，又拿了七百两银子给于啸海路上使用，于啸海再三不肯受。倒是霞航大师叫他收了，先使用去。我不懂这话，自京城动身，到此地县城，一共走了三天路程，谁知一到城隍庙，果然于啸海在庙门等候，却不见霞航大师。我问：'大师哪儿去?'他说：'大师有事，上远路了，这些事都交给我办就是。'说着，引我直到此地来，我也不懂这是谁家。于啸海道：'这就是你家，我替你租了这么三间两厢房子，一切家用器具都陈设好了，两只珠宝箱也在这里，你只雇几个仆役使用就得。一共收你七百两银子，花去三百六十两，还有三百四十两，物归原主，请你收下。'我那时真是心肝五脏都要挖出来孝敬他，哪里还要这些钱？他道：'这果然是你的心意，可是我们一辈子用不着这劳什子，要钱的人，就救不得你了。你懂得吗？'我忙跪下谢恩。他说：'也不用谢得，你赶快收拾珠宝，等着你妻子回来是了。'唉！天下有这种佛菩萨，真是前世的事。"

金氏道：

"果然奇极，可不是我们祖宗显了灵来的吗?"

郑荟生道：

"明明是个人，什么祖宗？既然祖宗有灵，你出去时候，为甚不早关照声？"

金氏道：

"这样说来，我们住的所在倒是南皮县了。"

郑荟生道：

"可不是呢！"

说着，拍拍金氏的肩，又道：

"你想，京城到此地，我足足走了三天，还是片刻不停的。于啸海携着两只大箱子，替我租房子，布置家具，还闲着在庙门等候，这是怎么处去？"

金氏道：

"果然奇极，究竟我离家几天了呢？"

郑荟生道：

"连头连尾，已是六天了。我是前天到的，昨天晚上，于啸海出去，半夜里回来，拿了一件宝贝来，叫我好好收藏，我已放在那珠宝箱中最下一层。"

金氏忙问：

"什么宝贝？"

郑荟生道：

"自从我出世以来，吃珠宝饭也二十多年了，从来不曾见过这样的宝贝。你道怎的？原是一瓶绿玉水仙，连花带叶连盆中铺的石子，完全是整块花玉雕成。最奇怪不过的，花是一般黄白，叶是一般翠绿，石子根脉是一般水色绉纹，那个盆是淡黄色带有花纹的长方玉盆。总说一句，是天生天化，无价之宝。除非大内禁院，或者有这种宝贝。"

金氏被郑荟生说得天花乱坠，要他取出瞧瞧。郑荟生道：

"这种宝贝，不好多流露，藏着是了。我的话还没说完呢！

48

这瓶绿玉水仙，于啸海是昨晚拿来的，今日晚饭，他对我说要接你家来。我以为最少也要一两天，谁知去了三四个时辰，你就到了，这简直是神道，不是凡人了。"

金氏道：

"不差，这人一定会飞的，我伏在他背上，好比骑了龙似的，似乎在天空中游行了，怪不得这么神速！"

于是把自己如何入穆府，穆府家人如何捆绑，婆子们如何作好作歹地劝动，于啸海如何救她出来，也讲了个备细。郑荟生听了，少不得又是一番感泣。金氏重问：

"于啸海现到哪儿去了？"

郑荟生道：

"谁知道他？他说走就走，去了无影了。"

金氏道：

"他若不来，你又无处找去，我们夫妻，受了他再生之恩，该如何答谢？"

郑荟生道：

"他把绿玉水仙寄给我家，自必要来，只是他既不要钱，又不要物，该如何答谢了他，倒是难事。"

金氏道：

"我们没奈何，只好把霞航大师、于啸海两人在家中设香案供奉起来，祝他们岁岁康健，乐寿无疆，也是我们一点儿心。"

郑荟生深以为然，于是郑氏夫妇就在南皮县城中住下，另行他业不提。如今要说穆府出事如何追寻，于啸海绿玉水仙如何根由，且听下回分解。

第八回

叙得失绿玉琢名花
述离合青剑游胜地

话说穆彰阿自那日看中了郑荟生妻子金氏，一面胡乱拣了二十多件珠宝，一面踱入里间，命两个婆子陈妈、高妈诱金氏到东花厅，劝劝金氏。谁知金氏铁打主意，死不肯从。穆彰阿大怒，当命两个家将把金氏五花大绑，推入东花厅后面窟穴中幽闭，再叫陈妈、高妈作歹作好地诱说。哪知金氏尚未到手，自己案上供奉的一瓶绿玉水仙已不翼而飞。这绿玉水仙是无价之宝，乃是去年道光皇帝万寿时候，赐给穆彰阿的，当时群臣都有赏赐，也都是些禁院名珍，穆彰阿为道光皇帝宠信权臣，特赏此最名贵之物。当赐给时候，道光皇帝曾宣谕旨，说：

"朕已三十九岁，躬登大宝，至今已十有五年，天下太平，四海安宁，尔诸王大臣，不无微功。今值朕诞生之辰，赏尔诸王大臣，各种名珍异卉，明年万寿，尔诸王大臣，须各将所赐之物配列他物，一并贡奉上寿。"

在道光皇帝的意思，是要看明年群臣有无升黜，臣下的见解，如何不同，故此要把原赐物品，再配上一式名珍献上。虽是玩意儿取乐，其中也有用意。

不说诸王，单说穆彰阿奉了钦赐绿玉水仙，愉快万状，到家设立香案供奉，朝夕抚摩，不准他人玩赏，最宝贵敬重也没有的。

光阴易过，转瞬将届万寿时节。穆彰阿遵着谕旨，存心配一式白瓣梅花，也是用珠玉穿琢，唯树身要用黑玉，连瓶带树，根在一起，很不易得，因此命京城各珠宝店采供上等珠宝，以备选制。适逢荟生妻子亲自送来，穆彰阿喜的汉女，又见金氏天然姿态，怎不销魂？见色起意，遂有此举。不料金氏幽禁方才五天，忽然失了案上供奉的绿玉水仙。原是于啸海入府援救金氏，见众人牢牢看守，无隙可乘，故把这供奉宝物窃了就走，所以使穆彰阿意乱心慌，无暇对付金氏。果然穆彰阿失此宝物，吓得魂胆逍遥，不论这绿玉水仙如何贵重，最恼的是道光帝万寿节近，如果所赐原物不能贡上，显见藐视君王。言官就要参劾论罪，这是关着性命的事，哪得不脚乱手慌？穆彰阿又不好声张，只得把合府家将侍卫如数查问，都说不见不闻，毫无影儿。哪知第二天早晨，家将们惊报东花厅后面幽闭的金氏脱逃了。这一来，越发使穆彰阿寒了心，忙召值夜的高妈问讯，家将们回说：

"高妈呆坐了，不会动了，不知怎的，好像上了魔药。"

内中有个老家将晓得这是被人点了穴，不害的，等一会儿自能苏醒。穆彰阿无法，直等高妈醒来，仔细究问，高妈回说：

"有个短打少年拿着蜡烛进来，对我脑后一点，我就说不出话来。待要走时，他又伸手往下一点，我便走不动路，只是蹲下坐地，眼看那人解了捆缚，背姑娘走了。"

穆彰阿听了大怒，命侍卫拖出高妈，立去斩首，一面命家将立往前门外珠宝店访查。哪知门户紧闭，人影都无，转问旁邻，听说前四天店主人郑荟生闯了祸，被官中查急了，黑夜逃走，不知去向。四邻都是这么说，家将无奈，只好回禀穆彰阿。穆彰阿自己也失了主意，召幕府商量，幕府道：

"能把皇上所赐相爷供奉绿玉水仙行窃而走，其人必是飞墙走壁，一等本领，这非平常侍卫所能架得住。就是九门提督，也无法奈何。"

穆彰阿道：

"照诸位说来，难道就此罢了不成？如今万寿节近，又必要原物供上，怎好罢休？"

幕府道：

"此事唯有直隶巡抚云程办理得了，他手下有几个能耐侠士，凭是深山大海，都捞摸得到。从前布达亲王被海马谷横秋掳了女儿去，那时云程还是台湾道任内，也要把谷横秋擒到。亲王女儿生还，试问谷横秋的本领，还有谁架得住？可见云程手下的侠士非同小可，相爷只需一封信，叫云程办理是了。"

穆彰阿点了点头，欲言不语。幕府都见着奇怪。穆彰阿道：

"不瞒诸位说，咱还有一桩事，并在一起。"

说着，遂把郑荟生妻子金氏幽闭窟穴，无端脱逃的话略略讲了一遍。幕府闻言大惊，都不敢作声。穆彰阿又道：

"这必是一起的，我叫人到前门外查过，店铺也已收歇，人口也都逃光了。"

于是幕府议论纷纷，有的说郑荟生必是巨盗，开珠宝店是假的，有的说那妇人金氏必有本领，定是她行窃的了。穆彰阿道：

"不说别的，这些事，怎能讲给云巡抚听？不讲这事，不知他能查不能？"

幕府道：

"事关相爷体面，果然不能对云巡抚讲。相爷但说府中失少钦赐绿玉水仙一瓶，彻查根由，只有前五六天，前门外珠宝店主郑荟生因召来府，失窃之后，那珠宝店关闭无人，显有形迹可

52

疑。那么一面搜宝，一面搜人，搜了绿玉，就可知郑荟生所在。拿获了郑荟生，也可知绿玉水仙了。"

穆彰阿道：

"好极，就是这么办理。"

计定，穆彰阿亲自写信，当即飞马饬送保定巡抚衙门，叫云万里赶速派人到京探查。信中说了许多谨严紧急的话，飞马限日上路。不上两日，已到保定，云万里接得穆彰阿手信，说的又是皇上赐给的宝贝，哪敢怠慢？急忙告知云杰。云杰听了话，叹了好几口气，说道：

"哥哥也是极明事理的人，穆相是何等专威，我们还要护他？从前我父亲为的当了血滴子，替雍正爷做事，我那太师父太阳庵主持，严加教训，后来果然血滴子鸟尽弓藏，个个都被雍正爷害死了。我们剑侠本只扶弱安强，如今却是倒行逆施起来，不怕哥哥恼的话，别的事都好承认，这回是万不好遵命了。"

云杰说了这大篇的话，堂堂正正，说得云万里哑口无言。停了好一会儿，说道：

"老弟果然帮我的忙不少，我也晓得，强留老弟在此，十分抱歉。如今事已临头，老弟如看先人面上、手足之谊，请老弟再帮一忙。老弟万一不肯，愚兄也没奈何，只好听天由命而已！"

说罢，也叹了口气，踱入师爷房去了。一会儿，师爷封棣华进来，云杰一见，就知替阿哥做说客来的，开口便道：

"不知封先生又有什么吩咐？"

封棣华道：

"不敢！老师叔，方才吾师接着穆相手书，实是万难万难。如果不办，那穆相怀了鬼胎，功名小事，怕性命还有危险；如果承办，除了师叔，还有何人？吾师吩咐我，只此一遭，无论如何，请师叔答应下来。他也再不想做官，晓得自寻烦恼，从此便与师叔偕隐了。"

云杰叹气不语。封棣华再三恳求，云杰道：

"如果我哥哥只此一遭便不做官，我也只此一遭便不从官。既是手足，又是封先生吩咐，只得从命。"

封棣华大喜，即速奔告云万里。云万里又亲来说情，开口笑道：

"你我兄弟，把此事办了，大家去隐，我得了老弟一番指导，心中非常愉快。"

说着，命厨房备酒，送云杰夫妇北上。云杰道：

"此事虽小，不可不防，小弟仍须找甘虎兄伉俪同行。一则久别思聚，二则有了他们，做事自然爽快。"

云万里道：

"老弟答应了，凭老弟随便办去就是。"

云杰道：

"不是这么说，甘虎兄说在济南，究竟他们是漫游无定的，假使不在山东，还要到别处去。那京中穆相催促得极速，须先复了他，放迟点儿日子。"

云万里忙道：

"不差不差。"

封棣华也道：

"不差之至。"

于是云万里一面复允了穆相，云杰夫妇一面由保定起程到济南，找甘虎儿夫妇。果然甘虎儿不在济南，道听了一个朋友，据说前个月上京，或者在京，或者在汉口。云杰无奈，只好先上京。刚要拔程，遇着云万里一个门生曹宗芳，正调到济南府知府，专诚请酒，一定要请云杰夫妇去。云杰拗他不过，在济南府衙门宿了一夜。第二天临走，曹宗芳又送了许多礼物，因此云杰夫妇倒增了大批行李。这时，正是倪邦达替严绍模保镖北上，不期在乌龙驿与云杰夫妇相遇，故倪邦达见云杰夫妇随带行李丰裕，光身无备，甚为可虑。其实剑客行路，本无须什么行囊，这都是济南曹知府赠送的。云杰夫妇由乌龙驿早发，在半山中斩了两盗，回头与倪邦达说了两三句话，因自己心中有事，飞骑北上，直到京师。往甘虎儿向昔行止之处一问，都说早十几天往汉口去了。云杰、甘小蝶深叹事不凑巧，但既已允人，只好再寻到汉口，一路风尘雨雪，不过客子行役之味。好在夫妇有伴，长剑在身，也不觉奔波跋涉之苦。一到汉口，在黄鹤楼中就遇到甘虎儿、朱斌。甘虎儿一见云杰，便说：

"你倒来了，我正要到保定探望你，咱们游兴正浓呢！"

云杰尚未回答，甘小蝶道：

"哥嫂宽心闲游，咱两个踏破铁鞋走遍十八省，找得兴趣都没有了。这回难得高楼便逢，好不快活煞人。"

甘虎儿道：

"又是什么大盗海马发作了吗？这样地奔波，何苦呢？"

云杰叹了口气，要说不说。甘小蝶道：

"哥哥料得不差，只此一遭，巡抚也不做了，师爷也回府了，咱也要归隐了。"

甘虎儿道：

"什么一大堆的话，我半句不懂。"

云杰道：

"咱们坐下谈谈。"

遂把一切话告诉了甘虎儿夫妇。甘虎儿道：

"既是二位订了条约来的，咱们也只此替云巡抚干一遭。"

朱斌道：

"在义侠是不妥的，在情理是应该的，那么咱们动身走吧！"

剑客一言立决,直截了当。当下四人由汉口起身,赶程而进,当晚到了孝感,夜投客店,就听得满街哗传东葛命案。四人一路探听,都说秦翰林挟私翻案累及无辜,也有讲他从前种种不是的。四人不由得心中一动,便想出一条计来。欲知四人所施何计,且听下回分解。

第九回

案中案李生诉细情
侠外侠甘女遭敌手

话说云杰、甘虎儿等四人在孝感县客店中，闻知秦翰林把持县务，无所不为。四人心中一动，甘虎儿妻子朱斌首先提议，说：

"我们趁着大家聚会，不如把这事办了，也是为孝感人民除了一害。"

三人都说不差。甘小蝶道：

"秦翰林虽是横行，却无死罪，我们最好把他截去手足，或是剜去了眼珠，使他终身成了废疾，自然他有所警戒，不至于为非作歹的了。"

三人都道办理得当。因这四人之中，甘小蝶最敏捷玲珑，便公举甘小蝶前往，惩凶剜眼，甘小蝶义不容辞，自然一口答应。众人计定，少不得往秦家探听一回。在孝感多耽搁一夜，越早，四人出去访问秦宅，又道听得秦友龙起居出入，十分明确，准在晚间举事。回店时候，已是不早，适逢倪邦达由河南信阳过来，要往湖南、四川，路过孝感，也闻着此事，在客店住下，不意天涯咫尺，英雄比邻。倪邦达方要出店探听秦宅，云杰等齐巧探听回店，一来一往，正打个照面。倪邦达是有意寻侠，云杰等是无心行事，故一个惊疑万状，一个却毫不在意。当下倪邦达见了云杰、甘小蝶，看得是乌龙驿遇见的剑侠夫妇不误，又料那同行的一对中年夫妇，也必是同道无疑，不禁止住了步，定神凝思，好一会儿，退入房间，又自胡思悬想地不定。正在这时，忽然背后一人拍肩问道：

"倪兄，何思之深？莫非触动什么心计了吗？"

倪邦达陡然惊起，回头看时，不是别人，就是同房合铺的李清渠，急得含笑说道：

"没有什么，不过见对面门角上住的那四位夫妇好生面熟，不知在哪里会面过的，倒一时记不起来。"

李清渠点点头，笑道：

"倪兄可曾知道他们干什么事的？"

倪邦达道：

"也不知干怎的，大约是官家子弟吃着玩着罢了。"

李清渠道：

"怕不是呢！我听他们要干一桩事。"

倪邦达忙问什么事。李清渠道：

"本地不是有个大绅士秦友龙吗？他们说他横行无忌，怕就要暗算他呢！"

倪邦达闻言大惊，急得问道：

"李兄怎么知悉？"

李清渠道：

"我也听他们讲是了，不知真的假的。好在倪兄一时不走，看看他们吧！"

倪邦达暗想：剑侠也要打算秦友龙，可知秦友龙为人坏极了。越发觉得自己所见不差，只是这一来，自己哪里还敢下手？横竖多停几天不碍事，决计看他们如何动作。转又一想，怎么剑侠行的事还被这李清渠晓得？也未免太鲁莽了些。想着，又对李清渠道：

"秦友龙这人，平生也太不检点。我听孝感人说，他无恶不作，简直把官府当作走狗似的，什么都由他包揽了。这回听说东葛命案，又无端翻了罪犯，把好端端的商人捉了去，岂不倒行逆施？李兄，你看这样的人，实在太作歹了。"

李清渠道：

"倪兄的话确有见地，但是一人在场面上做事，好歹也说不一定，譬如帮了甲，斥了乙，甲自然说好，乙自然说坏了。我们听甲的话，当他正人，转过来听乙的话，就见他是歹人的了，所以街谈巷语，也不尽靠得住。秦友龙这人果然也太不检束，无论事之大小，都一手承揽，自然平日积怨太多，况且他有个特别性质，平生最痛恶算小利的生意买卖人，最喜援助一班穷无所归的寒儒，你若到科场中、学塾中，听几个寒士讲起来，他便是好人，若在街上茶馆酒楼中，到处都是生意买卖人，自然没个称他好了。若说他把官府当作走狗似的，其中也有好处，也有坏处，那官府中能有几个清高不爱钱的？差不多都是贪婪残酷、不爱好的。有了这么一个人在旁打算，自然不好张明较著地作歹，这是好处。讲到坏处呢，那官府叫绅士敛钱，绅士仗官府行势，朋比为奸，就无法无天的了。再讲一句进深的话，如果官府真的清高不俗，哪里会被绅士压倒？哪有替绅士做走狗的道理？这里面变经百出，也说不尽言，至于这回秦友龙为东葛人命翻案，也不能说他完全不是。那案中原告告发的凶手，本是个穷秀才，向昔板板着实，不做歹事，而且胆小如鼠、手无拿鸡之力，告他谋害，原也是指鹿为马的事。秦友龙把他保释了，掉了个凶犯马金森去，马金森是葛家老账房，向来也诚实可靠，只是有一副势利脾气，专会迎富压穷。秦友龙为着从前吃过马金森的亏，这回就以私报公，却是秦友龙的大大不该。那马金森为的向与一班生意买卖人联络，故满街都激动公愤，说秦友龙陷害良民了。其实，秦友龙这回虽说陷害一人，却也救了一人，倪兄听的是街上的话，若到义塾书院中问起来，就不是这样了。"

倪邦达听李清渠说得如此亮透，十分佩服，把自己痛恶秦友龙的心思渐已打消，只疑李清渠如何会这样明白，莫非秦友龙的同党吗？急着问道：

"李兄伟论，所见不凡，不由得小弟倾心敬服。只是李兄不是本地人，如何会这般细底？"

李清渠笑道：

"我到此也已好久，有几个斯文中的朋友说起，才知其中细情。我听他们说来，也是公论，坐多话多，大家谈谈。其实我与秦友龙陌不相识，他长他矮，与我也无关系。兄弟虽是个生意买卖人，平日却不喜与同行合伴。倪兄有所未知，他们那种刁钻刻薄的手段，我们最合不上的。譬如一个人有钱了，供奉着似老祖宗一般，连他放一个屁也是香的。看财的叫财奴，他们简直是财奴的脚爪。若使他们遇了穷人，那就翻转面孔，白着眼，竖着眉，摆出财奴脚爪的样子，凭你说得天经地纬、至理名言，他们总当你是放屁。再则他们还有一种古怪，越是穷人越刻薄，直要咬到骨里，吃到血里；越是富人越恭维，自己倒会拿出骨来给人咬，拿出血来给人吃。试问倪兄，这种人能不能道伴？我说的葛家老账房马金森，就是这类的魁首。"

倪邦达本是个血性人，被李清渠说的生意买卖人如此刁钻刻薄，不禁愤火中烧，说道：

"这样说来，马金森杀不为过，秦友龙并不陷害。"

李清渠道：

"这回究非其罪，如果谋害人命，自不必说，若因他向来刻薄，牵到人命案中，即就是陷害了。"

倪邦达听李清渠这番议论果是公正无疵，想此人倒不是平庸之辈，可惜他面貌文弱，要不然，教他一手拳技，岂不甚好？就此倪邦达格外看重李清渠，谈东谈西，越发投机。只是李清渠谈的总不外世故人情，不曾追问倪邦达什么来历。倪邦达虽欲与李清渠结交，却不好自己直说出来，好在会晤有日，也不忙在一时。只又转想李清渠说秦友龙并不全坏，听李清渠说对门两对夫妇要谋害秦友龙，倪邦达因知他们是剑侠，影儿一晃，秦友龙还有何命？倒要搭救秦友龙起来。可又无方法，心中好不自在，胡思乱想了一会儿，不觉昏沉睡去。

再说云杰、甘虎儿等四人，议定计劫秦友龙，公推甘小蝶主事。甘小蝶视此等轻便事务，真如囊中探物，毫不在意，待至夜半，穿好夜行衣服，直往秦宅。那秦宅是三进四厢房屋，前有照墙，后有园林。甘小蝶等在日间已探听秦宅情形，知外厅是秦友龙会客之所，中厅是秦友龙自己起居之室，后厅是秦氏内眷所居，东边内外两厢是书房仓廪，西边是家下属员仆役所居。甘小蝶既到秦宅，由后面园林闪入，跳上屋瓦，踏上中厅，见四面灯光熹微，听得有人声呶呶说话。转过东内厢，斜伏瓦上，打从中厅旁屋望去，见一人五十多年纪，同字式面庞，圆顶阔肩，一脸细须，生得十分圆稳堂皇，正在靠窗一案，伏着观书。案上燃着两支状元红绛蜡，左右站着两人，正似个玉堂大吏、香案宰官，好不谨严端正。甘小蝶看去，一定是秦友龙无疑。这时如果要取他首级，只需挥剑一掷，毫不费心，偏是当时众人议决，是要剜他两颗眼珠，那必要闪入房中，直到秦友龙面前才可动手。甘小蝶思议已定，直起身来，正要跳下，冷不防一条黑影从东内厢外墙跳起，迅雷不及掩耳地蹿到甘小蝶后面。甘小蝶耳边闻风，急着躲避，哪知黑影直冲前来，早把甘小蝶点了肾俞穴。甘小蝶提防不及，登时被他点住，再也不得动弹。

　　看官，这点穴法是内家精深要着，最厉害不过的，无论技超极顶，但有半分不留意，即能把血脉点住，或不有开口说话，或不能举足行路，或遍身酸软，或连声咳嗽，各看穴堂点法。这肾俞穴点了，就会提不起手足。当下甘小蝶被那人点住了穴，自己深悔鲁莽不该轻视他人，致有此失，并看那点穴的人，是二十多岁的一个英雄少年，手足行动姿势异常灵敏，料是一个敌手。那少年也不说话，也不动蛮，点了穴，管自退向东内厢墙外去了。

　　这里，甘小蝶孤零零站在屋瓦上，好似瓦将军似的，十分难受。幸亏黑夜黑衣，秦家人也没留意，只得忍嚛而待。那云杰、甘虎儿、朱斌三人在客店中守候甘小蝶，左等不来，右等不来，料得中途必然出事。偏是云杰夫妻情深，迫不及待，直奔秦宅，跳上屋瓦，早见瓦上站立一人，跑近一瞧，正是妻子甘小蝶。惊得几乎要失声喊起来，说道：

　　"怎的妹妹被人暗算了也？"

　　甘小蝶告知缘故，云杰连忙一手点回。甘小蝶登时复了原，抖擞抖擞精神，说道：

　　"这厮年轻得很，与我们一辈手法差不多，不知哪里来的。他若是明战交锋也罢了，又是偷偷地施了暗算，好不叫人不耐烦，我绝不放过了他。"

　　云杰道：

　　"咱两个且去寻着这厮再说。"

　　一语未毕，突见黑影幢幢，即又袭上屋来。甘小蝶道：

　　"那厮来了。"

　　云杰猛回头估量，正是一位少年。不知那少年究是何人，云杰夫妇究如何对付，且听下回分解。

第十回

书留破晓壮士惊心
额悬重赏市侩设计

话说云杰夫妇正在说话，那少年即又袭上屋来。云杰返身迎上，劈头就使了一手龙拳打去。那少年不慌不忙，随手解开，只取退势，不取进势。云杰飞起右腿，少年侧身避过，突向背后一转，使劲一个"黑虎偷心"，云杰急避，从左绕转，骈两指直插少年脑后。谁知少年猿猱般的矫健，兀地蹲身下击，一进一退，在瓦上战了十多回合。甘小蝶忍不住也出手夹击，哪知少年以退为进，使得非常灵动，云杰夫妇如此厉害，总不能动他丝毫。甘小蝶与云杰打了招呼，倏忽之间，齐发双剑，直刺少年。少年也登时立发一剑抵御，三人在空中剑剑相击，回旋往复，光激云霄，约有半个多时辰，终究分不出胜负。

正在打得起劲，那甘虎儿夫妇因久候云杰夫妇不至，心知别有缘故，也赶向秦宅而来。早见屋瓦上有人斗击剑术，稍近一瞧，始知云杰夫妇双剑并杀一剑，只不过是个平手。甘虎儿心中一动，也袖发一剑助杀，朱斌本不精剑术，只好立站旁观，哪知少年又取退势，只管守着门户。三剑环击，独剑依然支持。战了二十多合，那少年剑光渐渐低下，直望后退。云杰等三剑追上，直到秦宅后园林，人剑俱到林中，谁知少年乃是让势故意退后，既到园林，忽然发出连珠飞剑，足有七八道剑光，直杀上来。云杰等猝不及防，几乎折断剑锋，连连收下退兵，望后躲避。那少年也不追赶，戛然收剑而下。

云杰等成艺以来，未曾见有如此劲敌。前在仙居，因甘虎儿兄妹误服蛊毒，与云杰拼战一次，亦不过两剑杀一，再后云杰看风退下，两无受伤，这回是三剑斗一，第一次逢着连珠，唬得云杰等三人面如土色，朱斌更加惊叹。云杰要追问那少年究是何人，又飞一剑招呼，少年掉头不顾，一会儿不见踪影。

这里云杰等四人垂头丧气而回，途中不过疑猜悬揣，拿不定这少年究是何处出身。这时夜已五更，天将微明，云杰等徒步回店，不便敲门，都从店后一溜烟跳入，往客房休息去了。

再说那倪邦达心中念念不忘李清渠之言，究不知秦友龙被害了没有，一梦惊醒，已是东方将白。因昨晚贪饮嗜茶，醒来急欲小遗，挑灯起坐，看窗外天色明矣，一阵寒噤，回过头去，却不见李清渠在房。只道是清早偶出，并不在意，仍顾自己起床出门。回房重又细看，谁知李清渠随身几件杂物均已不见，再看台子上留有字条一纸、信一封。倪邦达先看字条，上面写着数行行草，道是：

> 与足下萍逢客舍，快谈终宵，殊慰私衷，信一件，烦足下代交对门兄嫂，亦即为足下介绍。足下热诚血性，学有家承，必能超群登极，愿共勉旃。临别匆匆，留此告辞。

倪邦达大惊，再看那封信面上写的是"烦面交四大剑侠兄嫂均启"，下面也不署名。倪邦达还参不透究是什么道理，忙着穿衣整冠，端好字条信件，跨出门外，转弯就是角门，角门旁边，便是云杰、甘虎儿住处。倪邦达以指叩门，剥啄声响。云杰早跳起拔剑相迎，正与倪邦达顶对打个照面。云杰呆呆一退，甘小蝶、甘虎儿、朱斌都从后站起估量，云杰把倪邦达望了几望，说道：

"英兄面貌好熟，不知在哪里见过似的。"

倪邦达道：

"小可倪邦达，曾在德州保镖，在乌龙驿店遇见大侠夫妇，备承关切，因此收歇老店，在外觅师，把望大侠指导。"

云杰正要回说，甘小蝶忙道：

"不差不差，正是在乌龙驿遇见的。"

云杰侧身招呼，让倪邦达进内坐下。先问过云杰、甘虎儿夫妇姓名邦族，各人一一答过。云杰又把乌龙驿的话略微提了一提，甘虎儿夫妇也诚恳招呼，只各人都不解倪邦达清早敲户而入究是何意。倪邦达坐定，说道：

"今晨发生一桩异事，同房李君不别而行，留下一纸字条，叫小可送一封信与诸位大侠，不知他与诸位有什么关系。"

说着，恭恭敬敬把那封信递上。云杰急着拆封，抽出信笺，念道：

> 诸兄嫂名满天下，义普四海，素心倾折，匪可言宣，午夜领教，深自庆幸。弟念吾辈作为，光明磊落，事非理直气壮，情非真挚恳诚，不可轻与试颖，先辈路民瞻、周浔诸公，艺无不精，术无不克，而出处之宜，生杀之机，固审慎至再。
>
> 诸兄嫂高明，何劳弟之絮渎也！翰林秦海，行虽不检，而心无他，原其所以至此，亦必有故，其利其害，昨已与倪君详论之。天下若此辈人，何啻恒河沙数，焉

得一一而除之耶？

　　诸兄嫂惑于街谈巷议之细，而不深察其所由，弟故敢为秦海求恕，免其剜眼之惨。自知狂直，得罪诸兄嫂，留此负荆，幸诸兄嫂有以谅之。

　　云杰念时，甘虎儿、甘小蝶、朱斌都环立同看，云杰念毕，说一声惭愧，把信笺放下，沉思不语。四人面面相觑了好久，甘虎儿道：

　　"从今不敢轻量天下士了。"

　　甘小蝶道：

　　"这人功夫精深，他偏能步步退让，越见得他的本领。"

　　朱斌道：

　　"不但武艺精深，便是文字，这不过普通一件书信，写得如此委婉，确是后来居上。"

　　甘虎儿道：

　　"你不要多说了，都是你起的祸，说我们带便干了这事，如今干成没有？"

　　云杰也接口道：

　　"还要怪蝶妹不是？什么剜眼不剜眼！"

　　甘小蝶道：

　　"你们倒好，都推得干干净净了。当时你们一口说好才干的，牛头肯落水才落水，怎怪得我们身上来？"

　　说得众人都哧哧笑了。云杰又把信念了一遍，说道：

　　"他不署名，究竟叫什么名字呢？"

　　遂对倪邦达道：

　　"他与你讲的什么话？"

　　倪邦达说：

"这位少年姓李，名清渠，是浙江镇海人。他说你们诸位要谋害秦海，因此就讲起秦海身世来。说了一大篇，讲得非常亮透。"

遂即把李清渠的话统统传过。甘虎儿道：

"哎哟！我们也太不小心，怎的我们商量打算秦海会被他知道呢？"

倪邦达道：

"我当初也觉着奇怪，只是他文弱得很，简直丝毫看不出有技家的样子。"

朱斌插言道：

"这便是功夫，看得出便不稀奇了。"

甘虎儿道：

"别的不讲，看他信上称先辈路民瞻、周浔两公，也必是我们一脉人，只是他哪里学来的连珠剑呢？"

遂问云杰道：

"杰兄可知从前师父能连珠不能？"

云杰道：

"你也太乖刁了，怎么疑着师父？难道师父还不悉心教我们吗？"

甘小蝶道：

"据我晓得，八大剑侠中也没个会连珠剑的。"

看官，云杰、甘虎儿所说的师父，就是吕四娘。吕四娘与路民瞻、周浔同是八大剑侠的伙伴，路民澹又是甘虎儿的父亲甘凤池的师父，故此，甘虎儿称李清渠也是同脉的人了。当下四人七嘴八舌地议论李清渠，谈了好一会儿，甘虎儿道：

"事归一理，的确是我们大意。这番受了教训，也得大家惊心点儿。"

朱斌道：

"其实我们此番上京去，问心也觉不安。"

甘虎儿道：

"这是杰兄答应下来的，我们好好歹歹做到底。"

云杰也道：

"千不该，万不该，我那位万里老兄不该做巡抚。"

甘小蝶点点头，众人议论风生，说得起劲。只是倪邦达独坐在旁，一点儿摸不着头脑。云杰道：

"倪镖师这回巧遇，也是难得，若是无事，大家走一趟北京好吗？"

倪邦达求之不得，自是不胜之喜，连说：

"奉陪！奉陪！"

甘虎儿道：

"咱们四人同行，正好请倪镖师保镖。"

甘小蝶、朱斌都道好极。倪邦达笑道：

"那小可便是童男童女的了。"

众人忙问何意，倪邦达道：

"有诸位大侠在座，叫小可保镖，那简直扮个模样。好比纸糊人儿似的，不过看看罢了，不是童男童女吗？"

说得众人满室哗笑。这时，红日高升，已是卯未巳初时候，云杰道：

"咱们须得赶程进京了，怕穆彰阿眼巴巴地望穿了呢！"

遂把穆彰阿失绿玉水仙的事与倪邦达约略讲了一遍，于是五人收拾些行装，雇车起程。果然由倪邦达保镖，直往北京去了。暂且按下不提。

却说东葛葛卜氏自儿子葛鸿寿横死之后，告到官司，谁知凶手葛凤藻安然出狱，倒把自家老账房马金森捉去。那马金森是葛卞氏最信任的人，几十年来，不曾出过一点儿事，葛卞氏自然不服。马金森本与县中一班庄主账房都是一伙的人，有的还是马金森的学生，都为马金森受冤，抱着不平，于是葛卞氏领头，合着县中几家大店的店主掌柜联名进呈呼冤求释。无奈严知县被秦友龙一吓，早已吓得手足都僵，这些店东伙计哪里是严知县意中？概把状子批斥，一律不准。葛卞氏无奈，纠众商议，众人都为是秦翰林经手，噤得没法主张。葛卞氏思儿心痛，哪里肯息？当众宣说，凡能查出儿子葛鸿寿被害证据，替儿子申冤的，愿把财产分出一半，送给谢礼。常言说得好，天大官司，地大银子。葛卞氏是个大富妇，一半财产至少也有三四十万，自然有许多虾兵蟹将凑奉讨趣，有的主张到府里去告，索性把秦友龙和那瘟官一体告进去；有的劝葛卞氏再进冤状，请严知县到城隍庙阴阳会审；有的说索性和秦友龙拼命，候他出来，把他丢到河江里去。议论纷纷，都是些顾前不顾后的话。其中有个马金森的本家，名作马桂堂，是个烧纸店掌柜，绰号叫作"烧纸阿桂"，往日靠了马金森的脚，也在葛家走动走动，为人有三分假斯文，四分假老实，九分半的钻滑，想几个法子，着实有点儿刻毒，这回葛家出了大事，少不得也凑奉热闹。当下众人议了一会儿，都不中窍，旁边就有人请马桂堂打主意，马桂堂私下暗计，建功立业，讨好发财，在此一举，就想出一条横边风来。不知马桂堂所想何如，且听下回分解。

第十一回

山阴城陈世刚惹祸
嘉鱼县阳亮澄就幕

话说葛宅众人打劝马桂堂代出主意，马桂堂正要卖弄自己才绪，发笔大财，当下立起身，开口言道：

"诸位所说，各有各的道理，只是目下形势紧急，非要想个万妥方法，才能操必胜之券。要知大虫虽猛，还有狮子，蜈蚣虽毒，还有蜗牛，照我看来，这事必要请西洋镜阳老先生，方是道理。"

一句话提醒了众人，都道："是极是极！眼前事一时倒转不过来，亏得桂堂兄想得周到。"

葛卞氏见众氏都说马桂堂主意不差，自己也久闻西洋镜阳老先生大名，就派马桂堂去请阳老先生商量。原来，这位阳老先生，姓阳名亮澄，本是绍兴府山阴县人氏，出身是个副榜，从小没了父母，在舅舅陈世刚家抚养长成。那年舅家陈氏犯了命案，为的陈氏家的农工，夜守荸荠田，失手把鸟枪放死了同村土豪张某家工人，张、陈两家本有嫌隙，因此告发陈世刚唆使农工用枪杀人。县官准了状，把陈氏拘去问案，陈氏答称：

"因夜来有兽窜入荸荠田，暗中不辨是人，遂致误伤。"

张氏告官说：

"陈世刚唆使在稻田击杀。"

两下对质，县官以口说无凭，要传乡里佐证。这时，阳亮澄不过十二三岁，要跟着舅舅陈世刚到县听审，陈世刚向昔疼爱外甥，也便带他进去。县官一再质询，延时既久，阳亮澄忽然要小遗起来，一时找不到哪里厕所，急得就在大堂旁角放尿，故意放了两堆，突然被差役查见，动手要打，阳亮澄吓得大叫起来。县官听得小孩叫声，问是什么，差役把阳亮澄拿上，言明原委。阳亮澄随手指了个差役，说：

"他本在大堂旁角小遗，我不过看他样儿，原是有的。"

县官大怒，命人查视，查有两处，因是小孩口中无假语，当把那差役拖下责杖五十。差役打得不明不白，阳亮澄只在旁边暗笑。县官转问阳亮澄：

"你小小年纪，擅入本县大堂作甚？"

阳亮澄道：

"小孩在此玩玩，带便看看大老爷审案明白不明白。"

县官笑道：

"你如今看了明白没有？"

阳亮澄道：

"老爷虽是明白，可惜不大清楚。"

县官为是小孩儿，也不动怒，问道：

"怎的你说我不大清楚呢？"

阳亮澄道：

"方才老爷问案，张氏告陈氏工人在稻田击杀害命，陈氏说在荸荠田黑夜误伤。荸荠田原是烂泥，伤了人口，当然有脚印洼潭，老爷只需一查便得，要什么乡里佐证？"

县官听说这话，确实有理，果依阳亮澄所说命差役往查。差役回报：

"查得荸荠田中，果有人体模型。"

县官遂断张氏捏状诬告，蓄意连累。陈氏工人因黑夜不辨是人是兽，失手误伤，发下监禁三年。阳亮澄舅舅陈世刚原不知情，与案无涉，免罪归家。县官又问阳亮澄姓名年岁，很是爱怜。从此，阳亮澄又时常到县衙门走动，竟做起一个小绅士来。第二年县考府考，阳澄亮连捷一等，居然入泮进学，考毕，学台点名，生员照例要蓝衫鹊顶参谒学台。阳亮澄年幼身小，高列前茅，学台早已见了爱惜。偏是阳亮澄最好玩贪，正在院中折了芍药一朵把玩，忽闻领班参谒，掩避不及，就在袖中藏匿了。却被学台瞥见，笑呼阳亮澄走前，问道：

"我有一科，你对得出，恕你无罪，对不出时，要办你个慢上不敬。"

便道："小孩子暗藏春色。"

阳亮澄知道袖中芍药花朵被学台察见了，想了一想，应声对道：

"大宗师明察秋毫。"

学台大大赞赏，说：

"你这孩子将来必是可造之材，须要勤心习上，庶不负本使栽培之意。"

谁知阳亮澄这人只有小才，不成大器，专会些刁钻卖弄，不把正业放在心上。进学之后，就在本县包揽讼事，又替人做枪手，不过是把些文字卖了现钱，请他包中举人的，不知凡几。他果有特别本领，挥手就得，为是要做枪手，混入乡场，自己倒不高兴中举，只管替人销售。谁知他随手写成文章，都是举人，自己因用意故刻，不入正轨，反中了副榜。因此他越发无意上进，索性再管讼事，不论什么疑难，经他一提得，越是冤枉案，越发中窍，弄得前后山阴县束手无策。

有一回，山阴县为一桩乱伦案，是阳亮澄经手，明知是非颠倒，又被他驳诘不过，愤得拍案骂道：

"恶讼师！"

阳亮澄拱了拱手，说道：

"讼，公言也；师，尊称也。既蒙公主尊称讼师，不知恶从何来？"

说得山阴县哑口无言。如此一年年，阳亮澄声名四溢，也有拜他老师奉迎他的。绍兴乃是师爷出产地方，更有许多亲戚朋友劝他就幕。看官知道，当时绍兴师爷有一个团体，非常坚固，当师爷的有绍兴帮，有常州帮，有苏州帮，其中绍兴帮最是厉害，定有几种规则。其一，不准讲官话，只有做官的学绍兴话；其二，遇有别帮师爷，必要合力排挤；其三，有本领、有资格的师爷，公众应该让好缺给他；其四，师爷失了业，须由同帮设法安置。就幕之前，最要把这几条奉行得划一不二。此外，不过学些大清律例，做几个圆滑公事，并没有什么难处。

阳亮澄在山阴，早已懂得师爷规矩，经人劝动就幕，暗想：在县专管讼事，究竟作恶多端，未免结怨于人，不如远去，也是道理，于是准入绍兴师爷帮，忙忙习了些大清律例。他本是有名讼师，公事原都熟手，不费手足，稳稳入帮，就有人荐他到湖北嘉鱼县。那嘉鱼县知县是个捐班出身，做官全靠师爷做主，听得阳师爷是绍兴名师，好不高兴。向例县官迎接师爷入署一天，整整恭候，连上司要案都不奉接。入署之后，又要请安问好，真个比老子娘还要敬重。

阳亮澄到嘉鱼县就幕，先期早已通知，嘉鱼县等到这一天，吩咐县中各属列班伺候，直到昏黑，才见一个蜡黄面孔瘦子，穿一身三不像的衣裖，搭一条虬龙似的小辫子，左手携着包袱，右手提了账篮，瘟生似的走上门去，要见县爷。县役便问：

73

"是师老爷差你来的吗？"

那瘦子道：

"我就是师老爷。"

县役呆了一呆，赶上去接包袱账篮，一面飞报嘉鱼县。嘉鱼县整整穿着袍套来接，近前问过安。阳亮澄还是死命地接着包袱账篮不放，稍微点了点头。嘉鱼县亲自接过包袱账篮，吩咐就近安排师爷房中，心中深自奇怪，这么一个七分像鬼三分像人的东西，少不得面上现出不快活样子。阳亮澄淡淡地应酬几句，也不多说话。入署之后，便在师爷房坐定，一步也不出门，整天地在床上睡觉。

向来衙门规矩，每天无论有无公事，县官照例要送几份给师爷，如果无新近公事，也必要找个三五年前的老公事送去。师爷也不过翻卷一览，搁置不阅。若是三天不送，那就回绝师爷，师爷老实卷铺盖走路。

阳亮澄进署之后，嘉鱼县自是照例送卷，谁知阳亮澄一概不阅。半月之后，案卷已积得五尺来高，阳亮澄从不批过一字。这时，弄昌府发下府札，催缴钱粮，非常紧急，嘉鱼县很是焦灼，看看这位阳师爷又不理睬，待要问他，又怕他阴阳怪气地吃了气，每日打发人去探听，查他有没有阅卷。差人回来，都说阳师爷睡觉。嘉鱼县没奈何，心下又疑不知有否开罪，只好到师爷房亲自讨讯。阳亮澄闻得东家看他，下床起来。嘉鱼县满面堆着笑容问道：

"老夫子屈居在此，觉得有什么不便，只管吩咐，叫小弟办去。"

阳亮澄道：

"很好，很好！"

嘉鱼县又问，阳亮澄又道很好很好。嘉鱼县远远谈些风俗人情，在后转到府札催粮的话，阳亮澄还是嬉笑不答。嘉鱼县追着要他速小，阳亮澄道：

"这种放屁的公事，本来可以不理，既是东翁不放心，我就复他一个是了。"

说着，提起笔来，立刻复了一个，递给嘉鱼县，嘉鱼县见了大惊。原来这答复公事上说的都是批驳诘责的话，不但下属对上司不应如此，就是上司说这些话，已觉得严厉了。嘉鱼县执着公事，面有难色，暗想：这位师爷真是狗屁倒灶，难道不懂公事的？哪里可以如此犯上？心下虽想，口中又不好明说，仍又含笑问道：

"老夫子看这样公事，就可发出去吗？要不要改几句？"

阳亮澄道：

"发了是了，改什么？"

嘉鱼县委实不能再忍，说道：

"兄弟虽是草包，也曾当过几回县差，这样公事上去，不怕府太爷恼吗？小弟功名，全在老夫子笔下，请求老夫子体谅则个。"

阳亮澄道：

"东翁只管放心，鄙人既在东翁这儿，哪里反有贻害东翁的道理？这样的府札，只好这样地呈复。东翁信得过去，请发，信不过去，鄙人也有自知之明，请东翁另请高才。鄙人落笔，从来没有涂改的，请东翁原谅。"

嘉鱼县被阳亮澄这么斩钉截铁地一说，也不好再问。当下想了一想，说道：

"那么兄弟准定发去？"

阳亮澄道：

"东翁如果有三心二意，倒不如不发，免得后患。"

嘉鱼县明知阳亮澄是俏皮话，只得顺受，连说：

"大才斟酌，自是万无一失，兄弟哪有疑惑？"

立即当面画行付发。嘉鱼县虽是发了，心中总是不安。不上五天，府中来了复文，拆阅一看，通篇是给阳亮澄赔罪的话。原来武昌府幕友，乃是阳亮澄门生，当日接到嘉鱼县呈复，见如此抗违自大，必有缘故，再看复中井井有条，句句是理，料是名手无疑，从旁探听，才知是老师阳亮澄。忙即复了一信谢罪。阳亮澄为的进门时候，嘉鱼县看他衣服不整，有点儿礼节不周，故此卖弄本事。嘉鱼县接着这么一个府复，真是意想不到的事，立即到师爷房恭礼请安，从此把个阳亮澄当个活宝。果然阳亮澄阅卷判案，十分能耐，上白省府，下至绅董，调度得面面俱到。嘉鱼县不过坐享治安而已。

阳亮澄声名所至，渐渐闻及省府，竟然交了一步大运。不知阳亮澄如何交运，且听下回分解。

第十二回

妆台花迷巡抚失印
官署火起县令入彀

　　话说这时，湖北巡抚名作应福，是个旗人，本充御前侍卫，因皇三子恩泽，分发外省。为人不计行检，素性好色，自少狎邪，在京城中着实结识几个名伶名妓。如今上了年纪，还是本性不改，每值公暇，在外微行问津。其时汉口后花楼有个著名私妓，名作洗春，是个绝世佳人，真是月一般皎洁，水一般清洁，玉一般玲珑，花一般娇艳，修短合度，秾纤得宜。虽是小家碧玉，却多交往缙绅。应福听了，不由得见猎心喜，公余放衙，悄悄地私出后门，独自过江，直到汉口后花楼，寻向洗春家来。洗春这时眷爱的，是个武昌县知县，姓宓，名大琛，字佩玮，浙江泉唐县人氏，少年科甲，一表人才，果然潘安般貌，子建般才。与洗春一双鸳鸯，三十六同命，两下私盟，誓订白首，只缘宓佩玮家本清贫，薄俸所入，又属无几。那洗春的假母，向依洗春为钱树子，终身插金戴银，子孙一辈子吃用，都要望洗春头上开花。凭着宓佩玮是个当道知县，那洗春的老娘偏是行得多，看得多，倒也不在意中，只顾大钱，不在才望，因此宓佩玮、洗春一段姻缘，未即圆成，只不过明去暗来，巧会双星。自从两人订此密约，洗春再不轻易接客，就地缙绅富家子弟，探知县爷眷爱，都渐渐绝了迹。宓佩玮本意正要洗春门前冷落鞍马稀，才和那洗春老娘说话。

这时正是风和日暖，莺花三月时候，宓佩玮方与洗春浅斟对酌，密密送情。一个是琴堂仙吏，一个是北里班头，艳迹芳踪，好不温柔适性，就使身当局外，也为销魂。正在这时，洗春老娘进来，说外厅有客，须洗春前出招呼。洗春问：

“是何人?”

老娘回说：

“好像是生客，不曾来过的。看他模样，也必是个京官。”

洗春无奈，只好起身出迎。跨出外厅，只见一老人有五十六七年纪，身穿布素，腰束扣带，外罩玄色小布马褂，面貌方方正正，河目细须，显得又非常机警，满口京音，一脉气度。瞥见洗春，就问：

“是这位姑娘吗？好一个天仙化人。”

往下便不住地称赞。洗春进问姓名，但说姓应，路过汉口玩玩。洗春惯例说几句应酬语，因心中搁着宓佩玮，再不能坐候，说了几句，反身入内。不防跨入厅内，正与宓佩玮撞个满怀，洗春几乎要失声喊出来。原来宓佩玮独坐无聊，踱入厅后蹑在屏门，看那京客模样，到这时已看认清楚，忙地拖住洗春，跑入内房说道：

“快快送我出去，不好了，你道这人是谁？就是当今巡抚大人，那是我的顶头老上司，怎的他也跑到这里来？撞见了不是玩的。”

洗春闻言，也大惊惶。两人正在疑滞，洗春老娘进来，问是怎么，洗春把话告知了。洗春老娘听是巡抚大人，连忙出去奉承，谁知那巡抚应福，久坐大厅上，好不耐烦，听得里面人声密密，也潜步进来，从门缝细窥，一见是武昌县宓大琛在此，急得飞也似的跑出。待洗春老娘出来，仍在厅上坐了。洗春老娘东一句奉承，西一句恭维，一张油嘴，说得应巡抚再也走不散。里面宓佩玮与洗春说了几句，只好从后门逃回，于是洗春重又出来迎客。洗春老娘硬要洗春留应福住下，洗春怎好反抗？

这晚，应福偎红倚翠，说不尽快乐，枕席之间，更无谎饰，应福便把自己本是巡抚，慕名来访的一番情意透明说出。洗春故作惊惶之状，极表蒙宠万境之诚。应福道：

"我爱姑娘是真，姑娘爱我，怕未必可靠。那宓家少年，风度翩翩，岂是老夫所及？"

洗春闻言大惊，自知不能隐讳，也便信口直说，对应福道：

"大人出入官庭，不知奴家艰苦。奴家本是以身为活，无论市井无赖，只需抛掷金钱，便当奉侍，人孰无廉耻？谁不丧心？也只因无法罢了。若说那宓知县虽是年轻，要知富家子弟比他姣好者万万，奴家也着实见过。男子不在秀丽，而在威严，如大人贵极人臣，荣封万户，天下曾有几人？奴家虽是卑贱，也知这些品题。大人不要太多心了，自后洗春便是为大人死了也甘心，只要大人不抛奴家是了。"

这一番话，说得应福哈哈大笑。从此，应福不时在洗春家走动，晚来一宿，天明便即渡江回衙。只是洗春终究不忘宓佩玮，女孩子家谁管得官大官小，钱多钱少，自然是人品第一。偏那宓佩玮被老上司赶了一散，吓得不敢前来，争奈情之所系，连吓也无用，少不得偷从后门进来一晃，却喜来时不闻人声，直入洗春上房。洗春一见宓佩玮，喜从天降，惊得直跳起来，拧住宓佩玮笑道：

"再不要提起这话。如今你是贵人新宠，卑县哪里敢来？"

洗春道：

"天地良心，奴家这几日不见你，饭也吃不上，睡也睡不足，料是你也这样想我的，如今见了面，好不容易。听你这几句话谢谢我，我又不是个金殿御史，谁和你讲官职？不是说句话，一个人只要有志气，对了，哪怕同伴讨饭也甘心，不对了，便是做皇后也不情愿。莫说这一个抚院，况且你年纪轻轻，难道不会做督抚吗？这老厮又龌龊又啰唆，见了真要呕。可怜奴家吃这口饭，没有法子，你又不替奴家出这火坑，还要埋怨奴家。"

这委婉的娇声柔音，唱到宓佩玮耳边，真个比嚼冰雪也清凉。宓佩玮道：

"我也知道你是个有情人，晓得了，不要说了，果真你爱我到极步，我有一桩事叫你办，也试试你的心。"

洗春忙问何事，宓佩玮道：

"你若把应巡抚的印信骗来交给我，我知道你是爱我极了，什么话都可以不讲。"

洗春道：

"骗了印信有什么用处？"

宓佩玮道：

"他也做不成巡抚，你妈也攀不成势头。你我的事，就圆满了。"

洗春道：

"这有什么不可？你等着拿印就是。"

宓佩玮道：

"他这回来，你可哄他了，叫他下次拿来，我匿着别房接取是了。"

洗春声声答应。这晚，久别新逢，两下自有万斛绮情，不消细说。

过了两天，应巡抚又来了。洗春装着病，故意做出极不高兴偏要应酬的样子。应福惊问：

"怎的你失了神似的，这样疲倦？"

洗春叹口气道：

"我怕要死了。这两天大人不来，神志昏昏似的不知怎么，晚上好像有一只野兽，梦懵懵地受了魔，不知是渴想大人的缘故呢，还是有邪道？"

应福听了这话，很是不忍，再三抚摸。洗春突然道：

"大人有没有皇印？"

应福笑问：

"是什么皇印？"

洗春道：

"我听到我姆说起，被邪道魔了，只要皇帝发下的印信一镇就得了。大人的印信，不是皇上发给的吗？"

应福笑道：

"是的，这小妮子说话真好意思。"

洗春道：

"那么请大人拿来给我镇镇。"

应福道：

"这是很重要的东西，哪里可以拿出门外来？"

洗春道：

"大人这一点儿好事都不肯做，一个印信，不是十斤八斤重的，又有什么不便？奴家什么都见过了，只有这劳什子没有见过，也替奴家广个世面。大人，应许了奴家！"

说着，拧肩搭背，说得应福再也不忍拒绝，连说：

"好好！下次我拿了来是了。"

洗春又问：

"什么时候拿来？一定拿来的吗？不要忘记呢！"

牢牢关说，应福都答应了。一宿天明，又自回衙。这里宓佩玮已来听信，洗春道：

"哄成了，后天就拿来的。"

因把装病镇魔的话告知了宓佩玮，说得宓佩玮也笑了。到了这天，宓佩玮早在房后匿着，应福果真来了。洗春早已备好酒菜，见应福进门，先说了几句话，便问他要印信。应福说：

"拿来了，不要忙。"

洗春一面酌酒请应福，一面索阅印信。应福从里身袋摸出来，交给洗春，洗春横看竖看，看了放在枕边，说：

"那邪道如今也有治法了。"

说着，东牵西缠，坐在应福怀里，替他喂酒。应福乐极兴浓，忘其所以。这里洗春早把印信偷偷地送与宓佩玮，由后门闪出走了。应福越早起来，夜少安睡，忽忽失晓，忙地急身回衙，刚到半途，突然记起，遂又返身到洗春家。洗春正在梳洗，一见应福，便向床中摸取，故意翻枕倒衾，四处寻觅不见，唬得应福面如土色。只闻洗春口中自语：

"不好了，难道被邪道摄取了吗？"

应福哪里等得？又惊又急又疑，迫不及待，只好赶回衙门。回衙之后，疑思乱想，愁得饭都不能下咽，无计奈何，只得请院中幕友计议，一切都与幕友讲了。幕友面面相觑，不展一筹。内中有个刑名老夫子，姓陈，是山阴人，说：

"事到如此，不宜声张，我有个同乡阳亮澄，最有才干，无论万分疑难事情，他都能设法挽回，现今他在嘉鱼，不如请他来此，再作计较。事不宜迟，请大人速召。"

应巡抚这时正如苍蝇没了头，自然急令照办，于是飞马直到嘉鱼，去请阳亮澄。嘉鱼县闻是省宪请本署师爷，着实有点儿风光，恭送阳师爷立即就道。阳亮澄到省，应巡抚亲自下阶迎接，坐定之后，先由陈师爷说明原委，应巡抚自己也补说详尽。阳亮澄听了，对应巡抚道：

"既是大人往妓家见过武昌县，妓家借印，必是武昌县出的主意无疑。印信自在武昌县手中。"

陈师爷接着道：

"这层我们也料得不差，只是如何索取？"

阳亮澄道：

"既然料定在武昌县手中，那就容易索取了。今晚快把抚署放了火。"

陈师爷道：

"放火吗？"

阳亮澄道：

"叫武昌县办了得了。"

陈师爷道：

"妙极！妙极！老兄毕竟高才。"

应巡抚还不懂用意，陈师爷讲了缘由，应巡抚离座而起，走向阳亮澄跟前一揖，说道：

"天才！天才！先生一言，为兄弟造福不少。"

说罢，计定。应巡抚特备酒席为阳亮澄洗尘。到晚，抚署火起，臬台、道台、武昌府、武昌县，以及将军、总兵、文武官员一齐快马赶到，往前扑救问安。应巡抚双手端着印信封盒，急着递给武昌县道：

"仰贵县保管。"

武昌县忙恭身接取。这里众人都急得往前扑火，那武昌县宓大琛捧取印盒，忽然猛省，自语道：

"哎哟！白费了一番心计，又中了这厮暗算。"

欲知后事如何，且听下回分解。

第十三回

敛贿赂贫士筑富宅
逞伎俩无赖谒讼师

话说武昌县宓大琛佩玮乘火警之时，恭身接取印盒，一时也想不得道理。转身一思，这封盒中并无印信，原是一个空盒。其实武昌县就使当场想得道理，也不能直说是个空盒，为甚巡抚印信偏是你知县知道，岂不乖舛？当下武昌县接取印盒，忽然猛省，知道上了应巡抚暗计。若火扑灭之后缴上，应巡抚势必当场检看，失印责任，全在自己身上。宓佩玮叹了一口气，只得立即回到县署，把印信安放端正，重又到抚署请安。

这里抚署起火，本是假做，转眼也已救熄，应巡抚就命武昌县追取抚印。宓佩玮恭恭敬敬双手捧上，应巡抚接取印盒，打开一看，果然珠还合浦，笑道：

"劳贵县费心，本院日后当奏保勤劳。"

宓佩玮忙地谢恩退出，自知忤触上司，必不久于位，如果恋栈不去，日后必有大祸。从此渐萌退志，无心禄位，不上两月，托病请求开缺，回籍静养。那应福自寻烦恼，几乎革职查办，此后也深居简出，不敢微行问津。洗春总是念着宓佩玮，不忘旧约，适她老娘一病而亡，遂嫁与宓佩玮成了眷属。一言表过，暂且不提。

单说阳亮澄在巡抚衙门，应巡抚因他解了意外之祸，感激得五体投地，要他在抚署帮忙，替他捐官保奏。阳亮澄再三不许，应巡抚以为他是要钱，送了一笔大款，他又再三不受。应巡抚不解其故，转托陈师爷讨问，陈师爷暗地探问阳亮澄，阳亮澄道：

"我这回虽承巡抚雅爱，但自知狂妄，向不拘于礼。大家知己，不妨明说，我也不想做官，不想就幕。下次如果有恳求巡抚的事，请巡抚帮忙是了。"

陈师爷会了意，回过应巡抚，应巡抚又想起一桩事，亲自前来问安。阳亮澄道：

"小可草野散人，不拘礼数，自愧非材，承大人青眼看待，小小微劳，何足挂齿？以后小可要大人栽培的地方正多，请大人不必介意是了。"

应巡抚满口答应，说：

"你老哥要怎样，兄弟只要办得到，无不可帮忙。咱们最好时常来往，大家可以商量。"

末后又说：

"兄弟有个豚儿，今年已十八岁，老哥如果不嫌亵陋，请老哥栽培。"

阳亮澄心想：这倒是逍遥自在的事情，随即答应了。应巡抚不胜之喜，又感谢了一番。阳亮澄在巡抚署住了四天，仍回嘉鱼，告知嘉鱼县另请幕友，嘉鱼县明知阳亮澄受了省宪之招，不敢挽留，只得听其辞职。即日阳亮澄理清案卷，好在平日并无延搁，自是容易结束。

过了几天，新幕到署，阳亮澄辞了嘉鱼县，直到武昌，先谒巡抚应福，再见抚署陈师爷。应福即命备酒接风，叫儿子出来叩见老师，阳亮澄避席受了半礼。从此，阳亮澄便在应巡抚府中充当西席，应巡抚知他是不羁之士，格外优遇周密，百事不讲宾主之谊，先讲朋友之义。

　　看官，你道阳亮澄为甚受了此聘？他原要拿出老本行，再做他的包揽讼事营业，这回包揽，可不比从前，小的事不干，过于冤枉的不干，有妨害东家名誉的不干，专管些州、县、府、道升缺补缺弥缝挽回的勾当。应巡抚明知阳老先生有些私弊，特意要抬举他弄几个钱，自然言听计从。一时湖北省属，没有一个不知阳亮澄的，做官的不识应巡抚倒是无妨，不拜阳老先生门下，就有点儿站不住。众人只闻阳亮澄声势，及见了阳亮澄这人，乃是瘟生似的一个老冬烘，故此替他起个名儿叫作"西洋镜"。西洋镜阳老先生在应巡抚府中，陪公子读书一年，包揽大小事情不下二三十起，足足敛了三四万。如此两年，小不可总算，已多着七八万家私。

　　适值这时嘉鱼县调到孝感县去了，阳亮澄因孝感县是自己旧居停，便托他在孝感置些不动产，自己也亲往孝感道听田亩。却逢孝感西门外十里路之遥有个柳阳村，村中三五百人家，只是柳、阳两姓，阳亮澄动了念，偏此地有自己本家，不如就在此地居家吧。又看那村中风物，青翠可人，正合士人退休之处，因此托孝感县在柳阳村盖造一所庭院，花绕树围，正是个当家住宅。宅成产聚，阳亮澄知机而退，辞了馆地，回至山阴，接了家眷，从此就在孝感县柳阳村隐居了。后来，应福调京内用，省宪换了人，湖北境内州、县、道府，渐渐别迁，孝感县也调署新县了，阳亮澄所有新知旧友，都已星散，自己也多着几个钱，渐也不问外事。然而盛名之下，其实难副，一年之中，未免有几个人找上门来送钱。阳亮澄见钱心动，又未免暂破一两回例。

　　这回葛卞氏家中出了命案，烧纸阿桂把西洋镜阳老先生提起，众人谁不知阳老先生大名？自然一口赞扬。这时，阳亮澄的大儿子，名作阳幼澄的，已二十多年纪，渐渐禀着家传，出道行

86

世了。烧纸阿桂往常捧阳幼澄当个活菩萨，过年过节，总要送些礼物，有时阳幼澄进城，被烧纸阿桂撞见，死命拖住，请他喝酒吃饭，因此烧纸阿桂得入阳老先生之门，当下葛宅众人公举烧纸阿桂向阳老先生讨情。烧纸阿桂回到店中，少不得东张西罗，凑些送货。第二天早上，叫了店中一个伙计，携着送货，自己也换了一件长衫，配上了一件簇新马褂，直出西门，往柳阳村。

柳阳村距城说二十里，其实不过七八里路，烧纸阿桂一壁想，一壁行路，不觉已到村中，直抵阳村大门，自己亲提送货，叫伙计即行回去。跨入厅，早见阳幼澄大少爷与弟妹几人在厅上戏摸骨牌。烧纸阿桂满面堆下笑来，说道：

"大少爷、诸位少爷可好？"

阳幼澄立起身接道：

"阿桂怎么大清早出城来？"

烧纸阿桂道：

"是的，天气和暖，早想出城来走走，给师老爷、少爷请安。有点儿不成意思的东西，请少爷收了，还有句话要禀明师老爷。师老爷起来了吗？请少爷费心说声。"

阳幼澄道：

"父亲在后厅喝茶，起来了，我替你说去。"

阳幼澄跑入后厅，走到他父亲面前说道：

"烧纸阿桂送点儿东西来，要收不收？"

阳亮澄道：

"收下一点儿，多的叫他带回去。他是经济人，不容易的，你叫他坐了，吃得饭去。"

阳幼澄道：

"听说他还有句话，要面禀爹爹。"

阳亮澄半天方才答道：

"那么你引他进来是了。"

阳幼澄退出。一会儿，引烧纸阿桂进来。烧纸阿桂直到阳亮澄面前，长长一揖。阳亮澄靠在马踏椅里，只把头直了直，说道：

"坐！坐！"

烧纸阿桂涎皮赖脸地坐下，问阳亮澄康健，又问阳亮澄：

"这几天不进城吗？"

转眼看阳幼澄立着，又移过一把椅子，说：

"少爷请坐，小的倒管自坐下来了。"

又说了许多恭维拍马的话。好一会儿，遂道：

"师老爷想是已明白葛家的命案了，如今县老爷一味胡闹，把老账房捉了去，反把葛凤藻放出来了。因此葛太太气得死去活来，连三连四地进呈苦求，终是批斥不准。葛太太派小的来，可否请师老爷想个法儿？"

烧纸阿桂说到这里停了，一面想阳亮澄接口，谁知阳亮澄闷声不语。烧纸阿桂又道：

"葛太太说，凡有人能把他儿子葛鸿寿申冤，把老账房即日放出来的，情愿把自己财产送给一半，小的故敢冒昧讨师老爷一个情。师老爷是最明白不过的，也为我们县里的公事，看葛太太寡妇孤儿可怜，请师老爷施点儿恩德吧！"

阳亮澄仍是不语。烧纸阿桂又道：

"这事全是秦友龙闹的鬼，我们孝感县老爷向是秦家的门客，谁还能和他说话？除非师老爷出手，是没人可办的了，师老爷看如何办法？能不能办？"

阳亮澄这才开口道：

"秦友龙不秦友龙，也不管的，天下只有一个理，我要问你，你怎的包下这案来？"

烧纸阿桂知道阳亮澄这话必有缘故，忙道：

"小的哪里敢包案？不过承葛太太嘱托，问师老爷一个示下。"

阳亮澄道：

"我也上了年纪，向不管事了。不是我不肯管，实在县里的事太多，破了手，便管不得许多。如今我精神也衰了，比不得往年。你对葛太太说去，好了就了，何必破钞多事？葛家的钱也是不容易来的，她又是个妇人家，如今气恼，一句话，出了钱，便要心痛的，多一事不如少一事。"

烧纸阿桂想阳亮澄出言真是厉害，这明明疑着自己包管，不是葛太太的本意，急着说道：

"师老爷这话果是不差，谁不想求平静的？只是葛太太虽疼爱钱，究竟比不得疼爱一个活活儿子。她老人家对小的说的话，也不差，她从前为的是儿子保守财产，如今这许多财产，将来不知交下谁的，又不能带到棺材里去，自然要替儿子复仇。因此再三商量，定要叫小的来请师老爷。师老爷如果肯办了，小的回去和葛太太说，叫葛太太自己来，面求师老爷是了。"

阳亮澄道：

"那么日后再说，忙不在一时。你吃得饭去，外面坐坐。"

烧纸阿桂哪里肯吃饭？急着要复禀葛卞氏，又把那些送货递给阳幼澄。阳幼澄奉着父亲之命，收了小半，多半要阿桂带回。阿桂道：

"那么少爷太不赏脸了，我阿桂下次还跨得进尊府高门槛吗？"

死命地抵拒不肯收，一溜烟跑回城中复命去了。欲知马桂堂如何复告葛卞氏，如何请教阳亮澄，且听下回分解。

第十四回

两人见证媒孽有据
三堂会审冤狱无头

话说马桂堂听阳亮澄末后的话已有几分允意，回到孝感城中，复告葛卜氏。葛卜氏忙问：

"阳老先生怎样主意？"

阿桂道：

"他老先生自有主意，凭是天大的官司，也要承手下来。他说不管秦友龙不秦友龙，天下只有一理，自然他肯答应，保你复仇申冤是了。只是他有一句话，他怕太太现在心急，什么都答应下来，再后事平了，免不得要疼爱钱财。譬如说一句话，太太答应他几多钱，他老人家自然不怕太太少一文半个，但是太太心中有点儿不愿，他也不肯承手的。故此要听太太示下，究竟太太要办不办？"

葛卜氏道：

"阿桂哥，你也太过细了，什么话都已说过，我难道还有半个不字？"

阿桂道：

"不是这么说，太太如果要办的，究竟肯出几多钱？老实说一声，说妥了，给阳老先生一点儿凭据，或是先付他几多钱，那么两心情愿，免得后来交不清楚，说起来，总是阿桂的牵头。"

葛卜氏道：

"我也不曾打过官司，不知礼数，请阿桂哥替我做了主，说一句。"

阿桂道：

"照我看来，先付他七八千块钱。太太不是已经说过，有人办得事成，送他一半财产吗？再后如果冤也申了，仇也复了，再给他二十几万也算了。太太看是不是？"

葛卜氏好久无话，半天方才说道：

"阿桂哥，你也明白事理的，我家的钱都是辛辛苦苦来的，我的儿子死了，又不能再叫他活来。阳老先生不过替我出口气罢了，并不是医活我的儿子，说一句话，我们这种官司，本来应该官中申冤的，又不是自己打死了人想活命。阿桂哥，这许多钱，我委实出不起。"

阿桂听了，果然不出阳亮澄之料，心中有三分不舒齐，说道：

"太太还说出不起，这不过是我替太太打算，阳老先生还怕不答应呢！既是这样，阿桂也不敢多管，请太太另外设法吧！"

葛卜氏想了又想，说道：

"这样吧！你陪我到柳阳村去，我自己去面恳阳老先生。"

阿桂道：

"也好。"

当下葛家叫了两乘轿子，直到柳阳村阳亮澄家。阳亮澄正在阶前踱方步，一见烧纸阿桂领了个婆子进来，料必是葛卜氏无疑，稍微点了点头，叫儿子招呼他们两个大厅坐下，自己在后缓步进来。烧纸阿桂先说了几句开场白，葛卜氏接着啰啰唆唆说了一大篇，末后说出情愿花两三万块钱，请阳亮澄设法。阳亮澄笑道：

"葛太太不是自家犯人命，不过死了个儿子，要寻凶手，又何必花这许多钱？我看还是请县严缉，只要花一张状子钱罢了。究竟钱财银子不是玩的呢！"

说着，转过一个面孔，对马桂堂道：

"阿桂，你究竟干的什么东西？鬼鬼祟祟地领着个生人到我家来，我不是包打官司，既是你答应了人家，你给人家办去，我也老了，难道要你们这种作孽钱不成？"

说罢，管自踱到后厅去了。葛卜氏闻言大惊，弄得手足无措。阿桂道：

"如何？我替太太挨了骂，如今怎生走得出去？我这一条门槛，从此卖断了。"

葛卜氏道：

"阿桂哥，没奈何，你替我再去讨个情。"

阿桂答应了，轻步低声地闪入里面去了。一会儿，阿桂出来说道：

"不行不行，师老爷的意思，这案至少要二十五万才办得下地。太太不知道，不是阳老先生要钱，省里、道里、府里，一起都要串通，每个衙门六七万，已是二十万了。本来这种案子，也用不着花钱，就使花钱，大多一百两百块，原是为的秦友龙声势浩大，不把省宪、道府串通一起，再也办他不来。除了这一笔大款，此外还要衙门里的下手钱，还要请酒送礼。师老爷说，二十五万还看是阿桂的情面，他自己的酬劳请太太随便送给好了。师老爷对我背地里又说，如果这回不把秦友龙办下地，葛家的财产要弄得一钱没剩。秦友龙记着前怨，再也不肯放松的了。太太知道，这回乃是和秦翰林、严知县打官司，不是平常的案件。太太试想，我们孝感还有谁敢承手这事？"

葛卜氏听到这番话头头是道，句句是理，再无二话，满口答应卜来。随即说道：

"方才阳老先生好像有点儿动气，仍要请阿桂哥说个情，恕我不懂底细，冒犯了他。再则，阿桂哥看这笔钱是否当即要付？"

阿桂道：

"这层师老爷也已说过，为的要上省上府通情，自然先须付讫。他既然帮了忙，哪有再请他垫款的道理？太太只需开七万、六万、五万、四万庄票几张，合成二十五万是了。"

葛卜氏一概遵办，又进去见了阳亮澄，说了许多好话，仍由原轿回城。当下开了庄票，叫马桂堂重又送到阳府。阳亮澄照数点收之后，当叫儿子阳幼澄进城，先把四万庄票兑了现来，付了阿桂五百元，对阿桂道：

"事已承手，不宜迟缓，你先去找两个人来，要胆大心细，出言有序，尤要舍得出性命。有家室的，我替他安家，没有家室的，我替他料理，包他们无事。"

阿桂道：

"这个有什么难处？要找十个二十个也容易，只要给他银钱是了。"

阳亮澄道：

"速去，立刻找来最好。"

阿桂不敢急慢，当即进城。第二天早上，已找了两个人来，一个姓王名金德，一个姓施名瑞源，都是孝感城中流氓。王金德向系靠赌吃饭，施瑞源本是个茶博士，失业之后，也和王金德一起打流。两人听得阳师老爷要用他，好不高兴，急得跟着烧纸阿桂窜到阳府。阳亮澄叫他们进到后厅，周身打量了一会儿，说道：

"你们怕不怕官？怕不怕坐牢？"

两人道：

"什么都不怕。"

阳亮澄道：

"如果斫了头呢？你们也怨悔吗？"

两人道：

"只要师老爷吩咐做去，斫头也是甘心。"

阳亮澄道：

"好！你们可有家室？"

王金德说：

"光有一个妻子在家。"

施瑞源说：

"向无家室，只靠义父为生。"

问：

"义父是什么人？"

施瑞源回：

"是住庙的黄老头儿。"

阳亮澄点了点头，说道：

"叫你们来，没有别的，我要问你们，葛凤藻在宅后乱冢丛中谋死葛鸿寿，是你们眼见的吗？"

王金德道：

"哪里有这事？师老爷听差了。"

施瑞源道：

"不差，我看见的，果然是葛凤藻亲手谋死。"

阳亮澄道：

"对啦！我叫你们干的，就是这些事。"

王金德方才大悟。阳亮澄道：

"施瑞源，你这人很是见机，我要问你如何会看见的？详细说来。"

施瑞源说毕，阳亮澄又叫王金德说了一遍，两人无非说的是凭空杜造。阳亮澄听毕，说哪里不对，哪里不通，又把他们的话讲了备细，教了许多转弯抹角的话，又分教两人的话，不应雷同，末后又教他们为的官中冤枉马金森，故此投案作证。一切说毕，阳亮澄道：

"如今要到府里去告，我呈子已经做好，你们画了押，盖了手印，每人先拿两百块钱去安家。府里审过之后，再给你们三百元，事毕，再赏五百元，每人一起得一千元。"

两人听了，喜从天降，急忙画押盖手印。阳亮澄叫他们先拿钱回去，再来听训，牢嘱他们不准吐半句风声，一面命阳幼澄、烧纸阿桂预备行装，陪着葛卜氏到汉阳府告冤。状中告葛凤藻谋产害命，抛尸荒冢，有王金德、施瑞源两人见证，不料葛凤藻贿通秦海，颠倒是非，严知县听信一面，不察荒谬，竟使正凶逍遥法外，无辜良民马金森被祸入狱，请求缉凶申冤等语。汉阳府接到呈状，知孝感县严家炽是汉阳道赵良所保，其中不无来历，今经人民告发，不妨先去探汉阳道意思，再作计较，于是亲自拜会汉阳道，携了呈状给赵良看了。赵良暗想：严家炽是国师爷杜受田的私人，不便照例承办，一面嘱咐汉阳府缓批，一面打发亲近人，直往孝感县衙门细探案情。那孝感县严绍模本意是要办葛凤藻，为的秦友龙牵掣，不能自主，把这些话都告了汉阳道差人。那差人回道：

"公事公办，如果秦友龙把持，自有观察大人做主。县爷只顾照公断去。"

差人回禀汉阳道，赵良心想：这时不讨杜受田的好，还待何时？一面忙由道府两衙各派委员到县复审，一面把一切详情禀告杜受田。那严知县自来了道差之后，与陈玉书师爷商量，对待秦友龙方法。陈玉书忽然想起，不如把这些事详告包志茂，由包志茂转达国师爷，请国师爷关照省宪道府，不怕秦友龙厉害。计定，也派了人办了许多礼物进京贿送包志茂，请其关说。包志茂本视孝感县是他私财一般，由不得严知县差人一激两激，把包志茂激怒了，当下叫妻子王氏入国师爷府求三姨太说情。三姨太为这事吃过野山参、珍珠粉，每月又有多少孝敬，自然在杜受田跟前卖俏说情。杜受田早接到汉阳道来书，唯念秦海乃是自己同年，知道他禀性刚愎，威行州县，还怕闹出事来，又写了一封信与湖北巡抚，叫巡抚擅自处理。这都是暗中牵引的线索，秦友龙哪里知道？

不多几天，道府两委员下县重审葛案，向例委员到县，即由知县领谒秦海。这回秦门无一轿一马，秦友龙早知中有别故。两委员到县，与严知县坐堂陪审，早已将葛凤藻拿到，在署羁押。先传葛卜氏，问过案由，遂传见证王金德、施瑞源。却说葛凤藻谋杀历历有据，于是传葛凤藻喝问，先革去功名，当即严用刑讯。这回严刑酷罚，比不得从前，把个葛凤藻打得落花流水，葛凤藻始终不认。委员又问葛凤藻是否由秦海唆使，要葛凤藻实招，葛凤藻是个死读书人，哪里肯说这话？三堂会审之后，把葛凤藻发押落狱，马金森居然无罪释放。阳亮澄好不兴高采烈，不费多大钱财，竟然有马到成功之势。秦友龙闻知详情，盛怒之下，急得赶程上省。欲知后事如何，且听下回分解。

第十五回

钦使南下秦海充军
剑客北上穆相缉盗

话说秦友龙听道府两委员下县，三堂会审之后，仍把葛凤藻锁拿落狱，大反自己意旨，一怒上省，直谒抚院。巡抚接入里面，秦友龙请过安，言明来意，巡抚道：

"这事我也明白，杜国师早有信来，嘱兄弟劝劝老哥。大家平心静气，替百姓谋福，不必过于拘执。"

秦友龙道：

"省宪的意思，是要晚生平息了气，这倒使晚生摸不着头脑。晚生为的人命大案，那孀妇葛卞氏与账房马金森通奸杀害儿子葛鸿寿，嫁祸于生员葛凤藻。一面是老讼师阳亮澄设法贿通道府，铸成冤狱。原来道府、县属都是杜受田私人，怪不得目中无人，省宪倒说晚生闹意争气。请问这个意气，省宪该闹不闹？"

巡抚听了这话，故意装着惊慌样子，说道：

"兄弟当初也不明其中道理，既是老哥说得有如此冤怨纠葛，兄弟自当奉法办理。只是杜国师是老成谋国的人，兄弟不得不留他面子，最好老哥递一清折，由兄弟奏明皇上。否则，兄弟与老哥都有点儿不便。"

秦友龙信以为帮自己的忙，竟然递了一纸清折，折中叙明原委，把葛卞氏、马金森、阳亮澄、马桂堂、王金德、施瑞源、孝感县、汉阳府、汉阳道等十多人连枝牵叶，说他们因奸案犯命案成了贿案，这清折最厉害没有。巡抚看了，也不免一惊，早把清折抄了一份寄于杜受田，哪里给秦友龙代奏？只是骗秦友龙一句话上报讨好。秦友龙迭次往抚署催询，巡抚一味敷衍，说：

"大员犯法，兄弟做不得主，故将老哥清折奏明皇上。皇上必派钦差来省，来时再请老哥是了。"

秦友龙无奈，只好等着，谁知左等无音信，右等无消息，后来去见巡抚，巡抚竟挡驾不见。秦友龙知道上了诡计，急忙离省进京，寻他一个同年在京当御史的，叫他并奏。那同年倒也是个热肠人，看了清折，上朝入奏，谁知杜受田接了湖北巡抚的私信，早已见过秦友龙清折，乘便在道光皇帝面前已把秦海说了歹话，料得秦友龙生情倔强，必然再要上奏，早已暗伏步骤对待。这面秦友龙同年上章入奏，道光皇帝刚听杜受田说过这人，就要下旨斥责，偏是杜受田格外乖刁，诡计不可捉摸，当下跪地面奏道光皇帝，说：

"秦海既称大员通贿违法，如果真有此事，理当惩治，若使秦海捏词诬告，就有诋毁皇上用人不当之罪，欺君罔上，法当严治。"

道光帝准奏，就派钦使邹谦祥下湖北彻查命案，并究道府通贿情形。那邹谦祥本是杜受田党羽，都是杜受田先前布置好的，邹钦使皇命在身，开锣喝道，好不显赫。一路无话，行到湖北，早把汉阳道府、孝感县都吓得走投无路。便是那位西洋镜阳亮澄老讼师也有点儿害怕起来。关说的关说，通贿的通贿，严绍模又派人到京恳包志茂，马桂堂又向葛卞氏骗钱。上下大小人等，暗中忙得不可开交，后来知道是杜受田派来的，大家也就安心，不过花了些小费，阳亮澄倒也吐出了三万多金，各人安心听审。那秦友龙初闻钦差复查，还道是章奏中旨，后来听同年御史说，邹钦使是杜氏党羽，已知七分无望，却不得再留京城，只好回籍听审。

邹钦使一到湖北，即在武昌省城巡抚署备了行辕，行文汉阳府孝感县吊案到省，把一切原告、被告、杀人正犯见证，凡有关涉的人，一律解省到案质对。这场官司从此闹大了，连道府员都是被告。临审之日，邹钦使升座，巡抚旁坐，道府县都已犯了罪，摘顶下立。秦海也站在一旁，其余葛卞氏、马金森、阳亮澄、马桂堂、王金德、施瑞源及凶犯葛凤藻等都别候一室，依次传入问过。随由道府县禀陈问案情形，末问秦海，葛卞氏、马金森如何通奸杀子，道府县如何通贿办案，要秦海提出见证。秦海先声明原委，次述理由，说本身就是见证。邹钦使大怒，拍案训斥，一面又吩咐道府谨慎尔事，小心政务，着道府县概回原籍原职，葛卞氏、马金森、阳亮澄、马桂堂无罪，王金德、施瑞源有赏，葛凤藻处死秋决，秦海革去功名，发云南充军，着孝感县锁拿看管。邹钦使审毕，回京上奏，旨下准奏照办。从此，赫赫翰林，远充瘴烟之役，十几年横行乡里，炙手可热，竟落在丝茧生意出身的严家炽手中，也可见生意买卖人的厉害能干，马金森、马桂堂何等悠游自在？葛卞氏虽失儿伤感，而冤孽有偿，不无快心。最得便宜的，尤其是阳亮澄父子，坐拿二十多万，又出了一个好好大名，只可怜葛凤藻母妻日夜啼号，秦友龙家室骚扰不安，悲欢之余，又不能令人无今昔之感，这且不在话下。

却说云杰、甘虎儿、甘小蝶、朱斌、倪邦达五人由孝感进京，一路风尘仆仆，遍尝游子况味，所幸儿女英雄，欣逢知己，也不觉奔走之劳。五人到京之后，先落了客店，安排既定，直投穆彰阿府。云杰本持有直隶巡抚云程文书一件，先交穆府门房递进。穆彰阿久已望眼巴巴，听说是云程派来侠士，即命在前厅接见，亲自下阶相迎。谁知一见之后，却是两个女子、两个文弱瘦小男子，其中不过倪邦达体壮身长，一脸黑麻，像个赳赳武夫。这时，云杰等五人已上前施礼，穆彰阿偷眼斜觑甘小蝶、朱武模样，好个妖媚姿态，不禁动了一念。云杰、甘虎儿何等聪明？况是初次相见，更是留意穆彰阿神情体态，早已有点儿乖觉，只是倪邦达一无所知。穆彰阿接入五人，让大厅坐下，先说了绿玉水仙被窃的事，不过略说被窃以后，前门外珠宝店主郑荟生无端搬逃，只要查到郑荟生，就不难查出绿玉。至于其余隐情，穆彰阿自是不肯说出。云杰等听了，也不动问，但请穆彰阿引至失玉地点一行查勘。穆彰阿立命家人引导，自己落后陪同转弯抹角，渐至穆氏起居之室，穆彰阿把放玉所在、如何失去情形又细述了一遍。云杰忽飞身上栋，甘虎儿也蛇行壁隙窗棂，两人似蝙蝠似的在屋顶踏勘了一会儿，说道：

"飞贼必自后窗而来。"

云杰便问：

"后窗是什么地方？"

穆彰阿突经一问，暗思：二人真乃敏捷如神。答道：

"后窗对过，是东花厅。"

甘虎儿又问：

"东花厅无被窃事物吗？"

穆彰阿道：

"宅中概无损失，只此绿玉被窃是了。"

二人也不再问。穆彰阿道：

"皇上万寿已近，此玉是皇上钦赐，万寿时必要献上供奉。诸位好身手，可否十天之内办到？"

云杰道：

"事巧一天两天也许收回，若有不巧，便半月一月也不能定。

这话须说在前头，相爷却不能限定时日。"

穆彰阿向系威势逼人，手下谁敢说半个不字？听到这话，自然老大不高兴，却也默不声张。甘虎儿道：

"咱们去了，事不宜缓。"

说着，五人辞了穆彰阿而出，重回客店，计议了一会儿。甘小蝶、朱斌都说穆彰阿为人不正，云杰、甘虎儿相视而笑，也不明言。五人在客店中计议，决先至郑荟生老店询问，然后分五路查访，各人一路，专查珠宝店、古董店。计定，即行出发，到晚回店，如此两日，说城各店均已查遍，竟然毫无眉目。五人不胜焦急，甘虎儿道：

"我听店中掌柜说，琉璃厂天桥一带，尽多古董肆，不妨那儿走走。"

众人都道闲着走走也好。五人出店，先至琉璃厂，后至天桥，一路闲游闲谈，随意留心。甘虎儿忽然回顾，不见朱斌，余人也回头四望，甘小蝶指着道：

"不是在那边吗?"

众人望去，只见朱斌立在对面小古董铺里，与一个少年伙计说话。众人忙赶上去，问是怎的。朱斌道：

"我问我的亲眷郑荟生到哪里去了，这位先生从前曾在郑家店里的。"

众人听着话，都打起精神，注视少年，接着朱斌又问那少年道：

"据你说来，后来郑店主怎的走了呢?"

那少年道：

"店主母到穆府送货去，一连三天不回答，郑店主急得寻死觅活，启课算命，叫我们伙计们去寻。也都寻遍了，终究不见主母回店。等到第四天，有个和尚带着一个二十几岁的少爷进店来，似乎劝店主赶速搬店。我刚端了茶进去，又听他们说宛平县、南皮县，好像搬到那里去了。这天郑店主就百忙里叫我们收拾珠宝，装了两大箱，一面回绝我们，送了三倍的工钱给我们。我们都疑着犯了命案，究不知怎么一回事。"

朱斌道：

"你店主母往穆府送货，一去不回，究是为何，你知道吗？"

那少年道：

"听郑店主自言自语，好像店主母被穆相留住了。"

朱斌点点头，又问道：

"你说宛平县、南皮县，究竟是哪一县呢？"

那少年道：

"这个我可不知道，我也不过只听到这一句话，因是小姐是郑店主亲戚，故而相告。"

朱斌道：

"谢谢你。"

倪邦达也插言道：

"我倒要问小哥，郑店主要走时候，店中可有一瓶绿玉水仙？"

那少年不懂什么话，再三问是何意。甘虎儿丢了个眼色给倪邦达，一面笑道：

"也不说什么，他给你玩玩儿是了。"

少年笑了笑无话，五人辞出，途中雇了骡车返店。云杰道：

"如今这事已有了线索，不难从此探进。"

甘虎儿道：

"我倒想起一事，刚才闻天桥古董铺里伙计说，郑荟生妻子不是被穆彰阿留住了吗？多半是穆彰阿起了毒心，那郑荟生必然闻风而逃，怕绿玉水仙被窃，另外又是一人。"

云杰道：

"我们不管怎样，如果郑荟生妻子被害，更要查得。现在有了宛平、南皮两县地点，自然容易闻讯。"

倪邦达道："说是一个县城，连乡镇也有几百里方圆，哪里一时会查询得遍？"

甘小蝶道：

"这倒不妨，郑荟生有了珠宝贵重物品，乡野防盗，多半是住在城中，我们先查城里，再查乡镇。"

云杰道：

"现是这样，我与虎兄一路，到宛平去，蝶妹与斌妹一路，到南皮去，倪镖师留在京中探听，也替我们通讯。谁查得了，谁先回来。"

众人都道很妥，于是五人分头干事，即日起行。欲知五人所干如何，且听下回分解。

第十六回

掷布袋白日还头颤
踏屋瓦黑夜闻啜泣

话分两头，却说云杰、甘虎儿两人分任侦查，直从宛平县进发，路中不过看些乡村野景，别无新奇事实可记。既到宛平，入城问明大街，辗转寻街道热闹之处，两人意中，是要先查珠宝店，然后问起珠宝业户，料得郑荟生如果在宛平，既有两大箱珠宝，必不能藏匿不售，故此打从大街一路探问。谁知宛平县城中市面萧条，都是些京货杂店，再三询问，竟无一家珠宝业的，只不过有两家银楼，带售些真翡翠、玛瑙是了，查问毫无眉目。

两人且思且行，正要从小街出去，只见朝北街上，开锣喝道，来了许多人马，万头攒动，人声哗杂，正是遭了火灾似的，不知几多人在那里拥挤着奔跳。两人停住脚步，定睛细看了一会儿，遂又迎将上去，才知是谁家出丧，前面整对执事，托着牌衔，什么肃静回避，什么钦赏花翎二品顶戴，又是什么嘉庆恩科进士，也不计其数。中间夹着兵勇，后面是像停吹鼓手，又后面是八抬八拆一扣独龙棺木，末后是丧家孝子，又是跟着无数轿马。云杰、甘虎儿正在打量，只听满街传说，都道：

"奇事，奇事，从来没有听见过这些玩意儿。"

又听人道：

"如今不知尸首怎样？"

更有人纷纷答道：

"谁晓得？想来是完全了。"

云杰、甘虎儿不懂是什么话，如此哗杂，也无从道听。甘虎儿抬头一望，说道：

"对面不是酒馆吗？我们进去喝一会儿酒，便中道听道听。"

云杰道：

"很好。"

于是二人登了酒楼，点了几件鲜肥荤素，遂问酒保：

"这出丧的是哪家？为甚有许多人拥着不开？"

酒保回道：

"客官想是初到宛平，怪得这么新鲜奇事都不知道。"

云杰道：

"是的，怎么新鲜奇事？也讲点儿听听。"

酒保一面替两人斟酒，一面说道：

"本地姓邹的，有名大族贵府，族中道府州县官不计其数，最阔绰的就是邹谦祥大人，便是刚才出殡的。这位邹谦祥大人，本身是恩赐进士，官至大学士，是现今国师爷最赏识的一个人。"

甘虎儿问道：

"那个国师爷，是不是姓杜的？"

酒保道：

"姓杜不姓杜，我也不知道，听说这位国师爷是万岁爷请的老师爷是了，哪里会有第二个？"

云杰道：

"既是出殡，有什么新鲜奇事呢？"

酒保道：

"是呀！这位邹谦祥大人，说也奇怪，从小儿欢喜男色，家下不少姬妾，他都看不上来，只要查得有个姣好的童子，便要拉他进去，永远伴作夫妻了。县中有一家姓白的，名作品芳，住在县前直街，夫妇两个开一爿小药铺，虽家道不康，却也温饱度日。白品芳有个儿子，名作幼堂，生得秀丽出众，英俊不群，一副姿态，正似个好女子，又清又艳。因一日幼堂和他母亲在城隍庙烧香还愿，被邹谦祥撞见了，就起了坏心，当场也不过问住在哪里，干什么生意，幼堂母亲照实告诉了。邹谦祥假意殷勤，摸出十几两银子交给幼堂母亲，叫他母亲培植幼堂读书。谁知过了三五日，幼堂凭空失踪了。有人看见他跟着一个老儿往南门去的，南门大街原是邹府，这老儿有人推想起来，是邹府的老家人来福，因此众人疑着邹谦祥拐了幼堂去了。白品芳自然吃了大惊，却也太不顾前后，竟然到邹府去讨问儿子。邹府起初还是好言回复，后来被白品芳连三接四地闹得紧了，邹谦祥大怒，遂把白品芳送县，说他私通洪匪。本县县太爷好比是邹府的账房，一言交代，急着奉办，把白品芳落了牢狱。白品芳药铺也当日发了封，没收入官了，白品芳妻子急得吃毒药寻死，好好一家人家，从此断送了干净。后来，白品芳在牢里，不知怎的，脱逃了走了。这些话，都是十几年前的事，客官，你道这作孽小也不小？"

云杰道：

"酒保，你也喝杯酒吧！好在你这儿空着，坐下谈谈。"

酒保哪里敢坐？说道：

"既是客官赏了小的，就喝杯酒吧！小的立着惯的，和客官同席，被店主见了，不行的。"

甘虎儿道：

"那么也好，多喝杯酒吧！我倒要问你，你哪会知道白幼堂是一定被邹府拐去了呢？"

酒保回道：

"是呀！还有一桩稀奇事体，客官，恶有恶报。邹谦祥有个小妾，大约为的邹谦祥爱恋男色，不惯独宿，忽地里跟着个邹府家人卷逃了。被官中捉住，拷掠起来，那邹家小妾竟把一切邹府细情都说了出来，说白幼堂已被邹谦祥阉割了，如今扮着妇女一样，其余还有两三个，都是如此的，因此众人遍传，本地人没个不知邹府的新鲜奇闻了。这回邹谦祥大人奉了万岁爷谕旨，听说是钦差大臣，到湖北去审案的，审得回来上京，还是好端端的，丝毫没病。到京以后，住了两三天，因祭扫坟墓，回到宛平来，谁知路中一宿，把个脑袋凭空飞去了。"

云杰道：

"怎么凭空飞去？"

酒保道：

"宿了一夜，早上起来，没了脑袋，只剩个光身，吓得属下狂奔叫喊，东找也不着，西找也无寻。出事的所在，已是宛平县境界，县大老爷弄得手足无措，忙忙亲自前往踏勘，城中乡间，无处不搜寻，连我们酒店中也都查过了，哪里有什么凶手？"

云杰道：

"果然奇得很，究是谁干的呢？"

酒保笑道：

"客官也说得妙，知道谁干的，还不早拿下来？这还不奇，更有稀奇的事呢！"

甘虎儿道：

"亏你懂得这么清楚，快说快说！再喝一杯酒吧！"

酒保谢了，喝过酒，又道：

"后来邹谦祥盘丧归来，在家中设祭开吊，好不忙碌。约莫五六天光景，邹府来了个和尚来吊丧，肩膀上搭了一只布袋，像是藏干粮放银钱的，众人也不在意。那和尚进来之后，照例吊了

107

丧，口口声声邹大人这么一个好人遭了这事，岂不是前世一劫？吊毕走了，把个布袋挂在灵前。众人还道是和尚忘了取的，闲着打开布袋一看，嗬！唬得众人怪叫起来。原来，这袋中不是别的，就是邹谦祥的那个毛茸茸、血淋淋的脑袋。当下众人报官捉拿和尚，说和尚便是凶手。谁知关城门查了个鸡飞狗上屋，半个和尚也没有，于是众人疑着这和尚莫不是白品芳来报仇的，也有说和尚本是好人，见了脑袋来还的。邹府重新开棺，叫了皮匠，把脑袋和头颈缝了起来，今朝出殡，故此有许多人看热闹，其实也看不出什么东西，不过是口朱红棺木罢了。"

云杰、甘虎儿听完了话，暗中寻思：这和尚也必是挟术游行，或者倒是个义侠未定，不免赞叹称奇了一回。这时，邹家奉丧执事人等大队人马已穿过街心，缓缓而行，听得鼓乐之声，知已向东南去了。

看官，前面所述邹钦使，好不威权显赫，把秦海判了充军，葛凤藻定了死罪，谁知二人尚在人间，他偏先自投阴去也。人事无定，刻毒无用，岂不可叹？

当下酒保话已说完，云杰想起自家来宛平一事，不妨也顺便道问一声。想着，说道：

"酒保，你可知道本地有个姓郑的，做珠宝生意的，那是我的亲戚，我如今找不到了，不知住在哪儿？"

酒保道：

"客官说的是南边人还是北方人？"

云杰道：

"是江苏人。"

酒保道：

"本地做珠宝生意的有两家，一家是南边人，一家是北方人，都住在县后街南口，不知是姓郑不是，小的倒不曾清楚。客官可向县后街住户一问是了。"

云杰、甘虎儿都觉有点儿眉目，很是高兴，急忙清了酒资出店，问明县后街路径，行到南口。询问果有做珠宝业的两家，一家姓沈，一家姓方，姓沈的是河南彰德府人，已有六七十年纪，分明不是郑荟生。姓方的问起约是三十五六岁，南边人，倒有点儿形迹可疑。这些消息都是从邻居打听，二人却不好直入直问。等到夜深人静，跳入方氏宅中，跑过两重屋瓦，四处查询，只见东边侧屋有火光星星射出，往前细听，似乎有人呜咽哭泣，不似说话声音。云杰急下地来，扳着窗槛偷觑。甘虎儿倒挂檐下楾橡，调头从窗上缝中望去。但见三人并坐，一老人垂头叹息，一对壮年夫妇在旁默坐流泪，望去正似个父子媳妇三人。云杰、甘虎儿打了招呼，一齐跳下，各附耳边说话。云杰道：

"莫不是郑荟生闻了缉拿，因此伤心对泣的吗？"

甘虎儿道：

"不管是谁，看他们有极难情形，不妨进去一问。"

二人计定，便伸手敲门。里面三人开门出来，一见云杰、甘虎儿两人，唬得连忙躲脚。云杰道：

"你们休得害怕，有话尽说。"

那少年道：

"二位英雄光降，想是要打算点什么东西。咱家虽是珠宝业，徒有空名，二位要拿便拿，咱也正做不得人来。"

甘虎儿道：

"我们不是要问你们打算，偶然路过，闻得哭声，故来体问。你们有什么难处尽说无妨，也许替你们设法。"

那老人拱了拱手，请云杰、甘虎儿入内坐下，重又关上了门。主客先通姓名，才知那老人姓祝，名雪舟，是县衙门里老胥吏，少年姓方，名耕书，就是这屋里主人。向营珠宝金银业的，是老人祝雪舟的女婿，那女的就是祝雪舟的女儿，方耕书的妻子。因祝雪舟光身只有一女，认方耕书入赘，故此儿婿两个，当在方氏家中养老。丈人女婿，结了异姓骨肉，正是父子般亲昵，家亦小有资财，很是恬乐。谁知祝雪舟一腔热诚，为恩报德，偏自己找的祸上门来，因此含苦茹痛，与儿女作一夕之别。欲知端的，且听下回分解。

第十七回

七尺躯祝吏报恩情
一封书云侠排患难

话说祝雪舟在宛平县衙门当胥吏，那宛平县究是个何人，先要表明。看官记清，前回武昌县知县宓人琛佩玮，为的与湖北巡抚应福嫖院抢锋，叫汉口后花楼妓女洗春盗骗印信，谁知印信得而复失。宓佩玮话不合上峰，挂冠而归，后来娶了洗春，回到家乡一行，又想做起官来。如今宛平县知县就是这人，怪巧宓佩玮官运不佳，到任之后，便在宛平县境界出了邹谦祥无端失去脑袋这一桩劈空大案。

邹谦祥本是大学士，充钦差大臣如此半路横死，自然是守土者之责，况且邹谦祥是杜受田的党羽，又适逢这时应福在京内用，听得发案地界，守土之官就是从前与自己抢锋的宓大琛，前仇未报，后怨方兴。应福与杜受田因皇三子关系，两下正是交好，为报自己前嫌，为巴结杜受田意思，少不得火上浇油，趁着当儿，端端地要把宓大琛治一治罪。偏是那个和尚白日在县城中送还头颅，越见得宓大琛放纵盗贼横行，因此应福、杜受田一流人物，紧紧地发了文书，叫直隶道府严饬宛平县限日拿到凶犯，如果该凶未获，就要把宓大琛劾奏削职论罪。这一来，噤得宓佩玮手忙脚乱，公文如火，日发十余起，步快如蝇，日发数十人，

111

竟如泥牛入水，影响毫无。却是韶光容易，眨眨眼又是限日，限日一到，宓佩玮知再无挽回，因此愁得食不举箸，睡不安寐。

祝雪舟是个老胥吏，因为人向昔规正，看同伙办案，敲髓索骨样子，心下不安，每有言语规劝，遂受了同辈之恨，因此群起而攻，反把祝雪舟告到官里，说他贪赃、徇私、虐民种种罪案。偏逢前县是个糊涂蛋，竟然准了告状，发祝雪舟下狱，正要办理，适值调阙，就遇到新知县宓佩玮来了。宓佩玮细阅呈状，见这案形迹可疑，从旁探听，才知祝雪舟是一等好人，便把全案翻了过来，不但祝雪舟无罪，反而有赏。那班告发祝雪舟的伙伴，用刑的用刑，坐牢的坐牢，出差的出差，大大整顿了一番。从此，祝雪舟当个宓知县是感恩知遇，替死也便情愿。巧逢这回宓佩玮落了大难，祝雪舟细底一想，凶犯是神出鬼没，一辈子也捉不到的了，限日一到，眼见县爷削职受罪。因想自己受过恩德，知恩必报，正在其时，主意打定，到晚，悄悄地深入宓佩玮私室，请过了安，宓佩玮问起祝雪舟夜来何意，祝雪舟道：

"小的深知老爷被上司逼迫，限日已到，不胜焦灼。如今小的代老爷思得一计，请求老爷恩准施行。"

宓佩玮忙问：

"计将何出？"

祝雪舟道：

"小的无室家之牵，只有一女，也已成家立业，小的向蒙老爷恩德，无从报答，这回正是小的机会。老爷只把小的削发剃须，穿上僧衣，打扮和尚模样，就说是凶犯已得，解上府去，小的自会招供，请老爷无须焦急。"

宓佩玮听了这话，不由得立起身，流下泪来，向祝雪舟深深一揖，说道：

"雪舟，承你的情，本县十分感激，只是一身做事一身当，怎的害到你雪舟头上来？本县哪里可依你计？"

祝雪舟道：

"老爷万一不幸，有个三长两短，小的也不过一死。跟老爷天上去，那不是多害了人命，倒不如把小的送了，残老无用之物，留在人世何为？老爷正好施政安民，晋爵享禄。小的有个婿儿方耕书，但求老爷教训提拔，就是小的万幸了。"

宓佩玮叹了口气，说道：

"雪舟，你虽这么尽忠，我怎的安心得下？"

祝雪舟志坚意决，再三劝动。宓佩玮也只得认可。这晚，祝雪舟回家，就把这话吩咐方耕书夫妇听了，父女岳婿之情何等恳切？说得三人悲泣失声，可又不能放声大哭。正在这时，遇到云杰、甘虎儿踏瓦而至，也是祝雪舟命不合代死。当下祝雪舟、方耕书二人把这些根由都与云杰、甘虎儿透说了，云杰、甘虎儿不禁挺身起敬，说道：

"原来老丈乃是热诚君子，一切包在我们身上，不必害怕。"

祝雪舟、方耕书连忙打恭称谢。云杰与甘虎儿两人约略商量了一会儿，云杰问道：

"老丈可知这时宓知县睡了没有？"

祝雪舟忙问：

"作何道理？"

云杰道：

"如果还未安睡，我就写封信给直隶巡抚，先关说了，请宓知县当晚飞马送去。"

祝雪舟暗想：宵行巨盗，竟会与巡抚通起信来，是什么道理？不禁呆了一呆。方耕书便开口说道：

"承蒙二位英兄恩德救援，诸事还请缜密进行。"

云杰会意，点了点头。甘虎儿道：

"云兄，我们倒不如把两个护照都给了他们，你看如何？"

云杰道：

"也好。"

原来云杰等出门办案，早由直隶巡抚云程及中堂穆彰阿给了护照，那云程的护照说，所有各省道府州县，遇有机要，不准留难，悉凭办理等语。下面盖着有直隶巡抚官印、云程私印。那穆彰阿护照是饬令所有各省督抚道府以及文武大小官员，遇有机要，悉凭办理，下面也盖着穆相印信。正比得免死金牌、护身令箭，为的二人乃是剑侠，从不施用，这回将计就计，就从怀中探了出来，递给祝雪舟道：

"如果时候不及，这两张纸也可将就。"

祝雪舟是老胥吏，接取一看，乃是相爷巡抚大人特例优给公事，突地跪地叩头，方耕书夫妻也连着跪下。祝雪舟道：

"小的不知二位大人光降，多有冒犯，伏乞宽恕。"

云杰、甘虎儿连忙携扶起来，说道：

"老丈多礼，何必严重如此？目下公务要紧，不谈虚文。老丈看是如何？"

祝雪舟道：

"有此两纸恩书，便是县爷与小的救命之符，况且现在正是直隶道府为难，有省宪一句话，还怕展延不成？小的速去禀告县爷，请县爷来见二位大人。但不知二位大人如何称呼？小的便去。"

云杰笑道：

"这位甘虎儿师兄，是甘侍卫凤池的公子。"

祝雪舟忙施了礼，特向甘虎儿问云杰。甘虎儿道：

"这位就是云巡抚的老弟，单名一个杰字。"

祝雪舟又巴巴施了一礼，喜得眉开眼笑，忙得手脚没空，当下就要出门请宓佩玮去。云杰道：

"不必请他来，咱们一路去，不觉更是便当吗？"

祝雪舟道：

"二位大人还要纡尊绛贵，小的如何敢当？"

云杰道：

"你不要这样虚套，咱们是一点一划，老老实实，只管做事，不管讲话。"

祝雪舟声声答应了是。当下点起两盏灯笼，自己走前引路，叫女婿方耕书落后陪着，一路进县。祝雪舟住的本是县后街，转两个弯，走三五十步路便到。祝雪舟引着云杰、甘虎儿直抵花厅坐下，叫儿子方耕书立着侍茶，自己轻步走入宓佩玮私室。宓佩玮正与幕友谈心，一见祝雪舟，忙问何事。祝雪舟喜得直说不出话来，半天才把这事讲了明白。宓佩玮连忙穿起袍套接驾，踏到花厅，早行了大礼。云杰、甘虎儿忙扶起说道：

"咱们江湖散人，不惯拘礼，四海之内，都是兄弟，大家随便谈谈。宓兄本是雅士清吏，更不必学俗。"

宓佩玮见二人果是洒脱不凡，绝无官样习气，也便随意对答。云杰仍把那护照递给宓佩玮。宓佩玮道：

"这个二兄带在身边，防有紧急可用。小弟只请求云兄写一封信给省宪，小弟自己进省一行，一切均可面陈，那就万妥了，不过其中还有杜受田、应福两人关系。"

遂把这关系说明了，又道：

"不知令兄省宪大人有无不便之处？"

云杰想了想，道：

"不妨，小弟别有一法。兄弟们这回出京，因穆中堂托了一事，那穆中堂生死荣辱，都在兄弟们手里。小弟写信给家兄，如果家兄有碍着杜受田、应福面子，就叫他转信给穆中堂，请穆中

115

堂办了是了。"

宓佩玮欢从座中跳起,说道:

"那真是一天之喜,最妥也没有的了。"

当下叫人递上笔墨。云杰信笔直书,立刻挥就。宓佩玮对祝雪舟道:

"雪舟,咱们两人性命都是这二位恩公之赐。"

祝雪舟会了意,应道:

"是。"

说着,齐声跪下谢恩。忙得云杰、甘虎儿又携扶不及。事毕,宓佩玮忙要命人端正榻铺,请云、甘二人住下。云、甘二人回道:

"宓兄清早要动身上省,咱们又是有事,不便在衙门住宿,不如到祝翁家去。"

祝雪舟喜极,当与方耕书二人护送云、甘两侠便行。宓佩玮也要派人恭送,云、甘自是不许。宓佩玮亲送到大门,回入内室,即整饬行装,天明就道上省。到省先用呈折请安,后递云杰书信。云万里阅信之后,自然格外殷勤,立即依了云杰的话,写信给穆彰阿。穆彰阿这时万分巴结,当请杜受田、应福两人当面说了一番,说:

"宛平县宓大琛,本是贤吏,政声卓著,二位何必错怪?凶犯不是一时查得,自当行文各省一体严拿。"

杜受田、应福唯唯应命,自然无话可说。这里道府不过云程一纸文书,就噤得不敢开口。宓佩玮大事化小事,小事化无事,从此安稳做官,不但道府不敢讲官话,反而道府有点儿倒拍马屁起来。官僚花样,也不尽细说。

只说云杰、甘虎儿两人,一夜之间,办了这事,不胜痛快,却是自己办案,仍无把握。这夜所以愿到祝雪舟家住宿,无非为打听珠宝店主郑荟生。祝雪舟引二人到家之后，忙命女儿杀鸡为黍，热了好酒，烹了好茶，仆役们全都起来，半夜里大请其客。云杰、甘虎儿也觉肚中饿了，自然不辞。一会儿，酒热菜香，交杯叠盏，谁料是整整一桌上品酒席，疑问根由，方知是宓佩玮早已关照，叫县厨房特来烹调的。云、甘二人也暗想：宓佩玮这人倒是敏捷，知道今晚不聚，过了无酒聚时日了。

宾主入座之后，云、甘二人就问起郑荟生。方耕书回说：

"本地只有自己与彰德府沈老头，更无第三人，也从不闻过郑荟生名字。"

祝雪舟也说，自己在宛平县三十多年，况身在衙门，无一家不熟，不但无郑荟生这人，简直不见有外来居住的。云杰、甘虎儿旁询屈质，终无线索可寻，只博得酒酣耳热，一场欢聚，直到天明。谁知云、甘二人痛饮之夜，正是倪邦达在京自投罗网、被人幽囚之时。欲知倪邦达如何被囚，且听下回分解。

第十八回

叠石为牢古树成栅
瓣香祝寿绿玉记功

话说云杰、甘虎儿既往宛平，甘小蝶、朱斌又往南皮，只留得倪邦达一人在京。倪邦达自四人去后，独居客店，益无聊赖，终日出外查询，凡京城内外小古董铺，一律查遍，都说不知郑荟生下落。

之时，前门外大栅栏有个茶肆，平常是些珠宝古董买卖人聚会之所，倪邦达探听明白，少不得再去旁询。到了茶肆，果然有十多人聚着议论，谈些时价物品之类。倪邦达大半都不懂得，问了茶博士，果然说他们就是珠宝古董伙伴。倪邦达先买了茶座，故意择座与他们接近，乘便起身招呼，问：

"此地有个珠宝店主郑荟生，诸兄可曾知道？"

众人回说：

"怎么不知道？他早为得罪官府逃走了。"

倪邦达又问：

"怎么一回事？得罪官府，怎的他会逃走的呢？"

众人回说：

"这些根由，我们全不清楚，我们只不过是同行，往常有点儿交际。他一人的私事，我们怎会明白？"

转又问倪邦达：

"客官问郑荟生有何道理？是否办货？如果要办货，那便问我们是了。"

倪邦达道：

"我和他是亲戚，并不办货。他家中有桩事托我交代，我找了他好久了，连个影儿都不见得。"

众人点点头。倪邦达再要动问，众人只管说生意勾当，连头也不抬。倪邦达无奈，刚想会钞出店，要走不走当儿，对面来了一位少年，对倪邦达拱了拱手。倪邦达看那少年模样，举止清雅，行动端重，穿一身绸缎，朴而不华，面上堆着笑容，温文幽静，似个官家子弟样儿。估量年纪，也不过二十五六岁。暗思：在京并无熟友，不知此人缘何招呼？莫非错认了人？正在疑念，那少年已走近前来，说道：

"刚才听说英兄道问珠宝店主郑荟生，可有什么要事？"

倪邦达听少年说起郑荟生，急得招呼坐下，动问邦族姓名。

少年道：

"我也是郑店主亲戚，此地不便谈话，大家转亲，不妨同到舍间细叙。"

倪邦达大喜过望，立即与少年伴同出让。少年便在中途雇了骡车，与倪邦达两人入车坐定。车行约莫三五多里路，到了一处，倪邦达抬头一望，果然是一所大宅。少年引入，升堂入室，迭有伺役招呼，末了到一处幽静所在，好像是少年起居之所。少年让倪邦达坐下，问道：

"你问珠宝店主郑荟生，究是什么道理？请照实直说。"

倪邦达仍说：

"是郑家亲眷，因他南边家中出了祸事，特来寻访，请小哥告知郑荟生住处，对面讲去就是。"

少年冷笑道：

"亏你是个英雄好汉，看你样子，也有几分血性，不想你专会撒谎造谣，你名倪邦达，不是你前在德州保镖的吗？你这回想是受了穆彰阿那厮的差遣，问郑店主要那绿玉水仙。你果真直说了，我也不难为你，你可知道此是何地？"

倪邦达闻到少年这话，不由得恼羞成怒，说道：

"大丈夫明战交锋，像你这种鬼魅伎俩、骗诱吓诈，算什么本事？既说咱是德州镖师，也当知镖师的厉害。"

少年冷笑道：

"莫多说了，看你终不脱顽强习气，还是一派锋芒。如今暂屈镖师在此静养几天，免得在外闯祸。"

倪邦达听少年要把自己禁闭起来，越发激怒，忽地挺胸凸肚，似饿虎般地直扑少年前来。少年随手格去，顶对倪邦达腰下一点，早把倪邦达点住，与木偶相似。少年挥了挥手，就有两人持着绳索进来，把个倪邦达捆了结实。捆毕，少年重又一点，登时倪邦达身复原状，却被束缚坚固，仍不得动状。少年命两人扶持倪邦达北堂休息去，又叫两人好生看待。倪邦达到此听凭主张，两人一扶一携，早来到北堂。那北堂是个尖角式的房子，不是石筑，也不是板叠，乃是合抱大树，一枝枝密切排列，上面盖着山岩，四围蒙着无数尖角大石，既无窗户，又无门阈，进出不过半尺来阔一条狭弄。从外望去，只见是一座假山，在山岩上面四周，又种些树木花草之类，再也料不到里面是个窟穴。

当下两人捆扶倪邦达入穴，把前面狭弄上了一个石柱，关闭得铜墙铁壁相似。倪邦达入内坐定，黑漆漆不通一线光明，心下万箭乱穿，坐立不安，细思自己受云、甘之托，不防闯了这祸，身在禁锢，不知何日得出。再思事到临头，只好忍耐，平心静气，闭目涵养。好一会子，有人送饭送茶，却是甘美可口。倪邦达得食便吃，得茶便喝，心平气和，倒觉得舒服起来，再望四壁，却有细小光线射入，见得窟中地板，周圈壁树，十分干净。原是目光在黑中久闭，便看得清楚了。

如此日以继夜，夜以继日，倪邦达在假山尖屋中蹲坐，自无别事可记，如今要转说甘小蝶、朱斌两人。

却说甘小蝶、朱斌出京以后，直往南皮县城，落店静访，先在城中四处探问，并无郑荟生其人，也无珠宝为业的。毕竟甘小蝶心敏多计，对朱斌道：

"郑荟生在京闯祸脱逃，必是改名换姓，另易他业，我们如果照此问去，怕一辈子也难找寻。不如探问城中老百姓，自发案之日到今，在这月日中，有无外省人搬来居住。"

朱斌道：

"不差，这样问去，果然取巧。"

于是依计而行，路在口边，逢人便询。有的说不知，有的说了不详，其中有五人都说西河沿有一家是南边人，正是新近搬来的。甘小蝶、朱斌询明地址，先去踏勘了一回，是一座三间两厢坐北朝南院子。等到夜深，二人打扮舒齐，似猿猱般地腾身上屋，跳入宅中。这时，正是月朔之夜，天黑无星，更喜便于宵行，入宅之后，四处兜查，见人声已寂，毫无动静。甘小蝶、朱斌伏在廊檐下静听，一会儿，见楼上有灯光射出，接着听人脚步声微行，又听得有人呶呶讲话。甘、朱二人打了暗号，跳上楼去，便在楼檐下屏气伏着，细从楼窗花格子中望去，见一对壮年夫妇，设了香案，高烧红烛，不住地在那里磕头，口中呶呶之声不绝，好像是祝祷似的，也听不出什么句语。再看香案上，挂有一幅人像，烛光激射，显出像中画着两人，正似一僧一儒。甘小蝶、朱斌只管细看他们夫妇行动，约莫半个多时辰，夫妇持着蜡台望隔室而去。甘、朱二人随又掉过身来，偷觑隔室，乃是他们内房，不多一时，夫妇二人下帐灭烛安睡，合宅沉沉，更无他物。朱斌附着甘小蝶耳边说道：

"他们设香案供奉的，究是什么人，咱们不妨进去看看。"

甘小蝶点了点头，二人翻过屋瓦，打从后面拾梯登楼，谁知那设香案屋子已把门关得紧紧，加了锁了。甘小蝶从怀中掏出柳竹火线，燃着四周一照，见前面板壁比墙稍短，上有空穴，二人大喜，急得腾身从板壁翻身进屋，轻轻下地。举火一瞧，果然中间挂的人像是一个和尚、一个少年。再看到下面案上，甘小蝶急把朱斌拉住，惊得几乎直喊起来，说道：

"这不是绿玉水仙吗？"

朱斌见了，也狂喜不禁，两人细细在案上把玩，果然名珍异贵，工致无比，不免赞叹了一会儿。朱斌忽回头望下细看，见案下两只大木箱，箱上淡淡写着"吴县郑氏"四字，对甘小蝶道：

"你瞧，这不是珠宝箱吗？这'吴县郑氏'明明是苏州郑荟生了。"

二人惊喜万分。甘小蝶道：

"我们定定心再商量商量。这劳什子既在眼前，不怕他逃走了，只是我们取了便走呢，还是细查一回？"

朱斌道：

"我也是这么想，别的不讲，只是他们为何要把这绿玉水仙供奉在画像之前，其中必有道理。"

甘小蝶道：

"我们在京时候，不是听天桥古董铺小伙计说的吗？郑荟生遇了一个和尚、一个少年，想必就是画中两人，只不知这两人还是死了呢，还是他们在此供养长生？再则穆彰阿究竟和他们有甚关系，不得不探查继情。"

朱斌道：

"我倒有一法子，索性我们把这物留着，暂不取回，免得他们失物惊疑，明儿我和你再来道体。如今应速回店计议，久待怕坏了事。"

甘小蝶道：

"好。"

于是二人翻出板壁，下梯越墙，一溜烟早已离开西河沿，不多时，已回客店。两人细细计议，想了定当，第二天早上，付了店资，换上一身破旧衣服，直到西河沿郑宅，先问邻居，说这是米铺郭庄主住家。

甘、朱二人不管姓郭姓郑，坐在门口，装着个千辛万苦模样，见了人，就故意呜咽啼哭起来。这时，郑荟生已改名易姓，叫作郭宝坤，在南皮县城中开了一爿米铺营业，故此南皮县人只晓得米铺郭庄主。巧逢甘小蝶、朱斌暗查郑宅之夜，是个月朔，郑荟生夫妻为感霞航大师、于啸海二人恩德，在家设案供奉，每逢朔望，拈香祝祷。不图窗外有人，竟被甘、朱二人窥破，甘、朱二人确定郭庄主就是郑荟生无疑，郭庄主每日必要到大街米铺子一走。

这日清早起来，出门就见两女子在外啼哭，不免动了一念。甘小蝶、朱斌见这人便是郑荟生，夜来偷觑，认得无误，乘他出门时候，拦住乞道：

"小女子姊妹二人到此寻兄，谁知兄长已往京城，客边失路，又无盘缠，又不知路径，又没个熟人，势必至流为乞丐。求大财主慈悲，替小女子想个暂时安身之计，无论婢仆之劳，都所不辞，一面写信给小女子兄长，自会差人来接。"

郑荟生听了，性本仁厚，早已动念，又见是两个女子，又闻两女子说的是一口南音，随即停住脚步，细问：

"哪里来的？你兄长是谁？现在京城何处？"

甘小蝶、朱斌本有所备，历历答复。郑荟生道：

"我也是南边人，在此做买卖的。二位小姐既是同乡，又是世家，自当竭力帮忙，暂在本宅荒宿几天，我替你们写信北京去，找你哥哥到来，接你们是了。"

甘小蝶、朱斌谋的就只要郑荟生讲这句话，不由得跪下叩了个头。郑荟生忙着避身，引二人进宅，去见妻子金氏，遂把这话告诉金氏听了。金氏十分爱护，忙地替二人更衣，替二人梳头，又叫人供点心给二人吃，一面忙叫丈夫郑荟生替二人写信。郑荟生问信寄到北京哪里，二人遂把倪邦达住的客店说了出来。郑荟生写毕，即行寄发，甘、朱二人预算京信来回，这里事情已可办妥。欲知二人如何办法，且听下回分解。

第十九回

探隐衷姊妹花并蒂
假横祸宾主毒熏心

话说甘、朱二人卖聋装哑，入了郑荟生之宅，就与金氏接近，格外奉承金氏。金氏本是富于性情的人，尤是自己也从患难中而来，越发把二人爱看，三人结了姊妹，真是无话不谈。甘、朱二人以为时机已熟，便可探听其中隐情了，乘便问金氏道：

"姊姊那间空房间锁了不用，却是为何？"

金氏但笑不答。甘、朱二人又问，金氏但说：

"这房中供的是两个菩萨，从前我家有难，幸亏那菩萨搭救的。"

甘小蝶道：

"是不是观世音菩萨？"

金氏道：

"不是的。"

朱斌道：

"请姊姊引我们去烧烧香，也消点灾难。"

金氏道：

"过几天再说。这菩萨非常灵显，不好随便开门的。"

甘、朱二人无法，一会子，甘小蝶又说起穆彰阿来，说：

"我家从前有个叔父在京做官，被穆彰阿害了的，不然，我们也不会到这里来。"

因把穆彰阿大骂起来。这一句话，果然引了金氏意念，金氏也道：

"妹妹只知穆彰阿是个奸臣，还不知穆彰阿是个最狠心的流氓呢！他见了女子，不论是人家妻子、女儿，他就叫人关锁起来，逼着要使妇女们从他。他家中有个黑暗窟穴，妇女们入了里面，人不知，鬼不晓，就如落了地狱一般。"

甘小蝶道：

"哪里有这等事来？只是姊姊如何会知道呢？"

金氏道：

"我也不过听郭庄主说，有几个妇女们进去逃出来的。"

朱斌问道：

"姊姊可认得那逃出来的妇女吗？"

金氏道：

"也是郭庄主说的，我哪里认得？"

甘小蝶又道：

"这样说来，譬如我们三人被穆彰阿见了呢，那不要落地狱了吗？"

金氏道：

"谁肯从这种老贼？不从，自然要落地狱了。"

甘小蝶、朱斌如此无意有意之中，屡问金氏，金氏终不肯说出真话来。甘小蝶、朱斌何等聪明？欲知心中事，但闻口中言。金氏虽不明说，甘、朱却已料到，必是金氏受过磨难来的，然而始终不明金氏究竟怎么一回事。甘、朱二人在郑荟生家，眨眨眼已是七天。忽一日有人报道，说：

"有两位少爷在客堂坐候，接此地两位小姐来的。"

甘小蝶、朱斌闻报，忙出去迎接，正是云杰、甘虎儿两人。原来云杰、甘虎儿在宛平县探不到郑荟生行踪，急着回店，回店之后，却不见倪邦达，只有一封信留着，拆阅一看，知是甘、朱二人所发，忙得即日跑到南皮县来。当下甘、朱二人就说了许多苦话，又说郭庄主如何厚待，无非是些假作痴聋的玩意儿，末后又说家下一切平安，从前收不清的租谷，也收清了。云杰、甘虎儿会了意，知道绿玉水仙有了着落，遂向郑荟生夫妻道了一番感谢。郑荟生忙地要举办酒席宴请云杰、甘虎儿，云、甘再三推辞，于是云、甘夫妇四人出了郑宅，也不在城中宿店，特到城外五六里之遥，有一所古寺住下。甘小蝶、朱斌把一切情由约略述了一遍，甘小蝶道：

　　"郑荟生夫妇为人确是仁厚，细体情形，必是郑荟生妻子受过穆彰阿一番摧残，我们只便提穆彰阿，金氏就会痛恨切齿。绿玉水仙原在他家，晚上探手一取是了，但取了以后，如果我们把这话告知穆彰阿，必然郑荟生夫妻二人无救。我们万不能连累他们，先要设法才是。"

　　云杰道：

　　"这话果然不差，你们到此，总算不虚一行。却是我们少了一个人了。"

　　朱斌道：

　　"难道倪邦达不见了吗？"

　　甘虎儿点点头说道：

　　"我们俩回到京城店中，店中掌柜的拿过信来，我问倪客官出去了吗，他说五天不到店了，想他前曾说过京中素无熟友，又是我们托他在京照料，绝不会走远的，不是失踪而何？"

　　甘小蝶道：

　　"寻了物，没了人，这便怎么处去？"

云杰道：

"只好回京再说。如今赶快把绿玉水仙取了来，你们告知了地点，我便去拿是了。"

甘小蝶道：

"还是我去，不劳你了。"

向晚，甘小蝶驾剑疾驰，重入城中郑宅，不到一刻时光，早把案上供奉的名珍取了便来。云杰、甘虎儿见所未见，各人目光都注在绿玉水仙瓶中，少不得大家摩挲赞叹一回。

越早，四人起程，一路无话，直抵北京，仍在前门外老店住下。安排妥帖，正是辰牌时候，云杰道：

"我们先把这劳什子送还穆彰阿，了得一桩公案，再去寻倪邦达。倪邦达寻到了，咱们也得回去，不许混闹了。"

众人都说不差，于是四人换过衣衫，整冠修容，即往穆府而行。正要出店，甘虎儿忽又止住，说道：

"蝶妹所说一层，杰兄究如何计议？如果穆彰阿问起来，我们应说哪里查来？"

众人都不会说谎，倒一时想不着主意。还是朱斌说道：

"我们就说在古董铺查到，岂不好吗？"

甘虎儿道：

"他若要问哪家古董铺呢？"

云杰想了想道：

"不能说近的。"

朱斌道：

"就说南京城查来的，好吗？"

众道得当。四人说话时，已行至店外，雇了骡车，直达穆府。穆府门房呈报，穆彰阿立即命见，众人进入穆府，呈了绿玉水仙。穆彰阿当下大喜，后来横看竖看，似乎有点儿疑惑，众人不解其故。穆彰阿便问：

"何处查得？"

云杰回说：

"南京城古董铺里查获的。"

穆彰阿遂问：

"郑荟生查不到吗？"

云杰道：

"古董铺是向别人买来的，哪里知道郑荟生？"

穆彰阿道：

"那么诸位为何不叫江苏巡抚把古董铺看守起来呢？彻查根底，自不难立索。"

云杰道：

"相爷命咱们查的是物，如今却要查人，咱们当初也不曾听得分明，不知相爷何意？若说那古董铺本来无意收买，凭空叫官中捉拿，咱们于心何忍？"

穆彰阿听了这话，登时沉下脸来，正似极不自在的样儿，忽又转过笑脸，说道：

"劳诸位费心，我也不过说说玩笑，诸位不必在意。兄弟此事，幸赖诸位做成，晚间就在本宅备一樽薄酒，为诸位洗尘，也尽我一点儿诚意。"

云杰道：

"相爷有命，本当奉陪，只因咱们伙伴为此事失了踪影，须得赶速访查，请相爷暂不破费，留在后日，再来请安。"

穆彰阿道：

"伙伴既已失踪，忙不在一时，难道一顿饭工夫都没有了？兄弟诚意相请，诸位无意赐教，劳一番跋涉，毫无感谢，兄弟如何安心得下？"

云杰等听了，只好答应下来。穆彰阿又再三关照，说：

"我准设筵恭候，万勿吝玉。"

甘虎儿道：

"咱们既答应了人，断无失信之理。"

穆彰阿道：

"那就很好。"

云杰等四人告辞出府，仍回客店，商议探查倪邦达去了。这里穆彰阿执着绿玉水仙，惊疑不定。看官，你道为何？

原来郑荟生得了于啸海绿玉水仙，因色样品质异常玲珑可爱，特地照样仿制了一瓶。配色雕刻，都是选集了翡翠玛瑙晶玉，各样物品，细细拼制起来的。郑荟生本是珠宝店伙出身，家中又多着各色品物，因此仿制得与真的无二，只是真的乃整块绿玉雕成，天然花样，果然是稀世神品。此乃是裁金琢玉，细细拼制，不过是美备精致。那真的一瓶早已由于啸海取还，云天海角，不知何处去了。这一瓶为的郑荟生纪念霞航师徒，故以供设香案。甘小蝶、朱斌哪里分得出真假？巴巴地取了来。穆彰阿起初一见，好不高兴，细看下去，谁知是无数碎玉砌成，心下大惊，再问那郑荟生，又是踪影全无，万寿节却已近在眼前，更是十分不自在，后又听得云杰等把话抵撞，暗地里已怀着鬼胎，为的剑侠神勇无比，不敢作声，故意现出非常殷勤。等到云杰等去后，他又细把绿玉水仙四围摩挲，意想如果把这赝物贡上，那皇上必要查抄真物。如果再命云杰等访查真品，一来时候不及，二来自己诱禁郑荟生妻子的事反恐被云杰等查出，又如果到万寿节不贡上去，更是得罪君王，终身莫赎。思前想后，终无善法，遂召府中幕友聚议，把这三层根由说了。幕友再三推敲，其中有一人就想出一条计来，说道：

"为今之计，索性把假的丢了不提，等到云杰等四人来了，把他们捆绑起来，就说是直隶云巡抚叫四人来偷的。一面捆绑，一面奏明皇上，那便与相爷一事无关，岂不干净？"

穆彰阿道：

"这层我也想过，却有两种难处。其一，他们四人听说是学的飞剑斩人，恐怕缚虎不成倒被反噬；其二，若说是云巡抚叫他们来偷的嘛，我却有亲笔信件在云巡抚手里，原是我叫他们来的。此计果好，可这两层是大大破绽。"

幕友听毕，又自挖肚抽筋地想了好一会儿，又有一人道：

"不要紧，相爷果然叫云巡抚派人探查，谁知云巡抚派来的人竟然查了假的来，既有假的，自然从真的仿制，可见那真的是在云巡抚手中。况且相府森严，不是他们飞墙走壁的人，谁能偷窃？这几天之内他们就会查到，要不是自己做贼，哪里会这么豪爽？相爷只把四人捆绑起来，将这番情由委曲陈明圣上，无论圣听如何，相爷总无隐藏不献之罪。若说四人本领非凡，难道相爷家将如虎，力士如云，这许多人还抵不住他们男女四人吗？只要谨慎小心，等他们喝酒当儿，四处埋伏是了。"

众人都以为这话不差。内中又一幕友道：

"他们既是会剑飞行的人，必是拳家内功精深，捆绑不可用麻索，要用牛筋，最好备具牛筋网，四处拦住。"

穆彰阿道：

"这有什么难处？叫他们置备是了。"

于是众幕友又议如何布置擒拿，便在东花厅设了天罗地网，四围刀兵暗伏，如临大敌。穆彰阿又亲自查勘奖励，布置完毕，门上进报云杰等四人赴宴到了，穆彰阿忙命请进。欲知云杰等性命如何，且听下回分解。

第二十回

侠偶待刑冤火通红
奸众枭首怒剑飞白

话说穆彰阿请入云杰、甘虎儿夫妇四人在大厅坐下，先进了一会儿茶，便有侍役入报，东花厅酒席摆齐，请大人们入席。穆彰阿让过云杰、甘虎儿夫妇，侍役接着前导。穆彰阿自己在后，云杰、甘虎儿等走到东花厅，见四面侍卫森森站立，原是相府盛筵，并不为奇。穆彰阿让云杰等入了席，自己坐在主位，说道：

"今日不过请诸位小叙，大家随便，不必拘礼。"

说着，举起酒杯劝饮。酒过三巡，穆彰阿高谈阔论，井井有条。云杰、甘虎儿等也很觉自在，忽然有人入报王爷驾到。穆彰阿道：

"兄弟暂去接客，失陪了。"

众道：

"相爷请便。"

穆彰阿方踱入厅外，一声怪喊，旁列侍卫齐声向云杰等四人扑上，接着晶光光就是长枪短刀阔斧双戟，无数家将挺上门来，满屋子都是刀兵。云杰等突闻惊变，猛从座中跳起，一个转身，早把面前侍卫打倒了六七个，接着家将们一齐赶上，把四人团团紧围。厅上万头攒动，直无缝隙。云杰等要使用神剑，却被人众

132

摆挤，剑但及远，不能使近，又要对付前敌无暇，只得精拳熟技，挺身勇斗，又把家将杀死了四五个。谁知前敌未退，后面家将又直挺而上。这时四人徒手格杀，地窄人众，直无从用力。甘小蝶急极生智，一纵身，从众人头上飞起，直向厅外奔出，谁知门前已施了牛筋网，空中一撞，退下地来，因反身不及，遂被家将执住。里面云杰、甘虎儿、朱斌都已靠住墙壁，踏紧脚步困斗，家将们轮流进击，一阵阵势如猛虎杀上。约莫战了半个多时辰，朱斌又被执住。云杰、甘虎儿各见爱妻受缚，心中一急，耳目稍有旁顾，均被打进。霎时间，四英雄却反手被擒，家将们急得拿上牛筋，把四人紧紧捆了个五花大绑。四人力竭声嘶，知是牛筋上身，断难挣脱，又见他们捆绑，别有巧妙，紧紧一收，陷皮入骨，虽有精练神剑，而气衰神困，哪里运得过来？只得舍了性命，听凭办理。

这时，家将们已将四人捆绑舒齐，牵住牛筋总结，前扶后拥，把四人送到大厅。早见穆彰阿高高上座，旁列侍卫二十余人，传命犯人、犯妇拿进。众人把四人提上，穆彰阿拍案喝道：

"你们原是江洋大盗，依了直隶巡抚云程之势，专行劫掠，胆敢飞窃本府绿玉水仙！如今却把赝物献上，你们究受云程如何唆使，那钦赐绿玉究在何处？照实供上，免得拷掠。"

云杰等听了这话，真是梦中不提防之事，气得一言不发。穆彰阿又道：

"你们仗着声势，嫁祸老夫，敢闹出这样大案，如果照实不供，老夫奏明圣上，把你们处个五马分尸，看你们究有几多本领？"

云杰、甘虎儿仍是不语。朱斌气得不能再忍，斥道：

"穆彰阿狼心狗肺，你想谋皇篡位，叫我们行刺皇上，为是我们不允，竟然无故加害。"

甘小蝶也接着说道：

"你这乱臣贼子，更有何言？自己隐藏绿玉水仙，伪造欺上，显有证据，还要叫云巡抚访查，骗我们到此，教唆行刺皇上，如今倒来杀害我们。"

穆彰阿听了这话，不免大大一惊，心想：如果奏明皇上，解到金殿，如此供状，真也了得。急得大声喝道：

"小贱妇，倒会含血喷人！"

喝命家将杖责。家将上去，持杖劈下。甘小蝶、朱斌闭目运气，使劲格住，家将用尽气力，正如击了石岩似的动也不动。穆彰阿大惊，喝命红针刺面。这红针是钢铁铸成，快利无比，在火中烧红之后，刺入皮肉，用醋洗搽，无论铜筋铁骨也抵挡不住。穆彰阿为的甘小蝶、朱斌说他谋皇夺位，痛恨入骨，故喝命用此酷刑。左右一声叫嚣，早已取过红炉，搁下白铁尖针，顷刻之间，就要甘、朱二女面上刺刑。云杰、甘虎儿在旁，也深深吃了大惊，想百事都可忍受，这一来，少不得皮损骨折，就使逃脱得出，也终身结了疮瘢。穆彰阿用此酷刑，是要四人供认是受直隶巡抚云程使命，偷窃绿玉水仙，把自己一身祸火都卸了云程身上。因又喝道：

"你们当了巨盗，还敢倔强无礼，不给点子厉害，怕死也不信。"

穆彰阿拍案逼要四人供认。这时，左右已执住红针伺候，正是一发千钧之际，忽然一道白光，那执住红针伺候用刑的两人早已掉下脑袋。一少年从空飘下，对住穆彰阿斥道：

"好一个狠心的狗贼，四位英兄千辛万苦探了绿玉来，你不感谢他们也罢，倒反捆绑他们起来，私坐大堂，擅用酷刑。你自己说，该死不该死？"

穆彰阿忙地退座避后，喝命捉贼。少年不慌不忙，随手把穆彰阿辫发握住，拧过头来，问道：

"你要捉贼，我就要剥你的心，抽你的肠。"

穆彰阿经少年一拧，直从头顶痛到脚跟，吓得魂不着体，连连跪下叩头求命。家将们见了，拼命杀上救主。少年抬头口吐一剑，早已绕杀两人，余众裹足不敢前进，穆彰阿声声求命。少年道：

"你赶紧把他们夫妇四人解了缚，要不然，我就把你狗贼分了尸。"

穆彰阿哪敢不允？当命家将解缚，家将无奈，只好遵命替云杰等四人个个放了轻松。云杰等忙过来在少年前面叩头谢恩，听候示下。少年道：

"咱们也不屑杀这狗贼，如今有现成红针，就往狗贼面上使用是了。"

一句话唬得穆彰阿连七连八地磕了无数个头，说道：

"侠士恩德，留小老儿一条生路，小老儿再也不敢为非作歹。"

众家将见主子身陷刀口，转眼无命，又听得主子如此苦求，也都跪下讨情。少年道：

"穆彰阿，咱们锄强扶弱，行天地好生之德，既是你力改前非，恕你一次，你赶紧把窟穴折毁。如果更复强劫妇女，早晚取你首级。"

说着，对云杰、甘虎儿夫妇道：

"咱们去也。"

各自备剑驶行。甘虎儿因朱斌不会使剑，挟着同行。少年说毕，方才弃去穆彰阿辫发，只见白光满室，高上屋顶，顿时五人踪影都无。穆彰阿如梦初醒，遍身痛得动弹不得，自己顾病无暇，也不敢饬追。点查府中家将侍卫仆役，一共死了十四人，伤了五人，自己又找了一身痛苦来，遂由亲近家丁扶入上房安息，请医治疾，暂且不提。

单说少年引着云杰、甘虎儿夫妇驾剑飞出穆府，直到前门外陶然亭畔荒野中收剑齐下。云杰、甘虎儿忙问少年尊姓大名，邦族里居。少年道：

"人之相知，贵相知心，诸君事急，宜速安排，小可也迫着事务，不能久谈。由此北行两里多路，有骡车点红灯而来，诸君向车中人招呼，便知一切。后会有期，大家珍重。"

说毕，拱手作别，光芒十丈，远去缥缈。云杰等既感其救溺之恩，又服其豪爽之性，如此良友，交臂失之，未免心中忐忑。甘小蝶忽想起旧事，说道：

"这位少年剑侠，莫不是孝感客店中所遇李清渠吗？"

朱斌极言不错。云杰道：

"不见得就是李清渠，若是李清渠，必把前事提了。"

甘虎儿道：

"他已去了千里了，何必空想着。既是他说由此北行两里多路便有骡车前来，不妨速去。"

于是四人徒步而行，一路谈去。云杰道：

"咱们云游海内，无奇不遇，无险不经，偏有这穆彰阿出人意料之恶毒，找到自己身上来。不逢侠少年，不是把四个性命就此白白送了吗？为人排难，偏要人来救难。"

甘虎儿道：

"这个却怪我们不得，我们替穆彰阿做事，原是错了，都是为了云大哥的情面干的。"

甘小蝶道：

"可不是呢！"

云杰道：

"我想从此回家，居乡种田，再不混闹了。"

甘虎儿道：

"我也是这么想。世间几多英雄，何劳我们费力？就如我们新近所遇，第一李清渠，第二这位侠少年，均比我们艺高学富，想在人间，必更有精深者。天下术无止境，事无平息，倒不如修养自身吧！"

甘小蝶、朱斌也都各有退休感叹之意，四人且谈且行，已忘路之远近。忽闻车声辘辘，四人抬头一望，正是迎来一辆骡车，点着红灯。再细看去，后面又跟着一车，四人伫立道旁，等两车过来，即闻车中有人说道：

"四位不是云、甘兄嫂吗？"

云杰、甘虎儿正要动问，已见那人跳下车。走近瞧时，不是别人，却是倪邦达，喜得众人齐声说道：

"怎的你也来了？"

倪邦达笑道：

"果然在此遇到了。"

大家惊喜之下，倒说不出话来。云杰道：

"你倒来了，你还不知我们闹了笑话呢！"

倪邦达道：

"有什么不知道？一切都已明白。你们不是我师父救了出来吗？"

甘虎儿道：

"原来那少年还是你的师父，怪不得！你寻师父去了，累得我们找寻无着。"

倪邦达咯咯大笑。云杰道：

"究是怎么一回事？"

倪邦达道：

"说来话长，师父吩咐，带了一辆空车来接你们。师父说，叫我通知你们，赶快回保定去，怕穆彰阿吃了亏，无气可出，还妨害到云巡抚头上去。"

一语提醒了云杰，说道：

"果然要紧。"

倪邦达道：

"师父说，今晚还可赶到马岭驿打尖，故此备了两辆骡车，我们五人也够坐了。"

众人越发佩服侠少年，真是无微不至，于是倪邦达、云杰、甘虎儿三人共一车，甘小蝶、朱斌两人一车，五人坐定，两车先后疾行。云杰、甘虎儿在车中问倪邦达究是怎么一回事，倪邦达先把自己在大栅栏茶馆上被少年骗去，再后被少年在北堂石屋中禁闭，详细说了一遍。云杰、甘虎儿急问：

"后来怎么救出来的呢？"

倪邦达道：

"哪里是救出来？原是少年放出来的。少年姓于，名啸海，就是劫取绿玉水仙的。这个你们拿到的，是郑荟生仿制的，并不是真品，那真的就在他的手中。今天午后，他叫人召我出来，说道：'你同来的四个伙伴今晚往穆府赴宴去，穆府已布置天罗地网，埋伏重兵要害杀他们了。你试想想，你要替穆府干事不成？这种禽兽，亏你们会信他。'我听了这话，真如万箭穿心，就请他放我出来救你们。他冷笑道：'你也想去救人了，今晚你雇了两辆骡车，往半路候去，我把他们救了来，你送他们速往保定要紧，别的都不讲了。'我听了这话，磕了个头，请他收下做徒弟，他说：'讲什么徒弟师父？大家结个朋友是了。'我一定要他指教，他便答应了，故此派我来迎。"

云、甘二人紧问于啸海是哪里人，哪一宗派，哪里学的。倪邦达道：

"这些事情我都不曾问过。"

云杰道：

"亏你师父长师父短说得好听，连师父的来历都不清楚。"

倪邦达道：

"哪里有空儿问他？他对我说，叫我谨慎行事，不必寻他，他自会寻我的。"

云、甘二人点点头。说话之间，不觉已到马岭驿，五人下车落店。欲知后事如何，且听下回分解。

第二十一回

叨恩泽绿花赏殿陛
儆奸邪碧血满官衙

话说倪邦达与云杰、甘虎儿夫妇，共是五人，由马岭驿一路向保定进发。此时比不得由孝感动身往京办案，绝无兴高采烈之象，五人心中，各有所怀，其中算是倪邦达因祸转福，得了名师，自有个中长趣。云杰、甘虎儿夫妇巴望早到保定，急得要回乡看家。五人倍道赶程，不上三日，已到保定城中，驱车直至巡抚衙门，也不用人通报，由云杰夫妇引导而入，早已有人报告云万里，说二大人回来了。云万里急忙亲自出迎，云杰先把倪邦达来历说了，甘虎儿夫妇是云万里熟人，不消说得，又自有一番应酬。

宾主坐定，云杰细把详情自从离保定往济南遇曹宗芳起，直至自己被缚，险些结果性命，后由于啸海救出的话，委曲讲了备细。云万里闻了，不由得大惊失色，叹道：

"不想老弟此去，以德释怨，饱受惊慌，都是愚兄的不是。如今穆彰阿已怀恨切齿，少不得淆惑圣听，万一诏下论罪，那更怎么处去？"

云杰道：

"这个哥哥也不烦忧虑，如果有个三长两短，我先把穆彰阿

140

结果了性命，再和皇上说话。若使皇上明白，把此事勾销不提，咱们便即回去，否则，也只有脱逃一法。难道我们几个人的力量，会救不出哥哥吗？"

云万里道：

"话虽不差，然而行到那时，虽逃生脱死，埋灭了姓名，乱臣贼子之嫌，终百口难辩，究不是完身全名之道。"

众人听了云万里的话，不免相顾惊疑。甘虎儿忍不住嚷，说道：

"不怕云巡抚笑话，难道我们必要做清朝的忠臣孝子吗？"

云万里道：

"这个也有一理，咱们不践土茹毛也罢，既食他的禄，受他的命，白不能不应尽我心了。况且穆彰阿正要把这些罪名牵到咱们身上来，咱们哪里使得？"

说着，有人来报封师爷来了。云万里苦思无计，正要去请封棣华，听他进来，早已起身接入。先把一切情由谈了一会儿，封棣华道：

"照这样看来，老师应赶速声奏，引避贤路。如果穆彰阿淆惑圣听，果然诏下论罪，那么老师自己举发，索性把穆彰阿托查绿玉水仙的事照实陈情，好在有穆彰阿亲笔信件为凭。如今穆彰阿要害云杰兄弟，可见其隐藏真品，雇工赝造，计图干没，咱们也不妨把这些话顶上去。"

云万里深以为然，当请封棣华起了奏稿，无非说身有疾病，难负隆恩，请求开缺。即日飞马上京专章入奏。不多几日，谕旨准奏，并加了许多嘉奖的话，却不提及一字之失。云万里大喜，当下赶办结束公事，新任一到，即自挂冠携着云杰夫妇共回原籍去了。甘虎儿、朱斌也即赶回松江乡里，从此，云、甘夫妇四侠，隐居闾巷，耕读养身，后来竟成深山遗民，不复问世。一时

141

封棣华也回原籍，倪邦达因店早收歇，艺不遂成，仍浪游江湖，其中分道扬镳，各自别散情形，也不暇细述。

却说穆彰阿因获住云杰等四人，被于啸海飞剑突来，挟四侠而遁，唬得穆彰阿惊魂不定，竟生起病来，连夕呻吟床褥。五中炽热，请医求神问卜，样样俱全，一时忙得不可开交。却是穆彰阿患的是心悸之疾，刹那之间，哪里治得痊愈？转眼道光皇帝万寿已近，穆彰阿无计奈何，又召幕友商量，幕友这回谈虎色变，都不敢出主意，只是唯唯答应。穆彰阿初意还欲把云程牵涉窃案，奏请道光帝查彻，其中有个老幕友，深以为不可，说道：

"怨毒宜解不宜结，况此事本与云程无关，彼辈技术通神，都是亡命之徒，一旦心有未平，难保设计暗算。而且相爷更有亲笔信件在云巡抚之手，云巡抚回奏有据，相爷上章无证，皇上谕旨，能否如相爷之意，既未可必，相爷倒先结怨于人，便身冒无穷之祸。依我愚见，不如将实情陈明上奏，自行检举，请皇上付部议处。皇上素知相爷精忠体国，必不加刑，这却是先发制人之道。"

众幕友都以这话有理，群请穆彰阿照办，穆彰阿再三思量，却也别无长策可施，只得陈情上奏，说如何被窃，如何刺探，如何获着赝品，末后举发自己罪歉，请刑部议处。果然道光皇帝深信穆彰阿，不但不加刑罪，并且好言劝慰，谕旨中有几句说道："夜光之璧，徒用丧邦，不世之才，足以兴国。楚国唯善以为宝，朕唯以贤能为贵，既慢藏以引盗，应谨身而愍后。"末后又说要那假造的绿玉水仙观看。穆彰阿接旨，叩谢天恩，喜之不尽，竟然病魔退避三舍，精神顿觉焕发，忙把伪造的绿玉水仙带上朝去，叩见道光帝。道光帝细细赏玩一会儿，说道：

"果然好工致精密，若使卿不直陈，朕也一时看不出真假来。如此大胆行劫，又敢仿造赝品，必不是平庸凡俗之徒。"因而授穆彰阿机宜，叫他到各县四处暗访，"如果访查这人，着即解到京来，朕自有用处。沿途官员须妥实保解，不得严厉用刑。"

穆彰阿谢恩退出，即日遵旨遍递文书，精绘绿玉水仙图样，命府县暗中严查。从此，各省府又多一桩公案，自是奔竞不敢怠慢，暂且按下不提。

且说孝感县严绍模自判断无头冤案后，把葛凤藻、秦友龙两人下狱看管，葛凤藻定的秋后处决，秦友龙即日起解往云南充军。严绍模自然扬扬得意，如此大案，经钦差重判，仍如己意而行，那秦友龙又是个历来横霸士绅，竟然被他制服，显得他一身本领非同小可，从此县中无人敢与官中质难。严绍模本是生意买卖的人，当然脱不了生意买卖的勾当，况且他到孝感做官，原在包志茂跟前花过一批大钱，哪里肯亏本做官？再则，包志茂早晚要钱孝敬，尤当严绍模是自家账房似的，每日总有些讨债书信，因此严绍模越发要刮削聚敛。好在秦友龙既倒，其余士绅都是些讨好官中的奴才，再也无人说话。严绍模为所欲为，丝毫无所顾忌，苛税百出，勒捐不一而足，孝感人民连连叫苦不迭。从前众怨秦友龙权威，如今觉得这位县爷更比秦友龙厉害十倍，由不得怨声四起，闾巷喧传。严绍模既有国师爷包志茂奥援，再不把小民放在意中，笑骂由人笑骂，好官我自为之。

严绍模方得意扬扬，大做买卖之时，那判决死刑闭在牢狱的葛凤藻忽然越狱而逃，监吏呈报脱逃情形，说昨夜尚见犯人安卧，并无别故，天明不见踪影，镣铐依然存在，狱中铁锁也依旧封固，木栅窗板均无毁伤，凭空失了犯人，搜查毫无脚印痕迹。严绍模这一惊，又是手足忙乱，速请陈玉书师爷商议。陈玉书道：

"既是这么说，难道逃犯插了翅飞去不成？逃犯是个生员，体质极弱，哪里行得到此？除非有了妖术才能凭空越狱。"

严绍模道：

"照师爷意思，该是如何办呢？"

陈玉书道：

"东翁试想，这种情形不消说得，多半是狱卒串通一气，不知是谁得了贿使出来的，还须仔细一查。"

严绍模点点头，把值管的狱卒都叫了来，个个打得半死不活，又把葛凤藻老娘、葛凤藻妻子也都发朱签拘到，姑媳二人正苦得茶饭不继，祸从天降，又受了一阵拷打。葛凤藻老娘本是瘦弱得不堪，历经穷苦冤屈中生活，已把老妇人摧残殆尽，经官中一吓，气结心塞，竟然一命呜呼。葛凤藻妻子痛哭抢地，高声大骂瘟官，说道：

"你得了葛卞氏之贿，把我丈夫葛凤藻屈打成招，在监牢中谋杀，今又把我姑打死，我家与你前生无冤，今生无仇，为的你做官贪赃，如今草菅人命，小妇人情愿速死。便是做鬼，也要取你之命，方才快心。"

说着，从头上拔下银针，狠命向自己心胸刺下。差役突前执住，幸是眼快手捷，把葛凤藻妻子救回。严绍模眼看葛凤藻之母已死，葛凤藻这妻又欲自尽，防得祸生意外，不敢追问，命差役将葛凤藻妻子带回家去，遂又把狱卒穷治一会儿，闹得衙中痛哭呼天，咆哮满地，依然毫无端的。严绍模无奈，只得与陈玉书商量，照例检举详上。这晚，严绍模进了上房，心中忐忑不安，好似有什么玩意儿夹着胸次，紧紧打了一会儿寒噤，因与妻子程氏说道：

"我心下觉得十分不快，怕有什么大祸临头。如果事出意外，只好与你逃往浙江嘉兴去，咱们究是做生意买卖人，何苦做这些勾当？"

程氏道：

"你这人也太没用了，丈夫做事，岂可如此畏葸？抵住官不做，有什么不可办？况且有包爷一只脚，难道怕上司参劾咱们不成？咱们花个五千六千银子，转眼就可谋府差了。"

话未说完，突见白光一道从窗外劈入，只望严绍模身上一绕。程氏觉得满室寒光铁臭，一时睁不开眼，待回头看时，惊得魂不着体，怪声大叫起来。原来，严绍模横倒地上，已没了脑袋，只剩个颈子，光溜溜望地下注血。程氏大哭小跳，一时衙中员司毕集。陈玉书也就踱进门来，看了一看，伸伸舌头。程氏没了主意，与陈师爷商量后事，陈玉书道：

"东家太太自己保重，死的不会活转来，活的要防死去。咱们脑袋也是肉做的，经不得寒光一绕，白白丢了，谁给咱们申冤去？咱要回家去了，请东家太太保重。"

说着，拔步欲行，不料行出门外，被众衙役围住，禀称外面有人急告谋命行凶案件数起，请师老爷示下。陈玉书欲行不得，无计奈何，只得叫人取阅呈状。欲知后事如何，且听下回分解。

第二十二回

箭收弓藏计售皇子
香消玉殒胆落宠姬

话说陈玉书见祸心急，意想脱走，被衙役围住投告，命人取阅呈状，乃知一是柳阳村阳宅家人投状，禀告主人阳亮澄、小主人阳幼澄在黄昏时候，坐内厅聚谈，二更天气，家人端茶进去，二人横死地上，失去脑袋，请官验尸缉凶等语；其二乃是葛卞氏投呈，说葛家老账房马金森于酉刻在葛家账房间内，被人暗杀，斩首而去，首级遍觅不得，家下门窗均自完好，谅无凶手出入踪影，请求验尸申冤等语。陈玉书看毕，知三处被害情形均出一人之手，只不知严知县、马金森、阳亮澄父子四人脑袋失到哪儿去。如此人命大案，一夜迭发数处，县官已死，自己既是师爷，哪里走得掉？只好咬着牙齿，赶办后事，一面批谕阳、葛二家，看守尸身待验，一面赶命雇车星夜动身，直赴汉阳，求见汉阳知府。

这时，汉阳府已调了从前济南府知府曹宗芳来了。曹宗芳是云万里的门生，科甲出身，素有官声，为人洒脱不凡，也有点儿志气，只因上司汉阳道赵良是杜受田私人，又加湖北巡抚也是杜受田一党，自己却因云老师辞职回籍，在京别无奥援，要与杜党阿附，心有不甘。要自己卓立，又防站立不住。杜党日伺间隙，只等曹宗芳属卜有了案件，便备白简参奏，偏偏遇到孝感县是曹宗芳管辖之县，又于一夜之间发生如许无头案件，更是县官被杀，首级无寻。这类疑案，少不得由知府负责。当下曹宗芳接到陈玉书报告，即命延入内厅，亲自细问情形，问毕，打轿进谒汉阳道赵良，备述陈玉书禀报一切，请赵良示下。赵良暗想孝感县是杜国师吩咐派署，究不知与国师是何亲戚，如果国师爷一怒严办，自己也有点儿关碍，不免慌张起来，一面让过曹宗芳回衙，一面即行渡江至武昌，参谒巡抚。巡抚也不免吃着一惊，如果他县被杀，倒还可以抹杀不报，严知县既是杜国师亲近左右，其中必有内线，哪里还可缄默？当下由巡抚专报杜受田，内中无非认咎赔罪，把一切罪案都推到汉阳府曹宗芳身上。曹宗芳虽心知杜党必有陷害，可是巡抚衙门的事，曹宗芳哪里知道？只得处处谨慎办公，亲自到县验尸，先验严绍模尸身，由严程氏供呈被杀情形，随到柳阳村验阳亮澄父子，末往葛卜氏家，检验马金森，一面出示捉拿凶手，无非是些官样文章，照例举办，并无新奇事实可记。

再说杜受田既得道光帝宠任，百事如意，政无大小，均出门下，虽穆彰阿之权威，也不能过。可是他深思远虑，却非别人可及，他想历来大臣，虽当时权震天下，气盖一世，到后来小事获谴，终身莫赎，甚至刑及妻孥子孙。年羹尧、和珅两人，就是最显著之例，他历见道光帝行事，终是些粉饰好名、果断刚愎之态，明知道光帝在位，他也不至失宠，万一旧主辞世，新皇登位，难免有鸟尽弓藏之感。因此他日常留意诸皇子，谁是优柔寡断可以辅佐。道光帝一共九子，就是郡王奕纬、奕纲、奕继、奕䜣、惇亲王奕誴、恭亲王奕䜣、醇亲王奕譞、钟郡王奕詥、孚亲王奕譓。这九人之中，恭亲王才德最长，学问也最优，最为道光帝宠任，其余八皇子，才德品学不相上下，唯皇四子奕詝与杜受

147

田很是亲近，为人优柔温厚，较诸皇子更是驯良。杜受田想：这人倒可左右笼络，日后倘使他为新主，那就可高枕，安享富贵了，于是暗在心下打算。

有一天，道光帝命诸皇子往南苑行猎，旧例皇子有事，应在师父前请假，诸皇子以父皇之命行猎，比不得寻常等闲之事，都懒得自己亲走，叫值日太监前去告假。杜受田照例应允，却是皇四子亲身到来，见杜受田独坐在上书房中，对师父一揖，陈明行猎请假之事。杜受田请皇四子略坐，说道：

"阿哥，咱有一句话，你须记着。今儿到南苑行猎，你切莫射杀一兽，也莫叫随从张网，只管在旁看诸阿哥打猎是了。猎毕回来，皇上必要问你，你但说方今万物萌生、禽兽孳育之时，不忍加害这一句话，咱晓得皇上性情，必然大称意旨。阿哥一生大业，在此一言，切莫忘记，万勿与诸阿哥争多少。"皇四子唯唯应命，到了南苑，果然立着旁看，毫不动手。这天恭亲王最有兴致，打猎也最多，见皇四子一无所获，问是何故不射，皇四子回说今儿身体不适，委实无兴。恭亲王也不在意，猎毕之后，诸皇子多多少少，各有所得，唯有皇四子空手而返。道光帝见了奇怪，动问何故不猎。皇四子便把杜受田教他的话说上，果然道光帝龙颜大悦，说皇四子豁达仁厚，有人君之度，从此钟爱恭亲王之心，便移到皇四子身上，后来就立皇四子为太子。道光三十一年，皇四子登位，改号咸丰，这是后话，暂可不提。

单说皇四子回宫之后，果得父皇一番和颜悦色看待，很是快乐荣幸，巴巴地跑到上书房，告知师父杜受田，并申明感谢之意。末后又说：

"如果有一日可成大业，必当厚报。"

杜受田自是欢欣不迭，从此越发与皇四子接近。这天，杜受田小计得售，大事垂成，好不心满意足。到晚回家，已是黄昏人静之候，谁知祸福之来，不可窥测。杜受田方深自庆幸毕生之功业，在这天淡淡数语告成，不想回府入门，满屋子嚣扰之声。杜受田已见得有点儿奇异，正要问讯，只见包志茂气喘喘地跑到跟前，连磕了五六个头，说道：

"回大人，小的该死，家中出了大事，小的委实不知情。"

杜受田忙问何事，包志茂重又磕头道：

"三太太吓坏了，请大人上房去。"

杜受田听得三姨太受吓，心中不免一惊，斥道：

"究是什么事！该死的奴才，不要三句不着两，连个头脑都不清的，赶快说来！"

包志茂道：

"回大人，三太太饭后往千秋亭赏月，回至上房，正要卸妆，急见床前挂了四个血淋淋脑袋，其中一个是小的亲戚严家炽，就是蒙大人栽培，发他湖北省孝感县去的，此外三个，两老一少，小的都不认识，不知哪里来的。三太太进房撞见这可怕的模样儿，当即吓得倒地，手足冰冷，连连由两个侍婢扶起，已是不省人事。如今扶到翠暖阁睡了，已请贾大夫、寿大夫来诊脉，请大人翠暖阁去。"

杜受田听毕，无暇再问，飞也似的跑入花厅，转过甬道，直上翠暖阁。包志茂紧紧跟着，入阁登楼，包志茂侧身先去通报，丫鬟撩起帘子，即见贾大夫迎了出来，在杜受田跟前，打恭请安。杜受田略略点头，入内探病，又见寿大夫正在榻前帘外切脉。杜受田在榻前坐下，寿大夫切完了脉，起身请安，述过病状。贾大夫也随即进来，各抒所见说了，无非说些惊吓之疾。两人拟了一张药方，杜受田忙问：

"有性命之虞吗？"

贾、寿二人回说：

"生命不妨，怕一时不能恢复。"

杜受田又问了几句，贾、寿二人辞了退出。杜受田命侍婢卷起榻前帘子，细看三姨太，面色灰白，两目直视，口中咬咬不休，见了杜受田，忽伸两手作势，忽哑声直喊，忽然掩面啼哭。杜受田再三抚问，好一会儿，三姨太倦极睡去了。杜受田始出翠暖阁，问包志茂那四个人头摘下了没有。包志茂回：

"小的忙着请医，又不敢动弹，仍在三太太房中挂着。"

杜受田命包志茂又带领几名家丁，穿过阁楼，绕到三姨太房中，只见四个人头，不高不低，齐齐挂着。三姨太房中，本有挂灯铜钩镶在天花板上，四个脑袋，辫线上结，正似琉璃灯一般，其中有闭着一只眼的，有开口的，有眼齐开的，血水往下滴漏，满室奇臭，秽不可当，香闺绣阁变了个法场，好不凄惨萧条。杜受田见了，也不免害怕退后，立命家丁摘下检验。家丁掩着鼻子，畏缩如临大敌，包志茂更是胆寒心虚，不敢动手。好一会儿，才把四个脑袋摘下地来。杜受田亲自检验，头顶、发辫、耳朵、口齿，个个验毕，但从严家炽耳朵中得一纸条，上面有数行字写着，道是：

> 贪官犯法，草菅人命，恶讼父子，诬害良民，市侩刻薄，助富欺贫，一律枭首，以儆奸尤。
>
> 君家三姨，说情卖官，君家家丁，包办州县，君如不禁，唯君之咎。

杜受田阅了又阅，点头自语道：
"其中必有隐情。"
喝令家丁把包志茂拖下，问道：
"你说严家炽是你亲戚，究是什么亲戚？你得了多少贿？照实供上。"

包志茂到这时哪敢隐瞒？把所有情形一五一十直说出来。杜受田大怒，喝令家丁将包志茂杖责一百，即发刑官取决斩首。包志茂苦苦哀求，说：

"国师爷念奴才二十年犬马之劳，恕奴才一条狗命。"

家丁全都跪下乞恩。杜受田越发激怒，说：

"你们串通一气，在外招摇，各家丁杖责五十。"

正在这时，侍婢急告：

"三太太病剧气促，牙关紧闭，药不入口。"

杜受田放过一边，急得又到翠暖阁去，未及登阁，远闻侍婢婆子们哭声。上楼探视，但见三姨太身如直鳍，面作死灰，早已没了气息。杜受田又惊又悲，痛得恶气上呕，老泪偷弹。众侍婢仆役见主人如此模样，个个唬得魂不附体。欲知杜受田如何安排，且听下回分解。

第二十三回

人亡镜破旧尹收场
锦簇花添新任到县

话说杜受田见三姨太已死，悲悼之余，万分懊丧。推源祸始，都是包志茂夫妇两人的牵头，如果没有包志茂得贿卖官，包志茂妻子王氏不托三姨太说情，三姨太房中断然不会发现人头，如此推想，那三姨太的性命便是被包志茂夫妇活活害死。杜受田盛怒之下，立命家丁把包志茂夫妇两人捆绑起来，即付官中斩首。令出如山，不到片刻，包志茂与妻子王氏都身首异处了。

这里，杜受田把四个脑袋用木箱装运完毕，叫人到湖北孝感县去，正待派人，那湖北巡抚汉阳道差来的飞马报到。杜受田接阅文书，才知死的是严绍模、马金森、阳亮澄、阳幼澄四人，又看那文书中说的无非是攻击汉阳府知府曹宗芳。杜受田因自己的悲伤，迁怒于人，不由得大发雷霆，狠狠地把湖北巡抚汉阳道骂了一顿。批斥文书之后，又派了一名家丁押送人头木箱，偕同湖北省来使，即日往湖北省城去。

诸事完毕，正待动身，杜受田忽然想起一事，念从前邹谦祥也为了这事，半途失了脑袋，这葛卞氏命案，其中必有隐情。杜受田鉴今追昔，觉自己也在危险之中，不得不把案情审个水落石出，因叫湖北巡抚重新调案复审。究竟葛卞氏有无与马金森通奸杀子情形，阳亮澄父子是否得贿嫁祸，一面又令彻查逃犯葛凤藻，调回秦友龙复审。杜受田自己也进了奏章，陈明详情，道光帝旨下，命杜受田切实办理，杜受田这回是亡羊补牢，保全自己性命要紧，一切谨慎秉公办理，无论自己私党，越发严厉管束。杜府家丁与湖北来使，同到武昌巡抚衙门，巡抚拆阅文书，又接了木箱装着四个脑袋，不免大吃一惊，自是不敢怠慢，立饬道府调案遵办。道府奉令维谨，知府曹宗芳亲自检验尸体，把四个脑袋配合原尸，叫该尸亲属验认，果然一个无误。当命领尸盛殓，一面遵奉省宪之命，重把葛卜氏、马桂堂、王金德、施瑞源，以及阳亮澄家人、葛凤藻妻子一律拘到，解省复审。其中唯秦友龙业已起解充军，不能即日到案，由湖北巡抚行文解犯经过地方官员，扣留押解前来。

这时，孝感县衙门自陈玉书以下胥吏差役，闻得官中翻案，各自慌张逃避。陈玉书又接得在京友人急报，说包志茂夫妇已枭首示众，吓得面如土色，急忙告知严绍模妻子程氏。程氏所凭借的，本是包志茂妻子王氏，如今不独无靠，又恐惹祸不远，也思逃走，与陈玉书商量，陈玉书将计就计，眼看程氏手中大有积蓄，自己正是光身无依，穷得妻子死了，也续不成弦，心怀鬼胎，连吓带劝，把程氏诱服了。程氏本是婢女出身，青春丧偶，也是坚持不住的人，陈玉书一张油嘴，说得死尸会走，白鲎会游，程氏果然动了情，于是东家之妇、西席之宾，一壁逃，一壁送暖问寒，半夜里打从后门，一溜烟往浙江嘉兴去了。

这里孝感县只剩得一个空空衙门，所有严绍模带来的人都去无踪影，衙中满目荒凉，惨不忍睹，待到新任莅县，重新葺治，足足收拾了三五天，遂得恢复原状。这新任姓萧名福成，浙江省绍兴府余姚县人氏，出身是个进士，等他功名到手，已上了年纪，在京又候了一两年的差使，好容易分发了一个捕厅。原在湖北黄陂县，照例捕厅得差，须向正阳门外谢恩，这种旧例，到道光时候，已不太奉行，偏是这位萧老先生，脚脚踏到路中，为的得差也不容易。第二天大清早，穿着袍套，恭恭敬敬在正阳门外磕头，却遇道光帝兄弟惠亲王上早朝进宫，路过正阳门，遇见这位老州县在那里磕头，暗想：这人倒是个忠实可靠的人，别人不奉行的礼节，他偏板板着实地施行起来。趁着高兴，便下轿动问。萧福成见惠亲王一等品格，仆从如云，知必是贵官，恭恭敬敬答了礼。惠亲王也非常优遇慰问。

正在这时，湖北制台适逢其会也来上朝入奏，遇见萧福成与惠亲王说话，很是亲昵模样，制台认得一人是惠亲王，一人不过是州县模样，惠亲王却不明是湖北制台，一会儿，惠亲王辞了萧福成，打轿入正阳门去了。制台但见萧福成一人立着，上前动问，萧福成依实回答。制台心想乃是自己属员，又问：

"惠亲王与老兄是要好的吗？"

萧福成回道：

"正是。咱们常在亲王府中玩逛的，今儿也是无意中遇到，便在这里说几句话，也没什么。"

制台暗想：这人倒是亲王熟人，怎么做了捕厅？意下要讨好亲王，非把他抬举不可。当下也无别话，各自拱手散了。待制台回到武昌，萧福成早已到了黄陂，一封信叫萧福成进省叙会，信中非常客气。萧福成意想平生制台不熟，又无亲贵作引，何至承他如此青眼？急忙向黄陂县知县告假上省，照例投折请见，制台毫不拘礼，忙请延入，下阶相迎。萧福成一见，乃知就是前门外遇见的这人，心下已有几分了然。制台开口便道：

"与老兄多日不见，很是挂念，不知贵县那边可好？"

萧福成回道：

"职厅年老喜暇，虽卑官也还晏余。"

154

制台道：

"老兄暂且委屈，兄弟早晚替老兄留心，一俟本省有缺，即由兄弟奏保擢用。"

萧福成谢过恩，制台又略问萧福成在京情形，末后也便问起惠亲王。萧福成顺口对答，少不得自己夸张如何承惠亲王看得起。制台果然大为动容，又留萧福成在本衙门设宴相请，真是时来运至，出人意料，一日承贵官青眼，终身便食禄不尽。萧福成进省回县，不到十日，孝感县出了事，制台就把萧福成保荐，一面奏禀惠亲王，说黄陂县捕厅萧福成，笃实老成，现已升调孝感县知县。惠亲王自从那日一见，把萧福成记在心头，果然写了回信，说萧福成既是笃实老成，堪次擢用。制台越发信任，故此，萧福成到孝感县履新，也着实有些来历。临行来县时节，巡抚制台都有言吩咐，要萧福成探询葛家命案，萧福成是伏枥老骥，久思驰骋，这回趁着当儿，到县以后，整整地把旧案仔细看了完毕。第一桩就想清理这无头大案，却苦无从捞摸，少不得私行查访，便把县中一切细案，付了幕友，自己出外闲逛，或扮作相士，或扮作算命，或扮作过路郎中，孝感县城中茶肆酒楼，足迹殆遍，听人讲的，无非是些眼前闹案情形，也无头绪可寻。有一天，行到柳阳村，问明阳亮澄住家，扮作算命看宅，直入阳府。阳亮澄妻子、媳妇正因官司闹大，不知祸福，要问休咎。萧福成进门占了一卦，说府上宅基不利，今年要丧男丁，破财还是小事，别有口实，要防小人暗算。阳亮澄妻子信以为真，极确。大小一家，都请萧福成算起命来，也有好的，也有坏的，忽然算到阳亮澄的孙子。萧福成叹口气道：

"可惜可惜！"

阳亮澄妻子、媳妇忙问如何，萧福成道：

"这位少爷富贵双全，可惜尊府害了他，中有克星，必须赶

155

快忏悔。"

阳亮澄妻子再三问如何忏悔，萧福成但笑不言。一会儿，说道：

"太太不要介意，我便直说。"

阳亮澄妻子道：

"先生照命算命就是，哪里会介意呢?"

萧福成道：

"照卦中看来，尊府好像得了一批横财，丧了两命，这横财是最凶没有的，不知尊府如何得来?"

阳亮澄妻子听了大惊，悄悄地与媳妇议论了一会儿，说道：

"先生所言不差，果然有这么两桩事。要问先生一句话，咱们的孙儿究有什么克星？如何忏悔呢?"

萧福成道：

"克星重得很，要忏悔也不难，如今要问府上得的横财从哪一方来的，便要从哪方送出克星去。"

阳亮澄妻子果然说了方向，萧福成又东问一句，西问一事，女娘们无知，把阳亮澄做的事大半都说出来。其中虽有隐秘的，萧福成也不难悬揣而得，只是萧福成要探询的，究是谁的凶手，并不在阳亮澄得贿情形。萧福成意下以为葛卞氏必与马金森有私，因而贿通阳亮澄嫁祸葛凤藻，谁知问来问去，终问不出什么情形来，只好胡乱替阳亮澄孙子画了一道符，叫他们镇灾。阳亮澄妻子又拿出一吊大钱给萧福成，萧福成哪里肯受？说：

"咱也不过逢人做好事，并不取钱。"

阳亮澄妻子感激不尽。萧福成出了阳宅，重又回至城中，一路饱览景物，安步当车，进城之后，且往葛卞氏之宅。这时，葛卞氏已被汉阳府提去审讯，东葛全家交给西葛葛宝骏及宝骏两个儿子鸿福、鸿禄掌握。萧福成行到葛宅，仍扮算命看相模样，不住地在门外踱步，一面连声叹气。葛宅管门的见了奇怪，因问萧福成是什么玩意儿，来此何为。萧福成道：

"方才过路，见这宅阴盛阳绝，一两年之内，必有横祸。"

遂问管门的这所巨宅主人姓甚名谁，如何有此景象，管门的心中一惊，奔告葛鸿福兄弟去了。葛鸿福平生最喜吉祥，经萧福成一说，不由得心中慌张，急忙出来，细问萧福成。萧福成点点头，葛鸿福要请萧福成里面坐谈，萧福成自是不辞，跟葛鸿福进去，到一处所在坐定。萧福成先替葛鸿福算命，随后替他看八字，细看葛鸿福一脸横肉，面有杀气，心中一疑，便想：这人不是好人，莫非就是谋害葛凤藻凶手吗？不妨从旁探问一下。欲知萧福成如何探问，且听下回分解。

第二十四回

葛鸿禄触机起祸心
萧福成临难遇奇侠

话说萧福成入葛卜氏之宅，与葛鸿福坐定，心下一疑，开口言道：

"如足下人品体态，均极富贵，照八字看来，也是终身衣食无亏，只是足下面上，有七分克杀，好像近来有什么意外之事。"

葛鸿福听了，顿时现出疑难之色，遂问萧福成：

"有了意外之事怎样？没有便怎样？"

萧福成道：

"如果遇了意外，倒是好事，可以转祸为福，若使没有，那就害糟了。"

葛鸿福又问萧福成：

"怎样害糟呢?"

萧福成道：

"那便无法可解。"

葛鸿福微微点头不语。萧福成细看神色，越发疑惑。一会儿，葛鸿福又道：

"如果有了磨难，怎么解法呢?"

萧福成道：

"那是看事行事，不能一定。譬如一人命中不应有财，忽然谋了一笔大财，必然要有意外之祸，一人本是好好家居，忽然起了一念，行了杀戮，那便终身夺禄。诸如此类，到时都会从面上现出来，后来定然逃不过身。除非设法消灾，可以避免，这还是人力可以挽回，修心补身，并不为难。若使一人不作歹不为非，忽然间凭空现出不祥之象，那是天数，再无救药。适才我问足下有无意外，就是这理。"

葛鸿福听了这话，默不作声。萧福成又道：

"至于解法，要看犯的何事，尤要查明年月时刻才是有效。"

葛鸿福点点头，忽然问道：

"老先生贵府何处？因何到此？先要请教。"

萧福成说了一大篇胡话，无非捏造姓名邦族根由，末后又道：

"老朽浪游天下，结识英雄，一到贵县，就见得尊府门阃是高人一等，料得地灵人杰，必有贤才。谁知到了尊府门前细细察看，多半时乌烟瘴气，却是一个凶宅。再看足下一副人品，果然超逸不群，却是染着暮气，因此不揣冒昧实告。老朽平生不喜面谀，最好直道，足下可不要见怪。"

葛鸿福一面听萧福成说话，一面时时偷眼看萧福成，萧福成故意装着不知不觉，依然侃侃而谈。葛鸿福道：

"不瞒老先生说，咱家犯了命案，咱有个兄弟被人害死了。那害死咱兄弟的人，也是咱自家人，既是老先生能消灾解祸，就请费心做一点儿功德。"

萧福成笑道：

"这么便当得很，害死一个人，容易忏悔，只要把姓名生辰开了，设一个神位，焚化三道符去，永远平安无恙。"

葛鸿福就请萧福成画符。正在这时，外面突然走进一个人来，萧福成抬头一望，见此人獐头鼠目，更是凶狠。葛鸿福对萧福成道：

"这位是兄弟鸿禄。"

萧福成忙施了礼。葛鸿禄点点头，死命地盯住，两只眼珠望萧福成上下估量，接着，拉住葛鸿福的手，退开数步，轻轻说道：

"怎的你请了这么一个人来？这人不是好人呢!"

鸿福道：

"哪里是我请他来？他自己来的。"

鸿禄道：

"也罢，你把我们的话告知他了没有？"

鸿福道：

"不过稍微说了几句，因是他会画符消灾的，也乐得请他帮一回忙，横竖他不是本地人，立刻就走了。"

鸿禄道：

"不对，坏了事了，怎的他凭空到我家来问长问短，又画起什么符来？虽说年纪比我大，这种地方，你也太大意了。"

鸿福道：

"那么照你怎样主张呢？"

鸿禄道：

"你莫作声，我自有主张，我叫你这样，你便这样是了。"

鸿福声声答应着。萧福成这时一壁画符，一壁听他们兄弟说话，却是离开远了，说话声音又低，不太听得清楚。正在画完起身，葛鸿禄忽上前来，喝道：

"你是什么人？照实说来，怎的闯到我家下画起符来？绝不是好人。"

萧福成满面堆着笑容，说一说二。葛鸿禄道：

"谁要你说这种鬼话？但问你可是受了官中的派遣不是？直说了，让你出去，若还胡说，休得出门。"

萧福成道：

"吓！你说什么？你家哥哥叫我进来算命看相，又叫我画符消灾，如今一个钱也不给，倒说我不是好人，试问你讲不讲理？"

葛鸿禄道：

"不论你是好人坏人，我们的事被你知道了，便放不得你走。就算我不讲理怎样？"

说着，一声怪啸，外面跪进两个人来，都是凶狠狠模样。葛鸿禄道：

"李明、谢庆荣，你们也辛苦了，这回把事干成，大家可以享福了。你们晓得吗？"

两人应道：

"是，承少爷抬举。"

葛鸿禄道：

"你们把这老贼捆起来，在后园柴房中紧闭了，两人轮流看守，仔细他逃脱。"

两人应道：

"是。"

说着，便动手把萧福成捆绑结实。萧福成知势难挣脱，反手受缚，毫不抗拒。李明道：

"老爷适才东侧屋喝茶，怎样过去呢？"

葛鸿禄道：

"你们从大厅后面绕过去，莫被快嘴小丫鬟听见。"

两人应道：

"是。"

遂把萧福成一扶一拖，拽到后园柴房中，把萧福成紧紧绑在柱上，再把柴房门加了锁。李明道：

"谢庆荣哥，你暂时看守一会儿，我到街上去喝杯酒。"

谢庆荣道：

"李明哥，你要快来的呢！莫被赌鬼缠了脚啊！"

李明应道：

"放心放心，我去去就来。"

说着，飞也似的跑去了。谢庆荣坐久不见李明来到，口中只是呶呶谩骂。一会儿，开门进来，看了看萧福成，重又把门锁上，自己也就远去了。萧福成见两人去后，辗转思维，苦想什么法子可以出险，不禁叹了几回气。转眼已是黄昏，见一人提着灯笼自内跑出，萧福成从窗缝看出去，隐隐约约好像是葛鸿禄，走近一瞧，果然是他，只听他口中呼道：

"李明！谢庆荣！"

一人都没有答应。又听他狠狠地骂道：

"这班王八狗子，只晓拿钱，遇着些事，总是你推我赖。"

一面说，一面反身进去了。不多几时，又有一个人提着灯火出来，灯火映照，见得他走路非常迅疾，登时到了柴房。萧福成见了，乃是个丫鬟，只听她口中念道：

"这么五更半夜烧起开水来，不知又是什么勾当！"

萧福成料得这丫鬟当不是葛鸿禄同党，央求道：

"好姑娘，你救一救命。"

那丫鬟突然听得人声，吓得遍身发颤，几乎把灯火掷下地来，半天说不出话。萧福成道：

"姑娘莫怕，我是被葛鸿禄禁闭了的，请姑娘救我。"

丫鬟道：

"啊呀！你莫是在里间捆绑了吗？怪不得他们叫我烧开水，半夜里怕要杀你呢！你快快逃走吧！"

萧福成道：

"姑娘，我被他们捆绑了，哪里逃得走？请姑娘进来割断了绳索。"

丫鬟道：

"你莫作声，门加了锁了，我哪里走得进来？我去禀告老爷，我家老爷很和善的，必然来救你。"

说着，只见丫鬟提着灯火，飞也似的跑进去了。一会儿，有两个人提着灯笼从里面出来，萧福成以为是丫鬟叫了老主人来了，谁知走近一看，不是别人，乃是葛鸿福、葛鸿禄兄弟，后面跟着两人，便是家人李明、谢庆荣两个。萧福成从灯光下望去，瞧得清清楚楚，不由得心惊肉跳起来。四人走近柴房，葛鸿禄先伏着窗隙一望，原来这两扇窗门半已剥落，中间有拳大隙穴好几处，故此内外都瞧得分明。葛鸿禄看毕，问李明要锁匙，开了门，四人八双手，把萧福成抬到地下。李明、谢庆荣分上下扛起，鸿福、鸿禄两人提灯，说时迟，那时快，早已抬出柴房，从后园绕到厨房里去了。正在行路之际，里面显出一颗灯火，丫鬟引着葛宝骏来了。李明道：

"不好，老爷来了。"

葛鸿禄道：

"你们只管走你们的，赶快拿到厨房把这厮结果了。不管老爷不老爷，我和他拼命去。"

这时，就听得葛宝骏大声喝道：

"畜生，还不住脚，我要你的命！"

葛宝骏只管喊，四人只管走，葛宝骏见情势危急，气喘喘跑了上来，丫鬟也急得奔窜，一老一少，拼命追赶。正要转弯绕到厨房，冷不防葛鸿禄在暗中埋伏，忽然抽出拳来，对准他老子葛宝骏太阳穴一击，葛宝骏侧身倒跌，几乎送了命，年老骨损，再也支不起来。那丫鬟在后追赶，又被葛鸿禄猛力一巴掌，打得丫鬟晕倒在地，于是主仆二人都已昏沉死去。葛鸿禄宽了心，直跑到厨房，李明、谢庆荣按头按脚，把萧福成紧紧扣住。萧福成见势迫力促，毙在顷刻，大呼救命。李明拿起一把衣裳，向萧福成口中塞住，一面又问葛鸿禄如何下手。葛鸿禄道：

"割了喉管，斩开四肢，索性烧他一个稀烂，免得留尸惹祸。"

谢庆荣答应一声，早已拿出一柄钢刀，望鞋底上磨了一磨，高高擎起，对准萧福成喉咙斩去。只听得哗啦啦一声，谢庆荣那柄钢刀飞起丈外，血光直透，偏是谢庆荣自己没了脑袋。众人眼目一晃，中间已站着一个少年。葛鸿禄见事出意外，大声喝令捉贼，李明闻命赶上，往前直扑。少年举起一指，轻轻向李明身上一点，李明伸直手，立直脚，不能动了。葛鸿福又赶上来，少年照样点了穴。葛鸿禄见少年声势非凡，三十六着走为上着，早已溜开一步。正要脱逃，少年回转身来，举手斥道：

"你往哪里走？"

葛鸿禄登时也被点了穴，不能动弹了。这时，萧福成已闭目待死，本是文弱老书生，经此剧变，半身已死。少年蹲身下去，把萧福成解了缚，然后替他抚摸了一会儿，萧福成登时如梦始醒，渐渐立起身来，见一人已死，三人旁立如木偶，自己已解了缚，才知是少年救援，连忙起身叩头谢恩。少年扶起萧福成说道：

"如今凶手已获，你赶快回衙门去，叫差役前来捉拿是了，这里我替你暂时看守。"

萧福成自以为私行查访，无人得知，闻言大惊，忙问：

"恩公是何来贵公子？老朽知恩必报，可否留名？"

少年道：

“散人到处漂泊，无名姓足传。葛凤藻是我释放，严家炽、马金森、阳亮澄、阳幼澄是我手刃，大令贤明，故来相助。如今葛案凶犯四人，一人已死，三人已获，大令只把三人带回拷问，便不难水落石出。”

萧福成连连拱手承命，少年又道：

“葛宝骏与丫鬟被逆子葛鸿禄打伤倒地，咱须救他们起来。葛宝骏却是好人，大令不要难为了他。”

说罢，携着萧福成出了厨房，转过一弯，果见两人昏晕在地。少年把两人一一抚摸了，登时两人都苏醒起来，只是骨痛身软，不能起步。萧福成遵少年之嘱，即回衙门，饬领差役去了。欲知后事如何，且听下回分解。

第二十五回

破庙避雨得师乘剑
长亭坐夜失路逢人

话说萧福成回衙，带领差役前来葛宅，把葛鸿福、葛鸿禄、李明三人，一律锁拿。葛鸿福这时点穴未醒，正如木偶一般，任差役横牵直拉，呆得不能动弹。葛宝骏、丫鬟因一时骨痛气迫，不能行路，萧福成叫差役拽入内室，命他们将息医治了。再寻那少年，已杳如黄鹤，不见踪影。萧福成深悔自己鲁莽，着差役在宅内外四处找寻，哪里有个影儿？萧福成无奈，只得把葛鸿福等三人带回衙门审讯。

看官，你道这少年究是何人？上回书中已经表明，便是在孝感客店抵御云、甘夫妇的李清渠。说起这李清渠，大有一番来历。乃是水师提督李长庚的孙子，李秀怀的儿子。从前李长庚在镇海充水营副将，就在镇海住家，当时与八大剑侠路民瞻、周浔、曹仁父等都有来往，八大剑侠在凤尾岛受困，幸亏李长庚大兵出征，把凤尾岛盗穴捣了一空，八大剑侠遂得出险，谁知李长庚从此结怨凤尾盗。那凤尾盗不时入口骚扰，上司要李长庚限日肃清，李长庚无计可施，又请八大剑侠助战，不料盗匪虽破，八大剑侠却被乌龙摄取，失了踪影。这些话在《七剑八侠》《七剑三奇》书中详细叙明。后来，李长庚因此得功，升了镇海总兵，

166

历年功战，已把海面肃清，盗匪绝迹。督院因他屡有功绩，交章奏保，又升他为水师提督。适逢台湾之乱，举国纷扰，嘉庆帝历派大将剿抚，都失望而回，遂命李长庚率水师平乱。李长庚自恃骁勇，每战必克，临阵冒锋，屡次身先士卒，这回是奉旨出师，越发激昂。孰料战未数次，流弹飞来，适中李长庚脑壳，登时脑浆流空，勇气立绝，竟在阵中身亡。盖世英雄，只落得如此结果。于是一面退兵，一面由李长庚儿子李秀怀盘丧回家。堪叹世态炎凉，人情浇薄，当李长庚升官擢级之时，宾朋如云，车马盈门，何等气概，及至李长庚临阵身亡，李秀怀又是个淳厚出众、继不起父业的人，苦的李长庚生前又不积蓄几多财产，到这时一清如水，几虞温饱不及。嘉庆帝不过一纸文诰，空洞洞嘉奖了一番，所有世交门客亲戚故旧都疏了踪迹，从此门庭冷落，不免兴罗雀之感。到后来俸无所入，产无所收，偏是旧家门第，又免不掉阔绰铺张，因此李家一天不如一天，末后竟有点儿支持不住，只得开口向人借贷。到这时还有谁替他们设法？无非是些盘嘴盘舌的勾当，终究不得半点儿好处。李秀怀思念从前他父亲替清朝如此出力，尽忠报国，至于马革裹尸，如今落得家室萧条，饔飧不继，感愤之余，又加愁着家况，竟然得了一身残病。李秀怀妻子自然也茹苦含痛，忧郁难言。这时，李清渠不过十几岁，头角峥然，聪明绝世。他父亲、母亲常把这些愤激之语告诉他听，说：

"你祖父从前是何等忠君报国，现在人亡家衰，呼告无门。孩子，须要晓得先人痛苦，勤心向学，将来重立一番功业。"

这时，李清渠因家中请不起师父，在别家义塾中寄读，早出晚归，日以为常，塾中诸生，要算李清渠年龄最小，而进功最速。李清渠记得娘老子一番嘱咐，哪敢怠慢？十岁以上，早已读完四书五经，十二岁时候，已能作得浅近制义、简短诗词。邻近都劝李秀怀送去县考，偏是李清渠不肯，说：

"为人须自己立业，孩儿受不惯拘索，况且朝廷不过要人做牛马，何曾有丝毫爱民之心？只看我祖父如何收场是了。"

李秀怀、妻子也不相强，如此两三年光景，李秀怀家中越发不成样子，连个仆役使女都回绝光了，只有李秀怀老夫妻两口苦度时日。

看官，一人在世，死得穷不得，穷了不但没人瞧得起，连自己都不能爱护了。李秀怀因愁愤种了病，因饥寒加了疾，愁里光阴，又无调养，竟然一病不起。李秀怀妻子本是风前之烛，骨气已虚，忽经悲悼，岂有生理？不多几时，也紧追李秀怀一路归阴去了。可怜李清渠小小年纪，一年之间，两遭大故，既无伯叔，终鲜兄弟，又无资财足以安排，差不多亡父母衣衾棺椁之类都是些家下摒当之物变卖成礼。李清渠一面安葬父母，一面还是虔心求学，邻近见了，都称奇怪。有一天，赴义塾读书，中途遇着暴雨，适在郊野，无地可避。就近有一所古庙，墙倒瓦坍，门窗全圮，也无人居住，李清渠急得无法，投入破庙中躲避。刚跨进庙门，便见一个和尚在破殿上兀坐，圆顶黄额，河目海口，身高七尺，眉长三寸，活像一尊罗汉。李清渠定睛望了一望，想此是荒野破庙，何来高僧？正要上前通问，只见那和尚笑吟吟地招了招手，似乎叫自己前去说话。李清渠提紧脚步，上前一揖，问：

"大师有何吩咐？"

那和尚又细看李清渠面貌，动问姓名家乡，家中共有几人，这回冒雨而来，想往何处去。李清渠一一答了。和尚又问李清渠读过什么书，为何不去求功名呢，李清渠道：

"要功名何用？得了功名，还不是替人做牛马？"

和尚又问：

"替谁做牛马呢？"

李清渠道：

"那不是替清朝做牛马吗？"

和尚大喜，道：

"十步之内，必有芳草，哥儿能说得此语，不难再求真学问。老衲一见哥儿骨相非凡，早知非富贵中俗物，今乃果然。"

说罢，执住李清渠手，显得非常亲昵模样。李清渠道：

"大师所说真学问，敢问是哪一种学问？"

和尚道：

"你既无室家之累，又有出俗之思，话难一句便了，且暂随老僧学去是了。"

李清渠闻言大喜，急忙俯身施礼，拜认师父。和尚受了半礼，起来说道：

"此地非讲学之所，咱别有精舍，要走便走，引你一路去也。"

说罢，拂袖挟着李清渠，口吐长剑，御风而行。十丈光芒，遥遥驾云去了。从此，镇海便无李清渠踪迹，乡里哄传，只道是被人拐骗。好在李清渠已无亲属，谁肯替他查访去？

再说这和尚缘何能兵剑飞行，把李清渠引往何处，先须表明。这和尚俗家姓魏名柄椿，山西太原府人氏，历世读书做官，家下也有点儿薄产。魏柄椿十七岁便中了举人，乡里有才子之名，其年魏柄椿父亲因在湖北襄阳府任内，有一案触犯满洲亲贵，旨下抄家查办，把魏柄春父亲革职赐死，所有魏氏兄弟子孙悉数充军，其子女配与披甲为奴。魏柄椿适因事他出，赴友家宴会，中途闻讯，知祸不能免，连夜削发换衣，扮作和尚，一路逃向南方而来。这时，圣旨已下，魏家正在抄灭，外面风声紧急异常，清查魏家人口，独少魏柄椿一名，悬赏严缉，州县叠奉文书，急如星火。魏柄椿昼伏夜行，直逃江苏地界，因身边无钱，又以人地生疏，更不惯做和尚，一路乱窜，几乎流为乞丐。

有一天，野行荒郊，天色将暮，到了一个村庄，因无钱买宿，只好寻寺庙住脚，问讯土人，才知十几里之遥方有庙宇。魏柄椿本是文弱，不惯跋涉，加以天黑，疲得不能行路，就在村外一所凉亭上安歇了。凉亭是三间通屋，四面空窗，不蔽风雨，中间但有两条石凳，魏柄椿无计奈何，只得黑地在石凳上坐到天明。

正是黄昏时候，有一乘竹轿，老远前来，轿夫到了凉亭息肩，轿中一人出来，在凉亭外小遗，返身瞧见魏柄椿，黑暗中停了脚步，低声动问轿夫：

"这石凳上坐的，可是要饭的叫花吗？"

轿夫回道：

"是个和尚。"

那人走到魏柄椿跟前，唱了个喏。魏柄椿忙起立招呼，那人开口问道：

"禅师因何黑坐？亭外风霜甚紧，何不住宿店去？"

魏柄椿道：

"出家人随处皆宜，黑中也有光明。敢问财主从何处来？往何处去？贵姓大名，可否赐教？"

那人道：

"我姓白，名品芳，直隶苑平县人，到南方来办点儿药料，也并无他事。"

魏柄椿又问：

"财主这时还想到哪里打尖？"

白品芳道：

"这里三五十里路之遥没有村庄的，就此一个村庄，咱就到村庄上客店歇去。看禅师也是北方人，大家作客，不妨同去。"

魏柄椿道：

"财主请便。"

白品芳想了一想，又道：

"莫是禅师有什么不便吗？这些小破费，咱自备得，不必客气。"

说着，定要魏柄椿同行。魏柄椿见白品芳全是好意，自己正苦露宿，也便答应了。于是白品芳重又登轿，魏柄椿跟在后面。两人进入村庄，落了客店，白品芳付过轿资，安排妥帖，叫了酒菜，请魏柄椿吃喝。魏柄椿心中有事，总是慌忙不定。白品芳一面劝酒，一面低声说道：

"看禅师品貌非凡，像个新近出家的人。究是如何出家？想往何处去？咱平生最好朋友，不妨谈谈，如果可有帮忙的地方，大家也可尽点儿朋友之道。"

魏柄椿道：

"承蒙抬举体问，不得不真诚奉告。"

说着，就把一切缘由说了。白品芳道：

"这样讲来，你现在是万万不得在家，只好埋隐避风。如你品貌，后来终有出头之日，但是你只身远涉异地，手无半文，不是道理。我这里尚有余资，可分二十两银子去，你且使用，路上小心，切莫被官中知了。"

魏柄椿感激涕零，急着俯身谢恩。白品芳道：

"这算什么意思？人生最贵是朋友，也许我将来要你帮助。"

连忙一手扶起，一面斟了满杯酒，劝魏柄椿痛饮一会儿。真是源水桃花，时时失路，幽山桂树，往往逢人。欲知魏柄椿、白品芳如何结束，且听下回分解。

第二十六回

老成西去礼尽师生
山客北来义访故旧

话说魏柄椿受白品芳如此礼貌，心下万分感激，说道：

"既承白兄隆情厚谊，却之不恭，受之有愧，小弟暂把这银两收下，如果小弟有一日功成名就，当尽力图报。"

白品芳道：

"这也不必在意，只是小兄有句话要问老弟，这回老弟出来，该作何道理？"

魏柄椿道：

"父母之仇，不共戴天，此仇不报，岂是人子之理？但是小弟如今身为钦犯，辫发无存，若使再求功名，上进仕途，无论改名易姓，都有难处。就令容易办得，那满人本是亲王，声势通天，非是小弟所能必报。照小弟意思，既是削发为僧，便想到少林寺去学一手拳技，再求精深，倒是报我父母、济人缓急之道。"

白品芳听到这话，沉思了好一会儿，说道：

"可惜老弟一副人品埋灭深山了。"

魏柄椿道：

"白兄试思，我父官为太守，也未始非当时特出之才，只落得如此收场。清朝皇帝，究是胡虏异族，咱们做官不过为的百

172

姓，倒先要替胡虏做走狗，不如我行我素，岂不方便？"

白品芳点头道：

"这样讲来，老弟自是有理，大仇未报，休言功名，果然是孝子之道。不过老弟到少林寺去，有无熟人引导？"

魏柄椿摇头道：

"小弟向来研经习史，哪里会结识山僧？并无熟人引导。"

白品芳道：

"那么老弟也不必定到少林寺去。此去三五十里，便是太湖，太湖七十二峰，其中有一座山峰，名叫伏虎山。那伏虎山中有师徒二人招收习艺，听得拳技精深，个个能飞墙走壁。老弟不妨就近一走，如果未遇，再到少林未晚。"

魏柄椿拍掌道：

"果然很好，定照白兄吩咐行去，但不知此行如何路径？"

白品芳又约略讲了一遍，说道：

"咱也北方人，不曾细熟路径，但闻本地人说，太湖七十二峰是天下著名，老弟只需一问便得，并不难寻。"

当下魏柄椿、白品芳二人，杯酒言欢，直至午夜就寝。越早，白品芳北上宛平，魏柄椿动身太湖去了。

看官，这太湖伏虎山中一座古寺，还是从前八大剑侠中的了因和尚与徒弟慈云和尚两人创设的。当时两人着实收过一番徒弟，如赤足和尚的高徒普仁静智也都投入门去，只是不曾学了剑术，其中唯有一个宝善和尚传了衣钵，会了飞剑，几乎驾了因、慈云而上。唯因宝善和尚禀性纯正，眼见了因、慈云师徒专喜仗技采花，心下大不为然，只因是师父、师兄，不好犯上，艺成之后，托着他事，往外避去了。后来，慈云为抢劫甘凤池妻子，了因为袒护慈云，把甘凤池神剑斩断，幽闭寺中，因此诸剑侠大怒，痛恨了因狂妄不法，群起而攻，遂把了因、慈云师徒两人杀了。这些事，已在《三剑客》《八大剑侠》书中表过，因宝善和尚那时外出，不知去向，未曾提起。后来宝善和尚远闻风声，听得了因、慈云已死，遂回伏虎山探询。这时，山中小和尚因寺主无人，闹得五花八门，宝善和尚回寺之后，一一安排，重整旗鼓，把寺中不肖僧徒一律受罚看官，刑赏有度，自然内外肃穆。宝善和尚在内修养余生，也不多管外事，只不过收几个门徒，略微教授几套拳技。众人也不知他会剑术，因是收徒授艺，渐渐名扬江南，故此白品芳也有所闻，劝魏柄椿前往习技。魏柄椿与白品芳别散之后，专往太湖，探问伏虎山。本地人说起伏虎山，无论老少，全都知道，不到三日，魏柄椿已寻到山下，探询登山逛寺，须先经水道，前面却有小舟泊岸，专接香客。魏柄椿雇了一只小舟，驶向山寺。约半个时辰，舟已到岸，舍舟登陆，山势峻峭，好在山路砌有石梯，缘梯而上，已见庙宇。走上数步，即见香伙前来迎迓，问魏柄椿系何宝寺，从何而来，要见何人。魏柄椿听到这三句话，都难回答，但说：

"要见住持，有话面陈。"

香伙把魏柄椿估量了一会儿，说道：

"是不是见宝善法师？"

魏柄椿点头道：

"是。"

香伙引魏柄椿入客厅坐下，别有小和尚往里通报。一会儿，有个中年和尚出来，重又问魏柄椿从何处来，要见住持，为的何事。魏柄椿略说身遭大变，求这边住持超生，特来投师。中年和尚点头进去，不多几时，由知客僧引魏柄椿经内客厅，转过禅房，至一处幽静所在，叫魏柄椿等候，自己进去通报，随即回出说道：

"住持命客僧里面去。"

魏柄椿恭恭敬敬走入，又穿过一间精雅客室，进至一处，见一五十多岁老僧在弥陀榻上静坐，旁列中年和尚四人。魏柄椿意想这老僧必是宝善和尚无疑，但不知精通拳技的，是不是这人。心下正疑，进去行了礼，口称：

"师父超拔。"

宝善老僧问魏柄椿何处来，姓甚名谁，你不曾受过戒，传过礼，为甚冒穿僧衣。原来魏柄椿进去叩见，都是在家礼节，宝善一见便知。魏柄椿据实陈明，末后重又声述来意，要请宝善超拔授艺。宝善老僧道：

"你怎的知我能超拔？又怎会到此地来？"

魏柄椿道：

"师父佛光普照，顽徒虽钝，也曾知得光明，一是有缘，二是有遇。"

宝善老僧问：

"如何叫作有遇？"

魏柄椿遂把途中遇白品芳与他商量的话一一禀过。宝善老僧笑道：

"也算是缘，也算是遇，既来了，便在此地歇下，但是功夫是你自己求的，我不过领路罢了。你曾读书明理，大纲节目，你自己看去，免得口讲。"

说着，叫旁列和尚拿得一厚册子。魏柄椿接着一看，都是些习功夫要防忌要谨慎要留心的种种条例，魏柄椿随看随记，随记随解，不到一刻，都已看毕。宝善老僧道：

"你看完了吗？都明白了吗？"

魏柄椿点点头，宝善老僧道：

"你自问照此书条例所说，能行不能行？"

魏柄椿道：

"行得，使得，弟子便是粉身碎骨，也都不辞。"

宝善老僧道：

"这却不同，粉身碎骨不过一时之烈，倒是容易，难的是身不粉，骨不碎，心不移，人是平常人，志是非常志，凡事壮烈容易涵养难，要学到这步，便是入门。你莫看这事平常，要知看事与行事，难易更是万殊，你且把这条例细细参阅完毕了再说。"

魏柄椿唯唯承命，宝善老僧遂命魏柄椿受了戒，赐名霞航，从此就在伏虎山习艺。三年面壁，两年学外家，三年进学内家，五年学剑，共是十三年，成了剑术，已是会心应手，身剑合一，能驾云、排雾、上天、下地、入海、跃山的了。宝善老僧见霞航艺精技深，旨亦端正，十分喜悦，因念自己年高，不久人世，遂把平生两桩绝技也传了霞航。那两桩绝技，一桩是口吐神弹，一桩是连珠飞剑，神弹一技，宝善老僧从师父了因和尚问来的方法，依法自己练成，连珠飞剑，乃是宝善远离伏虎山时候在沙漠游行，遇到一个道人，长须长身，披发长剑，似仙非仙，似道非道，也不肯留姓名，见宝善纯正仁厚，因授了这连珠飞剑。这飞剑练成是大大不易，要清晨对太阳苦练吐纳九百九十九天，平常无太阳日子就不能并算，练成了，并可同时发出七八剑，能四面八方圆到周转自如。宝善在外，就学了这步功夫，因他传师不肯留名，他只尊称一个诨名剑道人。如今宝善老僧见霞航这样进功，因把剑道人传授的连珠飞剑和自己练成的口吐神弹又都教了他，因此霞航在伏虎山又是六年，共是十九年，这十九年光阴，霞航脱皮换骨，与从前截然两人。宝善老僧笑道：

"霞航，如今你是老僧化身，可以下山问世去了。老僧艺成至今，不曾杀过一人，使过一回连珠飞剑，只共救了三十五人，便回山来。你须记得，万事要退让，百事要戒杀，临难要忍耐，得意要谨慎，这便是吾道要诀。"

霞航恭敬承命，正待第二日辞师下山，忽然宝善老僧有了感冒，霞航以十九年师生之情，自然走不脱身，床前服侍，无过父子骨肉之恩。不料宝善病日沉重，到第七天，圆寂登仙。霞航行列冢子，尽孝成礼，安排寺中一切杂务，又足足守了三年之丧。自从入伏虎山，步门不出，一共二十二年，方才下山行道，心中记着自家仇人，先往北京，去探听那满人亲贵。谁知嘉庆帝上宾之后，新皇道光帝登基，因那满人骄奢不法，触了道光帝之怒，把他满门抄斩，诛戮无遗。霞航乘兴而往，败兴而返，耻已尽雪，仇无可报，因叹二十余年光阴，当日权奸，竟做地下无头之鬼，越发想起师父遗训，万事退让，果然无往不克。因又想到平生感恩第一人是宛平县白品芳，既是满人死了无影，便也置之一叹，勒马东行，直向宛平而进，到了县城，询问白品芳，都说从前在县前开一爿药铺，两年前已经被官中没收了，人亡家破，没了踪迹了。霞航再细细体问，乃知白品芳因儿子白幼堂生得美貌，被大学士邹谦祥看中了，叫老家丁来福引诱去，白品芳因失子往邹府讨询，邹谦祥大怒，说白品芳私通洪匪，命宛平县捉拿白品芳到案，判了落狱，一面封闭店户。白品芳妻子服毒而死，白品芳儿子白幼堂始终无着，后来听得白品芳越狱潜逃，不知谁搭救他的，还是县中故意释放他的，也莫名其妙，如今已是两年多了。霞航一壁听，一壁叹气，心下很是不忍，又探问邹谦祥住宅，有人回说：

　　"邹府老宅在城中南门大街，新宅在北京前门外。"

　　霞航听了，到晚，飞入邹府老宅暗探，不过是些老婆子们当差仆役们，毫无头绪，重又到北京邹府新宅，又夜行暗探了好几次，果然见邹谦祥跟前都是些娇秀妇女，却不见着一个娈童。霞航又不认得谁是白幼堂，始终劳而无益，辗转思维，那白品芳既然出狱，自必埋隐人间，不如浪游天下，去寻到白品芳再说。欲知白品芳能否寻到，且听下回分解。

第二十七回

万飞山横行遭屈辱
于啸海狭路得引援

话说霞航在北京探听邹谦祥家中，毫无端绪，决计浪游南北，寻访白品芳，于是由北京出发，先过黄河流域诸省，一路饱风景，随处留意。然而茫茫人海，扰扰世事，汪洋一芥，岂能一索立得？霞航也明知非朝夕之事，只好随缘凭数，转念白品芳较自己年长，二十多年阔别，又经过意外之变，安知是否尚在人间？好在霞航艺成，本当涉世行道，一举两得，也不忙在顷刻。如此遨游国中，几及半年，通都大邑，都有霞航踪迹。

一日，来到南京城中，闲逛街市，闻得一处人声庞杂，赶前一看，乃是一家烟店门前，站着一百多人在那里厮闹。霞航问讯邻店，知这家烟店主人富有资财，城中无赖时常借端拷索。这回说是江阴修路，要烟店捐助五百两银子，烟店主人以事无佐证，不肯照付，众无赖等混入店堂厮闹起来。正在这时，有京客二人，一老一少，行过此地，询明根由，前去解围。众无赖起初以为京客是自己一帮，也还招呼说话，后来听得京客是袒护店主的，众无赖大怒，竟肆口谩骂，接着，挥拳混打。谁知京客精通拳技，老少两人，一来一往，把众无赖打得落花流水，其中有几个无赖见得情形不对，一溜烟闪出围中，通报头脑万飞山去了。

这万飞山是本地一个有名地痞，铁炼金刚，浑身本事，手下有三百多口子，与清江、江阴、太湖盗匪都是暗通声气，只要他一句话，谁也不敢违背。南京城中住户，听得万飞山来了，比巡抚大人还要看重，所有城中无赖都是他一手管辖，这回到烟店拷索，也是万飞山手下出的主意。当下众无赖见京客两人声势不敌，急得去通报万飞山，万飞山闻了大怒，立即点齐二十名壮丁，亲自带领前来，命二十人站住门口，自己跳入重围。众人见万飞山来了，一声吆喝，街上游手好闲之徒都前去望风，因此满街人声，喧哗如遭火警。

霞航探听明白，也上前数步，挤着众人背后看去，但见一人团团面庞，黄白皮色，颊下有密密须髭，有四十多年纪，旁一童子，不过十四五岁，品貌齐正，眉目秀丽，很像是老的儿子。两人穿着一身洁净布素，虽不华丽，却似个大家出身。两人面带微笑，立着与众说话，满口京音，很是和善模样。霞航知道就是路见不平的两个京客了。再看对面立着一个黄黑胖子，突肚挺胸，满面横肉，知就是万飞山了。只听万飞山喝道：

"你们是什么东西？眼珠子瞎了没有，竟敢与我手下的人动起横蛮来？莫是老虎头上搔了痒？你们要到南京，也不问问清楚！"

那老的说客道：

"达官说话清爽点儿，什么眼珠子瞎不瞎？眼珠子瞎了，就不会到烟店里来。"

那童子也接着说道：

"越是吃人的老虎，越要领教。"

万飞山听到这话，不禁大怒，狂叫一声，直扑老的身上来。老的闪过一边，童子挺身直出，与万飞山对起兵来。一个是饿虎扑人，一个似猿猱摘物，两人一进一退，战了三五回合。忽然，万飞山转了化门。霞航从旁看去，乃知万飞山使的是铁布衫，童子哪里是他对手？转眼就见得没命。

正在这时，那老的忽地跳出，掩过童子，打进一手虎拳，万飞山大怒，狠命使了一手鸳鸯拐，那老的猝不及防，被万飞山中了一腿，连连退后。那店门外二十名壮丁一齐赶进店堂，把京客两人团团围住，万飞山喝令拿绳捆起来。两人这时已知逃无可逃，挺着不动。霞航到这时再也不能忍嗫，排开众人，跨入店堂，对万飞山合了个十，满面笑容说道：

"达官且莫动气，看老衲面上，把两位京客释放了。"

万飞山一闻此语，皱着眉头，突着眼，望霞航身上估量了一会儿，冷笑道：

"看你面上，你是什么？你难道不见他们要我的命吗？"

霞航笑道：

"这事原是达官不是，怪不得他们。"

万飞山听霞航批斥自己，好不震怒，喝道：

"贼秃！省事的滚开去，若是不信，莫怪你爷无情，便把你送到西天去。"

霞航也冷笑道：

"好大口气，看你也是受过师的，怎么不讲理？没有王法的样儿，倒是稀奇。"

万飞山在大众之下，经霞航如此批削，哪里还忍得住？早已伸起两指，狠命向霞航脑后插来。霞航动也不动，万飞山又飞起一腿，对准霞航小肚踢去，霞航仍是不动。万飞山恼羞成怒，心中毒极，忽地闪出晶光光一把钢刀，往霞航身上劈去，谁知刀砍肉身，如中棉絮，霞航依旧站着不动。万飞山大惊，掷刀欲遁，霞航骈着两指，望万飞山腰穴一点，顿时万飞山呆住了。霞航笑道：

"天下哪里有这等便宜的事？凭你打过踢过杀过，放手就走，太不讲事理了。"

万飞山听了，怒目眈眈，如果识事的，早也不敢对兵，偏是万飞山至死不悟，又一声吆喝，命众人赶上。二十名壮丁一齐紧上，拳棒刀枪，无所不有，齐喊一声，早把霞航围住。霞航不慌不忙，来一个点一个穴，倏忽之间，把二十人全部点住了。也有点背俞穴的，也有点肾俞穴的，登时腰酸的腰酸，咳嗽的咳嗽，呆立的呆立，满屋子都变作了残废疾病的人，声声叫"佛爷恕罪""佛爷饶命"。众无赖见头脑万飞山与二十名亲兵都受了困，一个个溜了逃去了。店门外站着无数看把戏的，都是些街上伙计们。霞航道：

"你们仗势欺人，白日里拷索人家商铺，如今也要你们赔个罪，吃一个半个时辰的苦。"

说着，转过身来，对两位京客道：

"咱们一路去吧！"

那老少两人忙地施礼谢恩，霞航两手扶起，携着二人，一路出店去了。这里万飞山等二十一人挤着店堂，个个走不动路，平日吃过万飞山亏的，这时唆教地保报官，说万飞山等二十一人勒索烟店，被一个来路和尚设法镇住了。江宁县接报，以案情离奇，亲自到烟店查勘，问过烟店主人一切细情，把二十一人都锁拿起来。万飞山是有名地痞，江宁县久闻大名，自要重办，只是二十一人被霞航点了穴，有的已能动弹，有的还是血脉凝结，不能行动，江宁县询知是点穴法点住，只好等待他们复了原，全数带回衙门审讯。二十一人因身在店堂，势难狡赖，一一招认，江宁县判二十一人肩架示众。万飞山为首滋事，发迁善所禁锢五年，其余二十人都判了三年，一律往牢狱中生活去了不提。

且说霞航搭救京客老少二人，出了烟店，问过姓名邦族，知二人果是父子，姓于，却是山东望族，是河道总督于成龙之后，老的名于慕郭，是于成龙的孙子，童子名于啸海，是于慕郭的儿子、于成龙的曾孙。于成龙在康熙时候，是有名能吏，他在黄州治盗，出名于青天，后在南京制台任内拿获大盗鱼壳，再后升调河道总督，更是历办大案。凡他经过州县道府，以至一省，无论如何巨盗，都被缉拿扫清，真有道不拾遗之风。他在黄州时候，有个著名大盗张通天，犯案累累，党羽满地，所有步快班头，差不多都是一党，因此历年拿缉，始终不获。于成龙到任之后，扮作奴仆模样，取名杨二，投入张通天盗窝，替张通天做了夫役，在家司洒扫之职，非常勤谨。张通天很是信用，所有出入路径、秘密口号，都被于成龙查明无遗。有一天，于成龙逃回衙门，立率捕役依照口号混入盗窝，张通天猝不及防，反手受缚。拿到公堂，于成龙问张通天：

"可认得你家老仆杨二吗？"

张通天抬头一看，问官就是从前杨二，一句话也不敢抵赖，照实供上，即日立决，一时都称痛快。如此案情，在于成龙手里不知办了多少，然而智者千虑，终有一失。辗转缉盗，未免结怨，于成龙一世，因刑恩并施，倒也稳保首领，善终天寿，后来于成龙儿子于涛，才不及父，而喜用刑，做过几任州县、几任知府，江湖上怨毒极深，乘于涛出来时候，有人竟把他暗刺了。事后拿办凶手，杳无所获。这时，于慕郭不过二十余岁，眼见老子惨遭横死，痛彻心腑，决计弃官学武。家中请了拳师，在外也结识了许多豪杰，大讲武艺，任侠尚友，因此手下着实有几路拳脚，也会轻身跳跃，也会长枪短刀。后来儿子于啸海渐渐长成，遂把自己本领都教了于啸海，又请人在家指授。为的闭户造车，见闻不远，因此父子二人出来浪游。到了南京，忽遇着万飞山率众无赖索诈烟店，因此遇到霞航。当下霞航探询已毕，细看于啸海，骨相非凡，资质纯正，暗想：此人如令学剑，必有成就。笑谓于慕郭道：

"英兄有哲嗣继起后业，将来定是超越前辈。"

于慕郭道：

"豚儿哪里足道？如得大师点化，便是顽石，也当灵敏，那便是一辈子造化了。不知大师可允不允？"

霞航道：

"如果英兄放心，老衲带往一游便是。"

于慕郭大喜，忙命于啸海跪下，整整四拜。自己也长长一揖，说道：

"不想小可父子，一念之善，挺身解围，就种了如此果，真是小可万万梦想不及。"

转顾于啸海道：

"从今后你无恨无良师，赖的要你自己勤习求上了。"

霞航也问于啸海读过什么书，学过几路拳脚，于啸海应对如流，霞航大喜。

这天，几人共在南京城客店宿下，越早，于慕郭回向山东原籍，霞航率领于啸海到伏虎山教艺去了。欲知于啸海习艺如何，且听下回分解。

第二十八回

八角亭劫后话余生
青龙寺灯前圆骨肉

话说霞航带领于啸海回山，与于慕郭别散，临行，霞航对于慕郭道：

"八年之后，你到太湖伏虎山领你家孩子。八年当中，你无须过来，免得打乱孩子勤学心思。"

于慕郭道：

"大师吩咐，小可自是解得。"

于是两下分道扬镳去了。霞航领着于啸海上山之后，按照宝善老师父教自己法子，先令于啸海熟记拳技条例，又教了几条入门路径。自己因心中挂念白品芳，少不得又下山探去。这回乃走大江流域诸省，顺便排难济急，随缘设法。

一日，到得镇海市上，闲逛郊野，因天雨避入破庙中，不意遇到李清渠，问讯又是名贤李长庚之后，便又收作徒弟。当下飞剑驾空，挟着李清渠回山，先令与于啸海见了，二人同是英俊聪明，非同凡庸，霞航不胜欣喜。因于啸海正学过拳技，便命于啸海引导李清渠，自己监着指正。如此两三个月，霞航又下山遨游，或半月，或一月，或十天五天，往往于、李二人一技已熟，正要待教，霞航必然回山，正如先期预算似的，丝毫不差。如此一年两年，霞航始终寻不着白品芳，却是于、李二人步步进功，李清渠是一等聪明，来时不过一个文弱小子，到这时比于啸海更加进速。霞航教他们二人练手练耳练目练心练身，以至练剑，一共七年，全都练成，便也身剑合一，能排云驭空。于是霞航又把口吐神弹教了于啸海，把连珠飞剑教了李清渠，二人又学了三年，前后已是十年，果然是男儿好身手，无往不利。李清渠家无一人，只与师父霞航相依为命，那于啸海本有父亲于慕郭，相约八年之后，来山找寻，如今转瞬十年，不见于慕郭动静，心下很是熬糟，急得要回家去。霞航早已明白，说道：

"我也疑着你父亲，不知犯了什么，咱们一路去吧！"

于啸海喜出望外，巴望即日动身。霞航又谓李清渠道：

"你且在江南游行一回，有事无事，每月回山一次。出门第一要忍耐，要退让，不可轻露锋芒。"

李清渠受了命，回道：

"弟子理会得，不知师父更有何吩咐？弟子就此去了。"

霞航道：

"我问你从哪儿行去？"

李清渠道：

"弟子想从江西、安徽、湖北、湖南绕四川、云南、两广，转由福建、浙江回来。先去朝朝名山大川，不知师父以为可行不行？"

霞航点头道：

"使得，你便下山自去，咱们也要动身了。"

于是李清渠辞了师父下山。这里霞航携着于啸海也随即动身，直至山东，到于氏家乡。于啸海直奔家门，却四处找寻不到，只有白茫茫一块乱砖荒地，芜草满目，惨不忍睹。于啸海大惊，几乎要流下泪来，返身对霞航说道：

"师父，这便是弟子家宅，如今变成瓦砾之场，难道我家遭了火灾，我父亲不在人世了吗？"

说着，不由得呜咽哭泣起来。霞航道：

"你且问问邻舍，究是什么道理，或恐别有缘故，也未见得。"

于啸海问左右邻居，邻居回说：

"这屋子本是于老头儿和黄老头儿两人住着，前年八月里，突然来了一群官兵，把这座屋子密密围了起来，登时屋内起了火，那于老头儿、黄老头儿都不见了，想是放火烧死了。"

于啸海忙问：

"烧死的尸首呢？"

邻居回说：

"那个我们也不仔细，我们自己吓得逃命来不及，哪里管得许多？"

正在说话，有个头发雪白的老儿从左面行近过来，于啸海抬头一望，急得呼道：

"你不是张家伯伯吗？"

老儿拭了拭眼睛，俯着身问道：

"谁呀？你莫是于家哥儿吗？怎的你回来了？"

说着，一把拉住于啸海道：

"来来！我有话对你说。"

于啸海忙回头指霞航道：

"这位大师是我的师父。"

张老儿望了望霞航，遂道：

"是你师父，不要紧，一路来吧！"

霞航也就随着后面，走了一箭多路，见一所临街两间房子，老儿住了步，推门进去，让霞航坐下，关上了门，随又请霞航、于啸海到里面坐，好像是十分隐秘的样子。三人坐定，老儿端上一碗茶，递给霞航，又叫于啸海随便喝。于啸海哪里有心思喝茶，只巴望听老儿的话。老儿又出去看了一会儿门，遂道：

"我的儿子、媳妇都出门赶骡子去了。"

又叫一声：

"宝姑呢？"

宝姑应道：

"爹爹，我在家。"

老儿道：

"好女儿，你把门户看好，爹要和客人说几句话。"

宝姑答应了，老儿这才回进里面来，开口低声说道：

"哥儿不是找你父亲于慕郭吗？可怜去年八月里，那狗贼王八蛋的杜老五，不知怎的与你父亲有点儿口角，哥儿知道，杜老五不是住在你家转弯一间老屋的吗？你家不是有个黄老头儿的吗？杜老五起了毒心，说你家黄老头儿是个逃出来的犯人，他偷偷地报了县官，县官也是瘟官，会相信这种人的说话，竟然派了十几名差役、二十几个兵勇，好像捉大盗似的把你屋子围住了。登时你家屋内起了火，烧了个火焰冲天，忙得官兵七手八脚把火扑灭，却不见你父亲和黄老头儿两个，人家都说他们两人死了，官中也就没法。有一天，我到北山赶骡子去，路过那山下的八角亭，有两个叫花在那里烧火煨茶，面上都是焦烂的了，有一个好像是没了脚，我冒眼一看，似乎很是熟悉，仔细一瞧，我几乎要喊出来了。哥儿，你道是谁？就是你父亲和黄老头儿。当下你父亲见了我，怕我喊出来，招招手，叫我走近去，他对我说，火是他自己放的。为的官兵来捉，亏得心灵，立刻举起火来，因是黄老头儿不会跳墙，你父亲背着他走，冷不防墙壁被火烧坏了，刚要跳起，那墙头倒下来，压了脚，险些两人都烧死了。拼命地爬

187

起来，你父亲已断了一只腿，两人烧得黑炭相似。可是你父亲本领真不小，这样地受了火伤，一只脚还要带着黄老头儿逃到北山，这许多官兵一个都不撞见的。当时我听得你父亲的话，禁不住替他下泪，你父亲又说：'八角亭时常有熟人走过，不便久居，想移到马鞍山青龙寺住去。'为的白天不好行路，脚又断了，哪里走得动？我看你父亲这么一个好人，落得如此结果，真是老天无眼，我想送他些银两，可是我向来也是没钱使用的人，既然你父亲说要到青龙寺去，我自然要尽这一点儿心。回家之后，赶了一辆骡车，足足走了一天，把他们两人送到马鞍山去了，这还是去年三月初间的事。那马鞍山青龙寺的住持也好，叫你父亲烧茶，叫黄老头儿管大殿，如今他们两人倒还安乐，病也好得多了。你父亲对我说，如果哥儿回家来，叫我招呼了送去，他每每说到你，就哭起来了。前个月初旬，我也去看他一趟，他又问起哥儿，如今哥儿来了，好极了，明日我送哥儿去。"

张老儿说毕，于啸海已是哭得泪不可抑，忙着跪下说道：

"张家伯伯，亏你照应，小的一世感恩不尽。"

张老儿双手扶起于啸海，说道：

"哥儿莫伤心了，也莫这般说，邻要邻好，况且你父亲本是个好人，谁都应该救他。"

说着，又骂道：

"那狗贼王八的杜老五，真不是东西。"

于啸海道：

"说起这厮，如今在哪里呢？"

张老儿叹口气道：

"也罢，恶人暗算，算着自己。去年官中捉了一个强盗，扳着杜老五是同党，官中把杜老五捉去了，打得死去活来。其实这也是平日结了怨，人家故意作弄他的，连连释放出来，死不死，活不活，已成了残废，去年被阎罗大王捉去了。该死的王八蛋，哪里会有好报呢?"

于啸海也叹了口气，又问长问短，急得就要往马鞍山去。张老儿道：

"莫忙，待我儿子回来了，我送你们去。"

于啸海哪里肯依，仗着有剑能使，急得要插翅飞去，只因师父霞航在座，唯有听师父示下。霞航早已明白于啸海意思，说道：

"啸海，不是必不得已，何苦用此?"

转问张老儿道：

"老丈，此去马鞍山，至快要几多时候?"

张老儿回道：

"极快，极快，要半天多光景。"

霞航又问：

"你家世兄什么时候回来呢?"

张老儿道：

"快了。"

霞航道：

"那么今晚可以赶到青龙寺住宿。"

张老儿点头道：

"那要不停地走去，自然可到。"

霞航随手掏出三十两银子来，递给张老儿道：

"老丈，这些银两也不算什么，请你办些酒菜，雇一匹健骡，大家吃了饭就走吧!"

张老儿道：

"酒菜现成，说起牲口，我家的也算矫健，在理应该小老儿请大师父、哥儿聚会，哪里反要大师父破钞?"

189

霞航定要张老儿收下，张老儿再三不肯收。于啸海道：

　　"师父和我父亲一样，张家伯伯千万莫客气了。"

　　张老儿听于啸海这么说，再三在霞航跟前谢了，方才收下。霞航见张老儿人品，心下非常敬服。一会儿，张老儿的儿子、媳妇都赶车回来了，张老儿忙叫儿子见了霞航、于啸海。于啸海认得张老儿的儿子名叫春生，虽是粗人，很有品格，两下不免谈了一会儿。张老儿又忙地叫媳妇叫女儿煮菜热酒，又到小酒馆里去叫了几样菜来，请霞航、于啸海上座。霞航也不退让，随便吃了。一时饭毕，张老儿命春生驾好骡车，请霞航、于啸海上车，自己执鞭赶着骡子，一路向马鞍山进发。刚到上灯时候，已到马鞍山脚，在山下卸了车，登时来到青龙寺，由香伙引三人到客厅坐下。张老儿跟着香伙去找于慕郭、黄老头儿，黄老头儿原在大殿上，一时于慕郭也出来了，两人早到客厅，于啸海一见父亲变了跛脚，短发蓬松，垢面腻黑，突地跪下，抱住于慕郭呜呜啜泣。冷不防霞航见了黄老头儿，睹面一惊，兀地也呐喊起来，两人握着手，不禁长吁短叹，唬得众人都呆住了。欲知霞航为何呐喊惊奇，且听下回分解。

第二十九回

大雄宝殿六义聚首
人间地狱孤剑探幽

话说霞航见了黄老头儿，握手唏嘘，好生感伤，众人都呆住了，不解其故。

原来这黄老头儿不是别人，就是宛平县越狱而逃的白品芳。白品芳因从前在客途中也曾接济于慕郭，于慕郭正是危急万状之时，承白品芳救援，铭感五内。后来，于慕郭回山东，筹了一笔银两，特到宛平去偿还白品芳，谁知白品芳正出了事，被官中捉去落狱。于慕郭大惊失色，一面贿通狱卒，一面自己扮作牢狱清道夫，到狱里探询。那狱卒因是贪饮好睡，被于慕郭施了计，半夜里打开狱户潜逃，宵行昼伏，直至山东。白品芳因此改姓黄氏，邻近但知黄老头儿，连于啸海也不明其中情形，唯有于慕郭、白品芳两人自己知道。

有一天，白品芳坐在门口，适逢从前贩药的一个伙伴在门口走过，白品芳躲避不及，两下招呼了一会儿，竟被邻居杜老五听见，知道黄老头儿来历不明，屡次在于家暗中探听。于慕郭为的杜老五行为不端，不喜他上门来，外面又有人讲说黄老头儿是宛平县药铺店主，本不姓黄，于慕郭查是杜老五放的谣言，越发心恨，两下就记了暗仇。

适值杜老五在茶店，听县中差役谈讲宛平县逃犯白品芳越狱的事，杜老五上前一询，事有凑巧，果然丝毫不差。当下也不说明，回家想了又想，竟然起了毒心，上县报告。县中早已接得公文，因又是邹大学士要的罪犯，越发巴结，当发十几名差役、二十多名兵勇前来捕获，亏得于慕郭随机应变，放火脱逃。虽经历艰险，尚得生存，这些话都由白品芳讲与霞航听了。霞航也略叙自己投师艺成，下山寻访一切情形，并言两次到邹谦祥家中暗探，并无狡童。白品芳又说：

"这厮惨无人道，把男子阉了之后，都扮作女子模样。"

霞航恍然大悟，不禁叹道：

"一别三十二年，人事世态，变幻如此，假使十年前慕郭兄与小弟南京城相逢时节，一言道破，何至如许周折？便是冒火出险种种磨难，也不至身受了。"

于慕郭也深深叹息，遂道：

"那时我连自己家人都不敢说，大师虽是慈悲，究是萍水相逢，哪肯轻轻道破？"

白品芳道：

"我们要退步想，还是不幸中之大幸，如果没有张家伯伯在八角亭遇见，如今还是天南地北，不但我与霞航无朋友见面之机，便是慕郭兄父子，也恐无团聚之日。今日良会，都是张家伯伯做成的了。"

张老儿道：

"这都是你们两位行的善事，才有危难中相助之人，小老儿算得什么？"

正在这个当儿，香伙报称住持光明大和尚来了。白品芳、于慕郭是寺中服役的人，早已站立，自然余人也都迎着。霞航一见光明和尚，好生面熟，一时再也记不起来。光明也早已看见霞航，突然走近，恭恭敬敬施了一礼，惊得霞航避让不及。光明开口言道：

"霞航恩师想是忘记了，小僧去年在镇江被盗匪围劫，没有恩师搭救，早已身葬鱼腹，哪有今日？不知恩师如何法驾到此，真乃奇极！"

霞航方才记起，前年因寻访白品芳，路过镇江，因想赶程回山，黑夜行路，路旁一带河流，泊着两只小船，船中好似有人呼救。往前细看，果然四五个汉子捆住一个和尚，正要投入河中。霞航连发两剑，绕向船中一转，白光满江，早把和尚身上捆的绳索截开，四五个汉子吓得连忙躲下船去。霞航上船一问，才知这和尚法号光明，是往山东去的，因身上带有行李银箱，被船户报告盗匪，半夜动手谋财害命。当下霞航把四五个汉子大大拷责了一番，因秉宝善老和尚戒杀遗训，也就放过他们，一面引着光明和尚别寻妥实船户，替他送上程走了。光明记此再造之恩，自是终身不忘，霞航因这夜急着回山，如此行路搭救之事，也不知多少，哪里记得清楚？当下光明提起根由，霞航也就想起来了，不禁仰天大笑道：

"天理循环，妙不可言，今日聚会，良非偶然。"

遂把自己如何遇白品芳，白品芳如何遇于慕郭，于慕郭父子又如何遇着自己，自己带领于啸海如何遇到张老儿，张老儿又如何在八角亭遇见白品芳、于慕郭，统统都说与光明听。光明道：

"阿弥陀佛，果然是妙极巧极，还有更巧妙的，是我去年脱险回来，不到三日，就由张老丈带了白、于两兄来，岂不是冥冥之中，好像有鬼神似的？"

说得诸人都啧啧称奇。光明道：

"今日良会，大是难得，小寺备点儿蔬酒，大家团聚一会儿。"

霞航道：

"也不要讲什么酒，大家谈谈聚聚就是了。"

张老儿忽然道：

"哎呀！我的牲口饿死了。"

光明道：

"老丈莫忙，我已吩咐香伙把骡子牵上来了，已喂过食粮了，车子也已安排好。我见了霞航大师，曾来探望两次了，为的你们说话正浓，不便进来，一切我都备好了，咱们就请到里客厅谈去吧！"

于是由光明引路，六人共到里客厅坐下，早已备好酒席。光明让大家入席，让霞航首座，霞航要请白品芳首座，白品芳哪里肯坐？霞航道：

"咱们省得多礼，不论宾主，大家以年齿为序。"

众人都道却好。张老儿年最高，自然首座，张老儿少不得再三推让，光明道：

"霞航大师定的规矩，你可不能违了。"

张老儿只好坐下，其次就是白品芳，其次是于慕郭，又次是霞航，霞航下面是光明，于啸海最小，当然末座。白品芳因是寺中充的仆役，总觉有点儿不便，于慕郭本就是茶役，也有些拘束，霞航道：

"二位不要吃了，哽着喉咙，我们这种人，难道还讲俗例吗？光明大师也是有道之僧，本不讲色相。"

于慕郭道：

"不是这么说，寺中不少夫役，见了不令他们奇怪吗？"

光明道：

"慕兄慷爽豁达，岂是讲这么细故的人？这个我明日自然会解释他们听。"

这时，酒已齐席，大家举杯劝饮。霞航道：

"白、于二兄不便行走，仍在此处住下，一切拜托光明大师照顾。"

光明连连点头道：

"自然自然，我明日就替二位在东禅房整顿一间净房，二位要什么，只管问我取去。霞航大师放心，从前为的不知二位根由，原也是我的不是了。"

霞航道：

"这是什么话？"

白品芳、于慕郭也连说不敢当，霞航道：

"张家老丈也有了年纪，可以不必出门了，看世兄春生兄也很勤谨。"

光明接着道：

"如果老丈要银两使用，只管问敝寺挪用。"

霞航道：

"我也是这么想，这三位都拜托了你，你替我每月送几多银两，这里我替你划策去。现在世界，金钱也少不得的，你只管大胆使用是了。"

光明声声答应。霞航又道：

"明日我和啸海两人上北京去，仍烦张老丈车辆送到市上，我们先去邹谦祥家中，细探白幼堂世兄下落。"

遂问白品芳：

"你家大少爷是怎么一副脸？"

白品芳道：

"枣核脸，细眉皓目，洁白皮色，项下有黑痣，手背有对角两痣，今年二十八岁，七月十日生。"

又想了一想，道：

"小名叫大毛儿。"

霞航点点头，对于啸海道：

"你记清了。"

于啸海应了声是。霞航道：

"我们就这样说了，有信便来通报。"

众人皆大喜悦，一时席终，光明引着五人安睡。越早，霞航、于啸海辞了白品芳、于慕郭、光明，仍由张老儿赶车回到张家，由张家接了午饭。饭后，张老儿代雇骡车，送霞航、于啸海北上，二人途中商量些办法。到京之后，先落了客店，向晚，同入邹谦祥家刺探，翻瓦越屋，走了好几处，行到最里进房屋，从窗缝一窥，见有四个姣好女子杂坐，霞航闲坐屋上看，叫于啸海送入晕香，渐听得里面人声寂然，知道都上了药了。于啸海打开半扇窗户，斜行钻身而入，把四个女子细细估量，看项下有无黑痣，手背有无对角两痣，是否二十七八年纪。于啸海看毕出来，报告霞航，摇头示意。两人又翻过一屋，凡遇年轻男女，悉已查遍，终无半个形似白幼堂的。霞航道：

"我们两次三番进邹府，如何不见邹谦祥影儿？莫是这厮别有房屋吗？明日先须查他踪迹。"

于啸海答应了。第二天一查，才知是奉旨出京，充钦差到湖北审案去了。霞航道：

"如今倒想得一计，你换过一套衣服，往邹谦祥家去卖身投靠，邹谦祥既猎男色，自必有人承办。如果邹府收留你了，你便从中可探听着实，但事不宜迟，迟则怕坏了事。"

于啸海依计而行，直往邹府投靠。邹府果然有人出来，看于啸海一表姿色，当即允可，只要于啸海父母出立笔据。于啸海回说只有老父，现在京中。邹府家人要于啸海叫他父亲来，于啸海回店与霞航说了，霞航立即装起假辫，换了俗衣，权当于啸海父

196

亲，同到邹府，当场出立笔据，邹府信而不疑。

于啸海入府之后，故意做作童骏样儿，遇人问长问短。婆子们见他好笑，说道：

"你不要高兴，大人回京，要请你做女子了。"

于啸海道：

"我会做女子，如果变作女子，那便乐极了。"

婆子们越发说笑道：

"亏你这个傻子，欢喜做女子，偏有那个犟种，不欢喜做女子。"

于啸海忙问：

"谁是犟种？谁是不欢喜做女子？"

婆子们道：

"你不知道，有个姓白的，比你差不多年纪。"

于啸海道：

"姓白的？不是姓黑的吗？什么都好姓，为甚要姓白？如今这姓白的人呢？"

一个婆子道：

"傻子，姓白的落了地狱了。"

于啸海道：

"这是天堂，哪里会有地狱？"

婆子们道：

"不给你说了，笨贼！"

于啸海嬉皮笑脸的，好妈妈亲妈妈乱叫了一阵，定要婆子们说。一个婆子道：

"傻子，我告诉你，地狱在厨房隔壁。"

于啸海接着道：

"厨房隔壁是灶下，灶下隔壁是老婆子的头。"

说得婆子们大笑了，都道：

"傻子傻子！花了钱买个傻子，大人回来，怕要怨命呢！"

于啸海也暗自好笑，心想：婆子们说的姓白的，必是白幼堂了。地狱在厨房隔壁，也必自有道理，少不得到夜潜行细探。欲知于啸海探查如何，且听下回分解。

第三十回

白幼堂遇救还残躯
李清渠仗义揭冤幕

话说于啸海乔装入邹府，道听婆子们口气，才知厨房隔壁设有地牢，心下好生惊疑，待到夜深人静，一溜烟行至厨房，打从四面左右绕了一会儿，并不见别有房屋，再看右边墙基，较平常特阔，中间似有夹墙，只是没有门路可进。于啸海跳上屋顶，踏看瓦脊，才知夹墙内狭外阔，料想门阈必朝外开。跳下屋外，是一块园地，墙宇宽宏，依旧无门得入。于啸海无奈，只好仍上屋顶，拆开砖瓦，往下一望，黑漆漆寂无人影，也无一线光明，侧耳累听，似乎有人呼吸声。于啸海又移毁一条椽子，翻身直下，从怀中掏出柳竹火线，劈石举火，四处打照，果见夹墙是三角式一间房屋。靠住东壁，有一人呼呼熟睡。于啸海就近细看，见这人瘦瘦面庞，果然细眉皓目，项下有黑痣，再看手背，分明对角两痣，绝是白幼堂无误。于啸海正在检视，这人突然醒来，兀地翻身坐起。于啸海怕他失声叫喊，连忙掩住他口，说道：

"你是白幼堂吗？莫作声，我来救你的。问你，多大年纪？何月何日生？小名叫什么？"

白幼堂道：

"今年二十八岁，七月十日生，乳名大毛儿。"

于啸海道：

"对啦！果然是白幼堂。你紧紧伏在我的背上，咱们就出去了。"

白幼堂起来，伏在于啸海背上。于啸海使劲一跃，早已跳出屋外，当下挟着白幼堂飞剑跃空，转眼已到客店。于啸海把一切情形禀过霞航，霞航大喜，急问白幼堂毁伤了下体没有，白幼堂回说：

"自从被邹府老家人诱去，邹谦祥逼要自己从他，叫来福诱令服药，我死命抵住不从。邹谦祥大怒，喝令家人动刑，把我衣服全都褪下，宰割下体。我拼命抵抗，只割了一半，痛得死去，醒来已有人替我敷了药。邹谦祥又令人来劝诱，我终想与我父亲一面，忍辱答允了，邹谦祥大喜，命人好生看待，令我穿妇女衣服，我也顺从了。屡次恳请邹谦祥，求与我父亲一面，邹谦祥只是随口答应，哪里替我找父亲？我因恨毒已极，乘他来时，藏刀暗刺，不想刺了没中。邹谦祥怒极，猛喝家丁围打，打得浑身肉焦，死去不省人事，待醒来已身在暗室，只见有人从地穴上来，问我要吃什么，随有人供给茶饭。如此幽闭，不见天日，已是五年多了。"

于啸海道：

"原来这屋子从地下出入，怪不得找不到门路。"

白幼堂道：

"听说与厨房相通，从墙基底下进出的。我听厨子说，这屋子里已死了好几个人了，要养到十年，他们就要把我杀了合药，但不知是什么药。"

霞航又问白幼堂，如今身体完好了没有。白幼堂面红耳赤地回道：

"被他们害伤了后，结了痂，如今脱皮换骨，新生筋肉了。

只是后体肿烂已有两年。"

霞航点点头道：

"天道不爽，你父亲济人之急，理应有后，你虽受疮，已不妨了。"

又道：

"天诛地灭之事，都出在官府家中，我昨到陶然亭花神庙，遇了前门外珠宝店主郑荟生。据说他妻子金氏，也被穆彰阿幽闭了。"

于啸海接着道：

"便是邹家受毒刑的男子，也不止三五个呢！"

白幼堂道：

"听说一共有十一人。"

于啸海道：

"谁无父母？谁非人子？这十一人的痛苦，又不知怎样，咱须得一一救他们出来。"

霞航道：

"如今你先到邹府探听金氏下落，我已答允郑荟生了，咱们先把郑荟生事了毕，再去救援邹家受刑男子。邹谦祥罪大恶极，理应处死，这次回京，你可把他性命结果了。"

于啸海一一承命，当晚飞入穆彰阿宅中，果然在东花厅查明金氏也落了暗室。这回于啸海越发熟手，更是容易。越早，霞航与于啸海同到珠宝店，于啸海替郑荟生移家南皮，救援金氏，霞航携着白幼堂往山东马鞍山青龙寺令他父子会面去了。这里于啸海因痛恨穆彰阿，便拿了他钦赐绿玉水仙出来，救出金氏，圆成了郑荟生之家，自己便在顺治门外租了一所大房子，把邹府所有娈童全都救了出来，一共十一人，问明家族里居，替他们办了男装，也有伤害的，也有完全变了女身的。又替他们医治的医治，服药的服药，一面通告他们家族私来领取，又打发他们银两，把这事整整忙了十几天，才得完毕。

再说霞航携着白幼堂回山东青龙寺，与白品芳见了，父子十年阔别，受尽磨难，相见抱头痛哭，自然别有一番悲苦。霞航因白幼堂后体受疮，又吩咐光明请医诊治，诸事既毕，自己回到山中。正值李清渠上山奉候师父，霞航见了，便问：

"游行几省？有何特异事情？"

李清渠回说：

"只走了江西、安徽、湖北三省。"

便言湖北孝感县遇了云、甘夫妇，因暗杀秦海，战了一场，临别，留了一封书信，因此回山，所有一切，禀过霞航。霞航笑道：

"他们也果然多事，秦海手无缚鸡之力，又只凭街谈巷议，如何使得？只是你下次遇到这等事情，最要藏锋敛迹，万不可存好胜之心。你既晓他们是甘凤池子女、吕四娘门徒，也知他们往京何事，可曾查得？"

李清渠道：

"弟子正为这事而来。听他们私下商议，好像是受了穆彰阿之聘，查一件什么宝贝，弟了特为禀陈师父，也想往京一走。"

霞航诧异道：

"他们既受穆彰阿之聘，查访失物，莫非是你师兄于啸海出了事吗？"

遂把于啸海往救郑金氏一事讲与李清渠听了，又道：

"我也不放心这事，既是闲着，大家去一遭吧！"

李清渠大喜，当下师徒二人下山就道，直往北京，到京仍寓客店。李清渠动问霞航：

"不知师兄在何处行事？如何寻得？"

霞航道：

"前次我出京往山东，曾嘱他在陶然亭花神庙后墙张贴符号，你前去一看，便知端的。"

李清渠急忙出店前查，一会儿回店说道：

"果然师兄有符号贴着，我已揭了来。"

说着，掏出一张黄纸，递给霞航，霞航细看纸上画的是一条龙，龙尾有三点黑痣，遂问李清渠如何贴法。李清渠回说：

"歪向东北揭帖。"

霞航道：

"那必是顺治门外第三十家房屋内，大约他租了房子了。"

于是二人出店寻去，果然一寻便着。师父、师兄弟见了，喜之不尽，于啸海请霞航、李清渠入内坐定，先把救援郑金氏及邹宅受刑男子一切情形禀过师父，随把盗取绿玉水仙的话也说了。

霞航笑道：

"我料是你出了事，如今穆彰阿已派遣四人来京访查。"

李清渠随又把孝感遇到四剑侠的话说了，于啸海道：

"这事该如何办理？请师父示下。"

霞航道：

"你将绿玉水仙藏在哪里？"

于啸海道：

"藏在南皮郑荟生家。"

霞航摇头道：

"不行，你把它取了来，藏在此地，再探听云、甘行踪。这里邹府失了十几口娈童，必要严查，不如速把邹谦祥杀了，省得多事。"

转又对李清渠道：

"邹谦祥奉旨往湖北审案，不知为的何事，你再去细探一回，带便查那葛家命案如何结束，或者邹谦祥就为这事，也未可知。查明了实在，前来报告，再作计较，切勿冒昧，枉杀人口。"

李清渠遵了师父之命，即往湖北去了。于啸海也随往南皮县郑荟生家索取绿玉水仙，京中只剩霞航在家看管。适值这时郑荟生仿制一瓶水仙已成，供奉案前。于啸海大喜，也不和郑荟生说明，巴巴地取了回来，禀明霞航。霞航细把绿玉水仙赏玩了一会儿，叫于啸海收藏，一面又命于啸海暗探云、甘夫妇行踪。探了数日，却无眉目。

那李清渠已从湖北回京，查知邹谦祥果然为葛家命案前去审理，大施其贿，府县打成一片，朋比为奸，因把一切详情，如严绍模如何谋官，杜受田如何袒护，阳亮澄如何索贿翻案，王金德、施瑞源如何串作伪证，秦友龙如何判下充军，都禀过霞航。霞航道：

"果然你探听明白了，要释放的释放他们，应该正法的正了法。邹谦祥是钦差大臣，一经奏准，官中再无人能申此冤，咱们不去纠正，还待谁来？你再细查确切，仔细干去。这里咱们等到邹谦祥进京来，办了就是。"

于是李清渠重又至孝感摒挡一切去了。于啸海探听云、甘夫妇无着，在前门外大栅栏茶馆上，遇到倪邦达，询知是查访郑荟生，料得是穆彰阿派遣无疑，遂把倪邦达诱到家中，在假山石屋中闭住了，一面又每夜往穆府中探听动静。不多时，邹谦祥由湖北进京，霞航闻知，命于啸海伺候。谁知邹谦祥因家中出了变故，十几口男妾逃得一个没剩，气得眼花心乱，因不放心宛平县旧宅，待要回家细探，正在路中过宿，于啸海一剑横飞，早把邹谦祥首级取了来。为的大员横死，当境地方官不得辞咎，因此累得宛平县知县宓大琛进退失据。霞航知道其中情形，遂把布袋盛着邹谦祥首级，亲自到宛平送还，便道南下回山去了。

这时正是云、甘夫妇分向宛平、南皮查访失物，甘小蝶在郑荟生家误取了赝品回来，于啸海早已得知，意想穆彰阿得了赝品，且作何计。因潜入穆府暗中捞摸消息，谁知穆彰阿正商议谋害云、甘夫妇，被于啸海听得，于啸海一念之动，挺身入救，一面令倪邦达半途相接。自己因诸事已妥，挟着绿玉水仙往南去了。

　　如今要说李清渠往孝感，如何办理葛家命案，且听下回分解。

第三十一回

琴堂老吏平翻疑狱
深山众伙围劫刑犯

话说李清渠秉师父霞航之命，来到孝感，探听得孝感市上都怨着严绍模刮削民脂，意想这样三不像的生意买卖人，买了官做，又不会听讼，又偏要虐民刮财，要这等人留世何用？不如断送了就是。再思葛案第一罪人是阳亮澄父子，马金森一生刻薄，助富欺贫，平日为非作歹也是不少。李清渠主意打定，先由狱中释了葛凤藻，一夜之间，遂把这四人都斩了首。又恐杜受田挟势非难，多生枝节，遂将四人首级送到北京杜受田的三姨太房中悬挂了，果然杜受田大施彻查，将包志茂夫妇两人斩首，一面斥责湖北巡抚汉阳道秉公复审。李清渠闻讯，自然很觉爽快，但是四凶虽除，而谋害葛鸿寿正犯究是何人，又不知新任孝感知县究是如何，少不得再游行一探。因复回到孝感，夜间先入县署走了一转，见新任孝感知县萧福成乃是一个年老书生，见他每日微服察访，倒是个勤敏长官。李清渠在路上遇到好几次，也听萧福成在市上与人对答言语，确是真诚办案的人，因此李清渠搁过一边，到夜入葛宅探听西葛情形。刚巧西葛葛鸿福、葛鸿禄兄弟密谈家事，听他们口气，有好几分是谋财称快的意思。因一时查不切实，第二晚上又去，适逢萧福成被葛鸿福兄弟，家丁李明、谢庆

206

荣四人捆绑厨下，正要宰割。李清渠见了大怒，急得飞剑斩死谢庆荣，亲自跳下地来，解了萧福成之缚，又救葛宝骏、丫鬟两人，把葛鸿福、葛鸿禄、李明三人都点住了穴。待萧福成领了差役前来锁拿，李清渠早已腾空出宅去了。萧福成找寻无着，当命仵作把谢庆荣尸体验明成殓，随把葛鸿福等三人带回衙门，当夜坐堂审讯。葛鸿福、葛鸿禄兄弟见相面人便是县官，一切为非作歹情形都被探实，况且当场逞凶，历历有据，到这时自然无所用其谎饰，一律供认。

　　原来葛鸿福、葛鸿禄兄弟因西葛家道衰落，几于三餐不继，眼见东葛财旺运通，好不富丽炫耀，却只有葛鸿寿一子独享家私。葛鸿禄见财起意，心生一计，当下与哥哥葛鸿福密议，如果葛鸿寿一死，葛卞氏是个寡妇，东葛从此绝了香火，照例自然由葛鸿福入继，那葛鸿寿所有应得财产都是葛鸿福兄弟袭取了。葛鸿福听得葛鸿禄如此说，不由得心中一动，也起了祸心。两人私下计议，决把葛鸿寿害死，自然西葛财产包由两人平分。当下葛鸿禄到西葛葛卞氏家中，故意来往交密，勤献殷勤，百般劝诱葛鸿寿出外。葛鸿寿因母亲葛卞氏管束甚严，向来默守宅中，如绣闺千金，不出家门一步，被葛鸿禄所惑，极想在外闲逛，又碍着母亲督责，与葛鸿禄商量。葛鸿禄喜计已行，叫他晚间假寐，折叠床铺之后，乘间私行出门，葛鸿禄在门外等候相接，葛鸿寿以为自家哥儿替自己帮忙，果然如言而出。葛家内外一切人等，但知葛鸿寿已经安歇，只把前后门户关上，再看葛鸿寿房中叠被拥衾，明明下帐安睡。葛卞氏仆役丫鬟都说少爷睡去了，谁知这面葛鸿寿早已与葛鸿福布置周密，叫两名家丁李明、谢庆荣暗中伏候。葛鸿禄故把葛鸿寿引到荒冢丛中，一声咳嗽，李明、谢庆荣闪出前来，不由葛鸿寿呐喊，早把喉咙塞住，戳了数刀，登时葛鸿寿横死乱冢堆中。葛鸿福、葛鸿禄、李明、谢庆荣四人行凶既毕，悄悄回家，真是人不知鬼不觉。

越早起来，葛家满处寻人，地保见尸报官，葛卜氏听信马金森之言，必是葛凤藻借贷未遂，怀恨谋害。告到官司，又遇着一个生意县官，一问之下，便把葛凤藻拘禁入狱，偏逢秦海说马金森谋产起意，又把马金森拘禁，于是葛凤藻、马金森两人穿梭似的做了案中要犯。偏是正凶逍遥法外，在旁暗中窃笑。经巡抚吊案到省，钦差邹谦祥审后上奏，早是铁案如山，再无翻腾之虞，因此葛鸿福兄弟平安移入西葛宅中，自谓事过计遂，无所顾虑。不意萧福成私行察访，李清渠暗中执法如山，遂把全案彻清。

当下萧福成审讯葛鸿福、葛鸿禄、李明三人，一律供认不讳，又传葛宝骏到案质询。葛宝骏初以为柴房谋死人命，因而捉到官司，经儿子葛鸿福、葛鸿禄供认之后，才恍然大悟。萧福成记李清渠之言，心知葛宝骏正直不阿，不预谋害之事，问毕交保释放去了。

这里萧福成把所有案情历详府道省宪，听候办理，重由湖北巡抚汉阳道委派到孝感县会审。汉阳府知府曹宗芳亲自到县，与萧福成合治疑狱，前次解犯王金德、施瑞源、葛卜氏、马桂堂、葛凤藻妻子、阳亮澄家人等一律由省发还原县复讯。

这时，孝感县乃是四堂会审，由萧福成鞠讯口供，与省道委员商定，再经曹知府酌夺。萧福成先问王金德、施瑞源作见证根由，王、施二人初还狡赖，再后萧福成拘阳亮澄妻子、媳妇到堂对质，阳妻、阳媳认得县官便是前次来家的算命相宅先生，何待辩驳？一鞠而服。王金德、施瑞源再难分说，一切招认不讳，于是转问马桂堂。马桂堂本是原经手，到这时也如数直供。自正午审起，直到上灯时候，业已审毕，始终不动一刑。案中犯人葛鸿福、葛鸿禄、李明、谢庆荣、马桂堂、王金德、施瑞源等一共七人，除谢庆荣已死外，其余六人都定了罪名。葛鸿福、葛鸿禄、李明三人斩首立决，马桂堂秋后处决，王金德、施瑞源永远监禁，葛卞氏、葛凤藻妻子、阳亮澄家人无罪释回。案白之后，详陈湖北巡抚，由巡抚上陈杜受田，杜受田奏闻道光帝，道光帝旨下准奏。因前次邹谦祥身奉钦命，蒙蔽圣听，刑及无辜，邹谦祥已死，着褫夺官爵，子孙贬列平民，永远不准与考为官。

这面萧福成因审案有功，旨下嘉奖。适值曹宗芳感省道屡有责言，不安于官，论求开缺。谕旨准予开缺，着孝感县萧福成升补，湖北制台又力保萧福成，一面又禀陈惠亲王，称萧福成老成能干，这案发生以来，只做成了萧福成无凭无借，历级升官。

葛卞氏回家之后，心灰意懒，决计把财产散穷济急，修待来生，再不像从前刻薄模样。自己又起造了一座家庵，静心皈依佛法去了。葛宝骏两子犯法，同时就刑，自不免有死后馁而之感，在后把那个患难中的丫鬟做了小星，守起房来，也是数不合绝后，两年生了一子，顶替葛家香火。葛卞氏又分出财产，帮这小子成家立业，东西葛两房合养一子，仍为孝感县富室，一言表过不提。

看官记得清，这葛家人命大案，难以结束，其中尚有秦友龙、葛凤藻两人未明下落，如今先说秦友龙，自那日审后定罪，解发云南充军，早已起行，由严绍模发四名解差，出湖北境界，取道湖南、四川，直往云南，一路由当境官员验牌调差押解，遵照所定路径进发。

一日，行到湖南四川交界地方，照例由湖南省当境官员派送，入四川省境，时已薄暮，风沙起处，令人毛骨为悚。秦友龙向昔养尊处优，宴乐惯常，如今风餐露宿，一任差役之凌夷，已是骨瘦如柴，面黄如蜡，正不知此后岁月如何苦度，一念至此，不禁深深叹气，因脚软力疲，委实走不动路，请求押差稍予休息。这时共有六名押差，如虎似狼，巴不得早日送到川境完了职务，哪里肯依？秦友龙这时身无半文，又非可以利诱，押差不管死活，拉着抢行，一伙子商量，约黄昏时候，可以押送到境。秦友龙似虎出阱槛，只得任凭打发，咬着牙齿赶程而进。一会儿，走过森林，但见砂石满道，荆棘当路，四面又是合抱树木，好不令人凄寒欲绝。六名差役点起擎灯，紧紧押走。

正在这时，忽听森林中一声怪啸，闪出一名大汉，握着阔口短刀，拦阻去路，喝问：

"狗役从何处来？往何处去？押的何人？省事的照实说来，要有个牵缠，就把你们狗役尽都杀了，休得过去。"

六名差役突地一惊，幸亏只有汉子一人，也不慌忙，齐喊一声，各执快刀在手，赶上厮杀。那汉子大怒，退过一边，又一声怪啸，登时树顶上七七八八跳下十几个壮士来，把押差围了个丝密无缝，一阵痛打，早把六名押差擒住。只听汉子喝道：

"莫放狗役逃走，连犯人一起带上山去。"

众人齐应一声，七手八脚拿住六名差役，出了森林，渡过一溪。又行了一里多路，见有一群人执火把前来迎接，光明如昼，显得前面已是高山，众人引着登山而上，山径曲里歪斜，好生怪险。约莫行了半里多路，见得隐隐有灯光从山峰中射出，众人紧着脚步前进，已到灯光显处，乃是一座高大房屋，拥入屋内，红烛高烧，四壁琳琅，正似官家住宅。那汉子走入堂中，昂首高坐，众人站立两旁，将六名差役、一名犯人齐列堂下问讯。六名差役不住地央求释放，说：

"我等奉官司之命，押解犯人赴川，并不犯大王法令。家中都有妻子，全靠在外苦力糊口，求大王恩典，赐予还乡。"

汉子笑道：

"天下最二不过的就是你们这类东西，刚才叫你们照实说话，你们胆敢挺刀厮杀，如今求也无益，你们托官行势，当然也不少了。如今就在咱这儿委屈下子，休说恩典！"

说着，命众人将六名差役浑身查抄一过，抄出文书一角、银两若干。汉子把文书打开一看，笑道：

"原来犯人还是个翰林出身，从湖北解到此地，究竟犯的什么罪，可有冤枉？"

秦海一听此语，心知有救，忙把自己经过情形，一是一，二是二，都说了出来。汉子道：

"罢了，咱们这儿正少你这么一个人，不论充军不充军，原就是斫头，咱也要把你打救出来。你好好儿在我这里住下是了。"

说着，叫众人解了秦海刑具，引入里面去了。秦海忙地谢恩，汉子又命众人把六名差役捆绑起来，发下禁闭。一霎时，烟消云散，众人应命分头赶办去了。欲知这汉子究是何人，因何至此，且听下回分解。

第三十二回

敕谕空颁强夷入寇
督院新易壮夫落荒

　　话说秦友龙被差役押解至湖南省边界，经汉子一群人从森林中劫去。这汉子姓罗，名宇，福建人氏，是个武举出身。二十岁以上便投入行伍，屡次建获功勋，升擢武职，平生娴习武艺，大刀短枪弓箭，无所不晓。那时他在广东水师营充游击，因水师副帅见他忠勇有方，保荐广东制台，这时，两广总督姓林，名则徐，表字少穆，也是福建人氏，是翰林出身，为人明爽，专好延揽文武人才，很有整顿吏治、力饬官箴之志。到任以后，就问所属官员荐举专才引用，林总督亲自甄别考核，竟有草莽之士，一朝纡青拖紫，升为大员的，罗宇闻了，雄心勃勃，日思逞才图效。广东制台正合着罗宇私意，顺水行舟，就把他一起三五个人都荐举到林总督幕下。林总督见罗宇昂昂气概，烈烈风度，心知是不凡之士，就命在跟前侍卫，后命统率亲兵，渐渐获了林总督信任，当作跟前最亲近的人。

　　这时，总督幕下有个知名之士，姓钱，名江，字东平，是浙江归安人氏，从小聪颖绝众，十岁以上便能下笔成文，长来越发攻书勤业，诸子姓家，六韬三略，以及兵刑钱谷天文地理诸书，无所不读，乡里缙绅之士都说他将来立业建功，必然光宗耀祖。

偏是钱东平一不赴考猎功名，二不为官求虚荣，他意中只抱着个宗族革命主张，深叹大明冠掌文物被胡虏窃主，撕灭无存，眼见庸主当国，清朝数合将尽，大丈夫做非常事业，成则救国安民，败则灭门绝户，岂能计及一身荣辱贵贱？只是他手无寸铁，家无余资，怎的能兴举大业？凡事不放金钱在上，凭你是胸罗万象，也行不出计来。再则独木虽万丈，安能便成大厦？因此他决计结识豪杰，乘间布化施策。闻得两广人物荟萃，地势天然，正其时，盗贼纷起，四处争雄，不免闲着一走，或者有机可乘。于是离了家乡，一路浏览山水，渐至广东，一人独去独来，在客舍中息了。齐巧遇到他一个老世伯姓米的，是广东省城的巨绅，久知钱江学养有素，坚留他到家住下，细问来意，钱江只说是游览闲逛罢了。米绅道：

"如今林总督正延揽贤士，似老侄人品，自是运筹帷幄之才，何不屈驾一试？"

钱江道：

"承老伯关心，小侄子身无所依，哪里说得这话？"

米绅笑道：

"这倒不在难处，只问老侄能允，愚叔一言，总督林公必能见用。不瞒老侄说，林总督正问愚叔要人呢！"

钱江心想：这也是骑骡寻马之法，有了总督的凭依，不难结识富商豪杰。当下就答应下来，随即谦让了好一会儿。米绅不胜之喜，越早，就入总督衙门报命。林总督叫他引钱江来见，问讯之下，果然对答如流，滔滔湖海之气，落落悬河之才。林总督很是赏识，遂命钱江在督幕办事。

罗宇入督幕时节，钱江也不过进去两个多月，气类之投，早自关心，一日相见，便成知己。两人公余退休，纵谈世事，言投意合，竟然成了刎颈之交。可是一人有才，易遭外忌，况钱江处

213

心积虑，是要谨身让己，结识豪杰，凡事都从宽宏，也所以沽恩市义。不知在旁已有多人，因督幕首席被钱江所占，暗中乘隙而逞，为的林总督信任，不敢猝发。

这时，清朝权威已不及外夷，乾隆朝外国使臣到中国入贡，都要行叩拜之礼，外国称中国为天国，也不敢违背。嘉庆晚年，英国要求广东贸易，故遣印度总督亚墨尔斯到中国。那亚墨尔斯非常倔强，竟然不肯成礼，嘉庆帝曾赐英吉利国王敕谕，道是：

> 尔国远在重洋，输诚慕化。前于乾隆五十八年先朝高宗纯皇帝御极时，曾遣使航海来庭，维时尔国使臣恪恭成礼，不愆于仪，因能叩承恩宠，瞻觐筵宴，锡赍便蕃。

> 本年，尔国王复遣使赍奉表章，备进方物。朕念尔国王笃于恭顺，深为愉悦，循考旧典，爰饬百司俟尔使臣至日，瞻觐宴赉，悉仿先朝之礼举行。尔使臣始达天津，朕饬派官吏在彼赐宴。讵尔使臣于谢员时，即不遵礼节，朕以远国小臣，未娴仪度，可从矜恕，特命大臣于尔使臣将次抵京之时，告以乾隆五十八年尔使臣行礼，悉跪叩如仪，此次岂容改易？尔使臣面告我大臣，以临期遵行跪叩，不至愆仪。我大臣据以入奏，朕乃降旨于七月初七日令尔使臣瞻觐，初八日于正大光明殿赐宴颁赏，再于同乐园赐食，初九日陛辞，并于是日赐游万寿山，十一日在太和门颁赏，再赴礼部筵宴，十三日遣行。其行礼日期仪节，我大臣俱已告知尔使臣矣！初七日瞻觐之期，尔使臣已至宫门，朕将御殿，尔正使忽称急病，不能动履，朕以正使猝病，事或有之，因只令副使入见，乃副使二人，亦同称患病，其为无礼，莫此

之甚！朕不加深责，即日遣令归国，尔使臣既未瞻觐，则尔国王表文，亦不便进呈，仍由尔使臣赍回。但念尔国王数万里外奉表纳照，尔使臣不敬恭将事，代达困忱，乃尔使臣之咎，尔国王恭顺之心，朕实鉴之，特将贡物内地理图画像山水人像收纳，嘉尔诚心，即同全取，并赐尔国王白玉如意一柄、翡翠玉朝珠一盘、大荷包二对、小荷包八个，以示怀柔。

至尔距中华过远，遣使远涉，良非易事，且来使于中国礼仪，不能谙习，重劳唇舌，非所乐闻。天朝不宝远物，凡尔国奇巧之器，亦不视为珍异，尔国王其辑和尔人民，慎固尔疆土，无间远迩，朕赏嘉之。嗣后毋庸遣使远来，徒劳跋涉，但能倾心效顺，不必岁时来朝，始称向化也。

俾尔远遵，故兹敕谕。

自从这一次以后，外人便轻视中国，要求通商，要求在海口居留外人，再后，法国拿破仑到了广东，竟然带了外兵来，越发有了声势。原是外国人起初不知中国的军政吏治，以为是世界第一超极无伦，后来见中国官场只要拿钱，并不在保民，中国皇帝，只管享荣，并不在励政，这么渐渐被外人看轻了，如今外国人竟像是中国的主人翁了。

试看国中通都大邑，如上海、天津、广州、香港、汉口、青岛，以至南京、北京，哪一处不是外人的势力？就要找上面嘉庆帝这么一个敕谕，也万万不可能，这是中国国民所当痛心疾首的事。我们中国国民，向来禀的淳厚天德，不想什么称强霸国，单讲国际上的平等，已是扫除没剩的了。

闲话休提，却说那时两广总督林则徐见外人日渐进境，一面

215

传教，一面通商，尤是英吉利人越发厉害，运输鸦片入口，是要中国人都吃了他的毒药。林总督心想：他们传教，是要中国人服从他们的仪仗，好便他们驱使；他们通商，是要中国人输了他们钱财，好便他们划策；他们运输鸦片，更要中国人的命，吸了不会起来，成了个不死不活的废人，这种计划，最凶狠没有。林总督因此大怒，严禁英人不准运输鸦片入口。

清朝特命林则徐为钦差大臣，查办广东海口事务。林总督把所有英国运来的鸦片全都烧了，于是英国军队由洋面入关，陷舟山，侵宁波，林总督竭力主战，士气百倍，莫不奋兴。谁知满人穆彰阿得了英国使臣之贿，竭力主和，劝道光帝答允通商，准予鸦片入口。道光帝被宵小包围，连吓带劝，直急得没法，于是下旨贬林则徐，命琦善为钦差大臣，与英议和。这一来，英人越发有了声势，随即攻克定海，又陷乍浦吴淞，直逼金陵。道光帝再派员议和，英人大肆勒索，要赔偿巨款，要把香港割归英国属管。

道光帝闻奏，好不伤感，念丧师辱国，莫此为甚，足在寝宫中走了一夜，没有安睡，天明把奏折用朱笔批准，召军机发下行去。

这里林则徐既撤任之后，朝廷降旨徐广缙升任总督。这徐广缙是专务虚名，毫没气量的东西，钱江见旧主已撤，新任非人，急忙要辞退幕席。一连辞了好几次，徐广缙始终不允。钱江正是摸不着头脑，忽然徐广缙又聘了一个姓李的来，钱江查知那姓李的就是和他从前争气的，是个一等播是非的人，心知大祸不远，却也挣逃无从，只好听凭天命。暗地与罗宇密谈，教罗宇速自防备，只恐祸来波及。果然不上五天，徐广缙把钱江拿下，交给广州府查办，说钱江在前总督任内，贪赃宽刑，发下审问。广府再三拷问，钱江不肯认罪，又因事无佐证，也不能立置于法，遂定

216

了一个徒刑，发贵州充军，当下启程解往贵州境内指定地点去了。

这里罗宇闻知祸发仓促，自己又是林总督亲近人员，到时既不好辞退，又不好声张，三十六着，走为上着，乘人不备之时，一溜烟逃出总督衙门。恐路上有人查问，遂改名易姓，窜出广东省界，暗忖：自己与钱江乃是生死之交，至令钱江无故受祸，转眼就要流徙瘴烟之地，自己却也做不得人，不如落草为寇，半途里率众人把钱江劫了来，也是大丈夫应为之事，主意打定，直往四川而进。要想探听钱江押解经过之地，先少不得要去找一伙子人来，做个帮手，正苦无从设法，镇日价游行草野间，又不知何处是草寇巢穴，无由得门而入。

一日，行到四川、湖南边界，地名金鸡岭，是湖北、湖南往四川云贵各省的要道，形势险要，四面都是森林，也有溪流环绕。罗宇行到此地，正欲登山，忽见山后来了五十多个盗匪，个个壮勇悍猛。罗宇初以为来劫自己，想自己是光身一人，无可行劫，抬头一望，才知森林中隐隐有一辆骡车驰过，罗宇方悟众盗伙从山奔下，原是赶劫车客，自己也乘兴绕过一条小路，前动细看。欲知盗伙行劫如何，且听下回分解。

第三十三回

葛凤藻山寺圆破镜
胡元炜府署拯同窗

话说罗宇绕过小路，赶前去看，众盗早已在森林旁伺候。罗宇恐为盗伙所见，一跃上树，伏着树上杈枝下望。只见一辆车嗫嗫而来，车中坐着一人，瘦小身材，四十多年纪，满车载着行李，有七八件。车过林中，一声怪啸，群盗赶上扑去，那车中人忙也立起身来，抽出腰间快刀，与盗伙混战。罗宇见这人刀法也很精熟，好几个小喽啰忽然间已被他刀伤，众盗怒极，一齐扑将上去。毕竟寡不敌众，转眼车中人已被盗伙捆绑。罗宇忍噤不住，突地跳下地来，喝道：

"你们这许多伙子合打一人，算什么好汉？省事的，速把人放了。"

众盗回转头来，见了罗宇，知不是容易对付的，急得一群人直扑前来，罗宇摆紧马步，随来随解，连打了十五六个，都有点儿畏怯，不敢近前。盗首大怒，一声怪啸，亲自扑上与罗宇交手。罗宇使劲提防，与盗首战了三五回合，盗首支持不住，猛被罗宇反拧了手，呈面罗宇擎起快刀，转眼放下刀去，便要身首异处，急得众盗都齐跪下地恳求。罗宇问：

"汝等好好良民，如何落草？"

众回：

"贪官苛求，民不聊生，没奈何做下这等事来，请爷高抬贵手，饶了初次，以后我们一律听爷吩咐就是。"

罗宇方才释放了盗首，转问车中人姓名邦族，知是江苏丹阳人，名作聂煦春，因替亲戚陈姓送行李往四川去，路过此地。说毕，再三向罗宇称谢，随手掏出二百两银子奉酬，罗宇哪里肯收？聂煦春再三再四声请，罗宇方才收了一半，转问盗伙：

"你们巢穴在哪里？共有多少人？"

盗伙回说：

"就在此地附近金鸡岭驻寨，共有八十多人。"

罗宇道：

"你们以后不准胡行妄为，一律须听我指挥。"

众盗叩首称愿，急要罗宇上山去主持。聂煦春感罗宇再生之恩，问长问短，要罗宇留名姓地址，俾日后得以奉报。罗宇回说：

"你若有事，便在金鸡岭找我是了。"

聂煦春拱手作揖，又称谢再三，始登车而去。众盗遂把罗宇请到山上，所有盗伙八十余人，统行点名查勘了一会儿，因把百两银子分给众盗使用。从此罗宇就在金鸡岭充了盗魁，从前盗首任为先锋，上下用命，莫不同声一气。罗宇第一桩事，就要搭救钱江，遂命几个头目出去探听，一面自己亲率众伙到森林中及山前、山后四处伺候。谁知钱江未曾遇到，救了秦友龙出来。罗宇打开文书，知秦友龙本是个翰林，因命案嫌疑充军，他平生最崇拜文人，当下把押解犯人的六名差役全都幽闭了，把秦友龙解了刑具，引入里面，又细细查问了一遍，遂把自己意中事也都告知了秦友龙。秦友龙自是喜之不迭，诚诚恳恳地替罗宇划策，把个金鸡岭完全整饬了一番，也有品级，也有军令，正似个小小军营。从此秦友龙便在金鸡岭住了。

再说葛凤藻在孝感县狱中，由李清渠营救而出，时已深夜，天黑风劲，葛凤藻自己也不知所以然，只觉身荡空际，飘飘乎如凌风御云。如此好一会儿，觉身堕地上，四面戛然无声，张目四顾，也无一线灯光，暗中不辨是个什么处在，再抚摸身旁诸物，好像是床帐茵衾之属，自己在上安歇了，就此昏沉睡去。

越早醒来，日光满窗，几案井然，彷徨四顾，却是一处幽静所在，时闻窗外有数人立着说话，一会儿，有三人推进门来，两老一少，都是素不相识的。葛凤藻连忙起身，动问邦族，才知两老一名于慕郭，一名白品芳，少的名白幼堂。原来，李清渠挟着葛凤藻飞行出狱，因无处安排，闻得师父、师兄之言，知山东青龙寺足以容纳逃人，遂把葛凤藻当夜送去。当下葛凤藻与于慕郭、白品芳父子见面，丁、白等就把寺中情形说了一遍，同是患难余生，劫后各述生平，曷胜感慨。唯葛凤藻则念念于家中母妻，因身在牢狱，尚不知其母已在当日孝感县堂下气愤而死，只是痴心盼望，往往一语提着，禁不住泪如雨下。白品芳道：

"你莫心急，既脱了险，母子自有聚会之日，待慕郭老世兄来了，托他一探便是。"

葛凤藻细问个中情形，也就放心住下。过了半个多月，于啸海果然到寺探望父亲于慕郭，遂与白品芳父子、葛凤藻诸人及青龙寺住持光明和尚，都一一相见，于慕郭遂命儿子往探葛凤藻母妻。于啸海道：

"儿子前登伏虎山朝师父，遇到李师弟，李师弟说，葛老夫人气结已死，葛夫人押解上省，十几天可回孝感，待葛夫人出来，他自会送到这里来。他并说叫我在此等候，怕师父还有言语吩咐呢！"

众人都道：

"那么很好，等李师弟信是了。"

只是葛凤藻听到老母亡故一语，不待于啸海说完话，一声长吁，早已晕厥倒地，忙地众人前扶后拥，围着料理。还亏白品芳是多年药店主，懂得医理，遂取了几味散气草药，急忙叫人煎汤送与葛凤藻服下，葛凤藻方才渐渐苏醒。

正在这个当儿，门上报知有少年引着一妇人到寺，求见长老。于啸海接着说道：

"李师弟来了。"

说罢，跳出门外，前去迎迓，众人也都赶出门来。葛凤藻益发心急，抢着前行，早见于啸海携着李清渠说笑进来，后面跟着个中年妇，全身披孝，满面愁容，葛凤藻一见果是妻子，抱头大哭。众人相顾惊嘘，寂然寡欢。李清渠先见过于慕郭，随后各与众人相见。光明和尚又要置酒设宴，为李、于二人洗尘，李清渠道：

"大师休说客气，咱奉师父之命，一来送葛夫人来此，二来便邀于师兄，咱师父如今已往广西，叫咱们两个即日动身过去，不能久待了。这里多多拜托大师慈悲，照顾难后夫妻，便胜咱两个身受之赐。"

光明声声点头答应，又说了好多慰问之语。从此，葛凤藻夫妇二人也即在青龙寺住下，光明又为葛妻另辟了三间僧舍，别门进出。葛凤藻一面答谢，一面说道：

"既是大师这样爱护，于、白两老伯都是自己人，就与愚夫妻住在一处，概由别门进出，不是两便吗？"

于慕郭、白品芳都道极是，光明也说不差。于是葛凤藻夫妻、白品芳父子、于慕郭老头儿，一共五人，正似自家家人似的，在青龙寺旁壁僧舍住了家，一切应用，都由光明和尚供给。计议已定，于、李二人遂辞了众人，出了青龙寺。临走，李清渠从怀中掏出一张庄票，递给光明道：

"这三千两银子，请大师往济南庄上兑取，暂为大师布施灾难之用。大师如有不及之处，只管吩咐小可禀陈师父筹去。"

光明连连合十，笑道：

"敬谢霞航恩师厚意，老衲不起佛殿，不造宝塔，何须用此巨款？恩师意思，为的有于、白、葛诸兄在此住着，其实老衲也是劫后余生，岂不知维扶他人之责？如今却之不恭，姑且收下，容老衲为恩师布化功德了是了。以后要请侠士转陈，万勿费恩师之心才是。"

李清渠答应了，当下携着于啸海离青龙寺往广西去了。暂且不在话下。

却说钱江判发贵州充军，由广府领了督院文书，押解启起。那押解差役却是钱江做督幕时候的熟人，路中服侍十分周到。照例犯人押解过境衙门，少不得用刑拷掠，钱江伴着熟人，这种苦痛总算免了不受。一路与差役谈些世故人情，倒也自会寻乐，把身世丢了不提，差役们也都替钱江不平。

一日到了韶州府，解到府衙，原有押差，例应更换，差役们为钱江担忧，恐后来再无人照顾。钱江道：

"诸君放心，我卜算命理，不应长此困迫，或者此去脱了灾星，也未可知。"

差役们只道钱江是梦中呓语，哪里会有此事？却也不好逼紧，只得顺势宽说几句，当下把钱江押入府衙，领了牌文，各自回去了。

这时，韶州府知府姓胡名元炜，也是浙江人，本与钱江是同学，两人从小在笔砚间合伴，很是情投意合，都抱着个大明民族思想，不喜在清朝谋仕进。后来，钱江做了督幕，胡元炜心下疑着，特地到广东来问讯。钱江道：

"我们毫无凭借，单靠几个人，哪里做得起事来？小弟在此，并无他意，很想结识几个富商豪杰，也正要请你做个帮手，你来很好，等着时机，我替你保荐去。"

那时，钱江深得总督信任，开口一句话，就把胡元炜署知县事，不上几个月，升补了韶州府，因此钱江心宽体泰，只望韶州一到，便有救星。韶州府胡元炜拆阅文书，忙命犯人钱江另押一处，派亲近家丁两名看守，待到三更时候，胡元炜暗叫家丁把钱江从后厅带入，自己立在阶下迎候，直引钱江到自己私室，去了刑具，重把家丁吩咐出去。胡元炜亲自拿出一套衣服替钱江换上，钱江一面穿衣一面问道：

"胡兄打算什么理处？"

胡元炜道：

"我初意想掉一个犯人代替你解去，转思此事反多招摇，中有不便之处，倒不如叫两名家丁行了是了。这两名家丁跟我多年，最是忠信没有，有我叫一人代你，一人作为解差，你出了韶州境界，换了就是，我已与家丁说妥了。"

说着，遂叫家丁进来，胡元炜重又把话说了一遍，家丁道：

"小的承大人栽培，虽粉身碎骨，亦当干去，而况是钱大人事，大人吩咐，小的理会得，必不劳大人挂念。"

钱江谢过家丁，低声说道：

"你们二人只需一到云南境界，只管折回，或者不至云南，防广西已有战事，随时闻战脱逃，但一路留心官军是了。"

二人唯唯答应，也不十分了解钱江的话。钱江笑道：

"你们到时自会知道，好在咱们还须行经韶州府界，路中便可商议。"

说着，随与胡元炜谈了好一会儿，胡元炜拿出五百两银子交给钱江做路费，发与家丁收了，重又命家丁押入狱中。越早起来，胡元炜审过犯人钱江，一纸文书，命两家丁押解出境去了。欲知钱江能否脱险，且听下回分解。

第三十四回

倡耶教国士初被逮
兴团练群英新结义

话说胡元炜派两名家丁押解钱江出韶州境界，约莫行了一百五十里路，在荒野中改换了衣服。胡元炜本命家丁带有钱江的衣衫，叫钱江换上，钱江的犯人衣裤都与一名家丁穿上，也即扣了刑具，一犯一解差，说说笑笑，往指定地点开拔去了。钱江分了一半银子与两人带往，防到别境衙门要用些小费，自己也拿了一半盘缠折回广西桂平而行。途中不过领略山川风景，独自啸傲，也无别事可记。到了桂平，先去探问一个朋友名作吴乃斌的，乃是桂平当道绅士，和钱江也是文中之友，向昔要好。钱江走上门去，也不投名刺，只说是浙江归安人姓钱的求见。吴乃斌正在家中宴坐，出来下阶相迎，一见钱江，很是惊讶，开口说道：

"莫是东平来了吗？故人下降，如何没个信儿？不知林总督退休之后，老哥可曾游宦？"

钱江知道吴乃斌不懂自家情形，也掩过不说，但道：

"小弟依然漂泊云游，有何善况足述？"

说着，握住吴乃斌手，已到内厅，分宾主坐下，吴乃斌略问广东情形，钱江含糊答应了一番。吴乃斌道：

"吾兄有所未知，这里教堂里去年闹了祸事，几乎把小弟

224

累及。"

钱江忙问何事，吴乃斌道：

"小弟向充这里耶稣教堂的董事，去年有几个广东教士来此传教，个个都有文凭。这里教堂的牧师也就答应他们住下，谁知他们做起礼拜来，说了许多荒诞不经的话，骂着现今皇上是胡虏，汉人是大明遗民，怎的替胡虏做走狗？教堂里听教的人闻到这些话，登时大哗起来，说这几个广东人是妖言惑众。有好事的就把他们报了官，第二天，那几个人都逃光了。后来捉了一个姓洪的，官中因小弟是个董事，传小弟问话，这样大乱子闹出来，钱兄试想，真是灭门绝户之祸了。幸亏小弟平常做事也十分仔细，承这里县爷力保，得以平安过去。"

吴乃斌说毕，几次长吁短叹，好像是十分懊丧。钱江已明白了大半，故意问道：

"这教堂里闯祸的教士究是哪几个呢？"

吴乃斌道：

"捉住的名作洪秀全，余党四人，一名洪仁发，一名萧朝贵，还有两个，一时也记不出姓名，如今都逃去了。"

钱江闻了，大吃一惊，看官，你道如何？原来，钱江到桂平，就为探听洪秀全的下落。

说起这洪秀全，本是广东花县人氏，生抱大志，隐逸山林，痛满奴之窃国祸民，思汉族之振兴光复。在花县时候，与钱江相识，结为兄弟，钱江见洪秀全品貌非常，生得天庭广阔，地阁丰隆，长耳宽颐，丰颧高准，五尺以上身材，三十多岁年纪，果然风标卓异，有济世安民之度。钱江就说起这许多策略，洪秀全大喜，当日与洪秀全及洪秀全之兄洪仁发，又萧朝贵、冯逵等几人结义为兄弟。钱江定了计策，意在打算自广西先到梧州，后到桂平，以传教为名，一路游说过去，如有富商豪杰，切莫放过。洪

225

秀全等果照计而行，不意钱江获罪充军，至今方能脱险。又听吴乃斌说起洪秀全被官中捉去，待要赶紧追问，又怕吴乃斌疑及，故意安闲着问道：

"这倒是一桩奇事，莫非姓洪的有了疯病不成？如今姓洪的尚在狱中吗？"

吴乃斌道：

"说也奇怪，洪秀全下狱之后，不到半个月，竟然脱逃了，连个值狱的领卒也跟了他走了。如今官中正在搜捕，哪里会有踪影？"

钱江听到这话，方才安心，但不知洪秀全逃往哪处，略略思索了一会儿，想到吴乃斌这人不过是个咬文嚼字的绅士，不但有话不好商量，而且留住在此不是道理。随即与吴乃斌讲了些不关紧的事，当下托故出了吴乃斌住宅，竟想这几人中，凭你哪个遇到，就知一切，不妨闲去找寻，遂出了桂平城。闻得平隘山有一家富户，名作杨秀清的，正在力办保甲团练，莫是其中有了人主持？再闻巨盗罗大纲也扎在附近大黄江口，难保洪秀全、萧朝贵等不去招接他。钱江想到这两处地方，很是自在，急得就要上平隘山去。

有话即长，无话即短，不上两日，已到平隘山地方，先寻了个客店下宿。那客店非常狭小，不过十几间屋子，里面满住着客人，以意度之，大约都是来投效保甲团练的。钱江入店之后，店小二招呼妥帖，钱江问长问短，无非是从地主探询杨秀清举办团练情形，也无甚端绪可寻。店小二退出，钱江斜倚床上，细思悬揣了好一会儿，只听隔壁有两人说话忽然触到钱江心上，不觉一惊，凝神静听，才闻一人说道：

"这人本领非凡，那日要不是他搭救，早已落了盗窟。"

又一人道：

"你说他名作罗宇，是哪里人呢？如今在什么地方？这样一个好朋友，你不查问清楚，也太大意了。"

那人回道：

"我也问他根由，他只笑而不答。如今怕还在金鸡岭收服盗众去了。"

钱江听得清清楚楚，意想罗宇不是从前在广东督幕时候与自己订了生死之交的吗？想他生平，也落落有志，莫是落草为寇了不成？再静心细听下去，两人只说的别样事情，与自己无关。潜从壁缝窥去，见两人相对而坐，把酒谈笑，一个瘦小身材，看不清面貌，一个是高大汉子，满脸麻皮，望去大约有四十年纪，英气勃勃，动荡眉宇。钱江听他们口气，知必是逍遥不羁之徒，看他们神情，如此悠游自在，心中一动，既是这一流人物，不妨乘间问明罗宇下落。如果罗宇坐镇绿林，倒是一桩凑趣好事，计议已定，只等他们饮毕，前去动问。

约莫有半个时辰，见那瘦小身材的开门出来，叫店小二收拾残菜。一会儿，小二进去，随闻盘碗之声，夹着扫地拭案种种声息，小二收拾完毕，把门关上，审到别的屋子去了。钱江立起身来，慢慢踱出门外，行至隔壁房外，推门进去。两人同时立了起来，疑问：

"客官找谁？莫不是走错了屋子了？"

钱江道：

"小可正来拜候二位英兄，并无别故。"

那汉子欠身让钱江坐下，遂道：

"与足下素不谋面，不知有何见教？"

钱江道：

"刚才听二位英兄谈论世事，慨当以慷，小可不胜景慕。又闻二位说起罗宇，不知这罗宇是否福建人？在何处会见？因来道询。"

那瘦小子听到这话，先把钱江估量一会儿，遂问钱江姓名邦族。钱江因自己是逃犯，不好说出真名姓来，胡乱编了个名字，

227

因转问两人姓名，才知瘦子名聂煦春，汉子名倪邦达。

原来倪邦达自别了云、甘夫妇，秉师父于啸海之教，云游大江南北，专事救弱抑强，扶危济贫。其中所行所为，无非是些义侠之事，不暇细述。

一日，来到四川成都，在酒馆中遇着聂煦春，因这时聂煦春代亲戚保送行李，已在金鸡岭遇盗，得罗宇救援，得以无恙。倪、聂两人相见之下，都知是拳技出身，在后讲起来，乃是同一个师父指授，因此认作师兄弟，亲昵便不同寻常。后因聂煦春有个亲戚在桂平行商，为的远道输送货物，多有不便，要聂煦春保镖，聂煦春素性豪爽，专好浪游，又知倪邦达本是镖师，相邀一路来到广西。倪邦达原也无处不可，自然答应，于是二人由四川来广西，直到桂平。谁知聂煦春桂平一个亲眷本是贩卖鸦片为业，自林总督与英人开了交涉，后任徐广缙不敢与外国人反对，只禁本国人不准贩卖，凡有贩卖鸦片的，概须纳捐，那捐税非常苛重，一次不足，甚至四五次不等。因此贩卖鸦片的商铺都被拷索得不了，有的竟把历年积蓄的赔了出来，还不够捐款。那聂煦春亲眷是个有名鸦片商，自然官中格外注意，因此把店收歇，一溜烟逃之夭夭，竟不知去向了。倪、聂两人四处找问不着，只好在客店住下，正听得有人讲起桂平教堂闹事，和平隘山杨秀清创办保甲团练事，江湖上也有人谣传大乱在即，不可避免。倪、聂两人暗中商量，想趁着个时势造英雄的当儿，来干些不朽事业，故此转到平隘山，在客店中把几个所见所闻的英雄好汉都提起来了，刚才说到罗宇被钱江听得。两人见钱江一副人品，很似个做事业的人，也不隐瞒，照实说了出来。钱江听毕，已十分喜悦，倪邦达更是豪爽，心直口快，便对钱江道：

"依某所见，足下英气豪爽，必不是池中物，某与聂兄已约略谈过，此际天下大乱，人心思古，朝廷只晓敛财祸民，不计民生国本。吾辈生逢斯世，不干些救国救民之举，还待何时？"

钱江一闻此语，正如嚼着秋梨，心下痛快已极，不禁立起身来，对倪邦达一揖道：

"英兄明见，果是不差，某也为此事奔走有年。今英兄既已肺腑相告，某也不敢隐瞒。"

遂把自己经历略略说了一遍，并道：

"倪英兄不以某驽骀，视为可用，故以肺腑之言相告。然世间良莠不齐，官中搜捕甚急，我辈做事，首要审慎，以后遇到生人，尚不可贸然直道。幸而今日同志相逢，要使不然，某非善类，倪英兄就招了祸了。"

倪、聂二人深以为然，很是佩服，遂问钱江以大计。钱江纵谈大势，历言起义行军之道，二人赞赏不止。钱江道：

"某有把兄弟数人，都是当世英才，只以某在狱中，各自分散，无从寻觅。今闻平隘山杨秀清创办团练，其中或有同志，在中划策，却不好前去探询，不知二位有何良策？"

二人齐声道：

"某等也正为此事到平隘山来观看，钱兄如有指使，某等竭力从命办去就是。"

钱江本要他们说这句话，闻之大喜，遂道：

"如此甚好，二兄既肯承办，那就容易设法了。今杨秀清方招收兵马，二兄只需投报入伍，暗中代某查问萧朝贵、洪仁发、冯逵等，其中最要的是洪秀全。但二兄查问之际，千万仔细，不可大意，查得实在了，只说钱江在此，他们就会出来招呼。如果访查不着，也不妨事，待二兄出来，再作计较。"

二人齐声答允，即日开具姓名，往杨秀清团练处投报去了。欲知后事如何，且听下回分解。

第三十五回

平隘山钱江论战策
金鸡岭罗宇称枭雄

话说倪邦达、聂煦春两人，因钱江之托，投入杨秀清团练充列行伍。杨秀清本是个好名富绅，因当时被洪秀全所给，举办此事，其中主事的，就是萧朝贵、冯逵诸人，只因他们在教堂闯祸之后，不便露头出面，故此托了一个姓金的在中主持，做了教官。倪、聂两人进去三天，始终探不出钱江的几个朋友。偏是那姓金的教官见了倪、聂两人资质特异，心中暗暗纳罕，乘间问倪、聂来历，倪、聂只说是寻友不遇，谋生无计，因而投入行伍。金教官又问：

"寻哪个友人？在什么地方做事的？"

聂煦春趁势说道：

"咱们的朋友，向昔是做生意的，姓萧名朝贵，和咱们多年不见了，咱们现在也不知他干的什么。"

金教官道：

"原来二位是萧兄的朋友，怪道有这样气概。此地的事情，不瞒两位说，也是萧兄嘱咐小弟干的。"

倪邦达道：

"如今萧兄往哪儿去了？"

金教官道：

"这两三日内，他必要到此，二位相见时期不远了。"

聂煦春又问：

"有一位姓冯的单名一个逵字，不知这人近在何处？"

金教官道：

"那是冯云山兄，如今与萧兄一路往金田去了。"

倪邦达又问洪秀全、洪仁发兄弟，金教官道：

"都是一伙子的人，想来二兄到此，必有所为。"

倪、聂二人见金教官也是同党人，才把钱江托咐的话和盘托出。金教官道：

"这位钱东平先生，不是充发云南去的吗？我也久闻其名，他如今平安而来，必有教导，只是兄弟与钱先生素不相识，未便招请，且待萧兄到来，再作道理。"

倪、聂二人遂把这话告知钱江，钱江大喜。过了两天，果然萧朝贵已到平隘山，金教官把倪、聂两人的话回过，萧朝贵当下与倪邦达、聂煦春相见，称兄道弟，引为同志，于是连金教官一起四人，共到客店去拜望钱江。钱江一见萧朝贵，握手细问情形，何等恳切。萧朝贵道：

"钱兄所示计划，一一都行，如今洪秀全兄已在金田，与黄文金等合了办事，远近都已信奉上帝，把耶稣教旨传了遍了，约略计算，现在已有三千人。冯云山兄已往大黄江口去招说罗大纲，如得罗大纲遥应，就可举发。现在已把洪秀全兄名字扬出去了，官中一闻洪兄之名，知是桂平逃犯，必来缉捕，那时衅由彼开，只说官军虐民反抗教旨，不由得信教人自会愤激起来，现在只把各处兵马派足是了。兄弟来此，原为查勘杨秀清一支团练，因杨秀清本不懂个中情形，当时不过由洪兄夸说而起，目下幸赖金兄教导，着实有了起色。今钱兄平安出险，又承倪、聂两英兄相助，会当吾辈光复之机已到，真足令人快极。"

钱江道：

"萧兄且不说快心之语，今两广总督徐广缙，虽专务虚名，毫无计量的人，却有个满人乌兰泰很是骁勇，不可不防。究竟我们新招民兵，识不透战略，凡事先须规划，目下最要粮饷充足，不知洪秀全兄可筹备没有？"

萧朝贵皱了皱眉道：

"果然钱兄之言不差，洪兄正为这事十分焦灼。黄文金、杨秀清虽有许多家私，也只够分配日常之用，哪里顾得到战时粮饷？"

钱江道：

"我闻桂平有个豪杰石达开，文武全才，宽宏气度，家中很有资财，平生好客任侠，不知此人可能招致不能？"

萧朝贵大笑道：

"英雄所见略同，这位石兄向与小弟也有来往，小弟正想前往劝说。但他做事谨慎，虽蓄大志，而极寡默，不知一时肯助不肯？"

钱江道：

"萧兄与他是什么交情？再则他近来状况如何？先须计量，始为可行。"

萧朝贵道：

"此人本是桂平白沙人氏，现在浔州一带办理盐埠，钱兄知道盐埠上的事，自是赚钱积储，比别事不同。他本是个举人出身，家下很有资财，在别人手中，少不得一年剥削几万，但是他绝不肯负此不义之名，平素不求仕进，偏好交结江湖上有名豪杰，与小弟也并无十分交情。不过前几年大家合办过几桩事，大家以诚相见，料他也明白萧某一生做事，不是牵强的是了。"

钱江想了一想，道：

"如今此人可在浔州？还是在白沙？"

萧朝贵道：

"闻得他月初回家之后，即往盐埠上去，大约在浔州了。"

钱江道：

"那么请萧兄回金田时候，随机应变，不妨探试他的口气，再作计较。"

萧朝贵道：

"洪兄在金田何等盼望？一切均待钱兄斟酌施行。难道钱兄一时不上金田去吗？"

钱江道：

"我有个朋友罗宇，听说在湖南省金鸡岭落草为寇，他是前总督林公最信任的人，一生忠诚勇武，赴汤蹈火，均所不辞。他在总督衙门时候，深得人心，部下个个服从，却是难得将才。这回遇到聂煦春兄说起，在金鸡岭森林中遇险得救，都是罗宇之力。我想他在总督衙门必有旧时僚属，我们起事时节，可使他从中劝令内应，万一他别有缘故，不能上省，我也须看他如何摆布。如果他集有人众，我可令他精选几人同来金田，或者他势力雄伟，便叫他在湖南响应，也是一臂之助，故此我先须往湖南一行，再来金田。如今最要是急筹粮饷，招合各处绿林好汉，等待时机，然后共图大举，一面又须派人探听官军情形。"

萧朝贵一一答应了。钱江道：

"事不宜迟，我们分头办去。我意今晚即欲动身，好在诸兄弟已有下落，我也放心了。"

萧朝贵听钱江如此心急，也不敢强留，遂问钱江何时可来。

钱江道：

"早则一月，迟也不过一个半月，横竖金田有洪兄主持。刚

233

才萧兄所说策略，很是不差，如果官军来逼，只好和他对兵，能够养精蓄锐，再待时机，更是妥当。"

萧朝贵唯唯承教，金教官、倪、聂等又说了好一会儿话，钱江急着要行，聂煦春道：

"钱兄究是文弱书生，目下伏莽遍地，到处荆棘，诸多不便，不如我与倪兄伴同一路，一来免钱兄危险，二来也应登山拜答罗英兄搭救之恩。"

倪邦达极以为然，萧朝贵、金教官也都说不差，钱江更是喜之不尽。当下钱江、倪、聂三人草草整顿行装，即刻起程。萧、金二人亲送至渡头，布帆如驶，风光嫣然，五人分道两路，一声再会，相将分别去了。

萧朝贵与金教官回到杨秀清团练部中，略略整饬了一番，萧朝贵即赶往金田，报知洪秀全，转从浔州一带找石达开去了。暂且不提。

单说钱江、倪邦达、聂煦春三人由平隘山乘船至桂平，由桂平出广西境，直向湖南金鸡岭进发，三人一路啸傲山川，系览景物，闲谈些国家大事，真是胜友联袂，乐不堪状。三人行行谈谈，不觉舟舆车马之苦，忽忽之间，已到湖南境界，询问路程，距金鸡岭不过三十多里路了。这时天已昏黑，三人急着要上山，不论天黑天白，要雇车前进。谁知连路骡车，都不敢上山，闻了只伸伸舌头，叹道：

"客官来路，真是不知死活。这山中莫说客官三人，就是派遣大队兵马去，也恐剿灭不了。去年至今，不知出了多少事，无论大官大府，一到太阳下山，便不敢赶程，就地哪怕一等镖师，谁也不敢保镖。那山中大王的本领，真是举世无双，尤其与官府作歹，今年为了几次官车被劫，把县老爷调撤了三个了。客官，你看厉害不厉害？"

钱江道：

"我们为的有要事，必要今晚赶程而进，你只管大胆赶了骡子去，绝不使你为难。咱们三个都各有防备，好在毫无银两，就使见了大王，也不过白白几句话。"

赶骡车的笑道：

"亏客官倒会说出这话来，客官有事不怕死，咱们性命要紧，就是牲口也是不容易置备的。这明明是送性命去，何苦来？"

倪邦达、聂煦春都闻了着急，再三要求骡车夫前进，答允如果能去的，加倍偿值，倘有损失，归我们三人理处。重赏之下，必有勇夫，居然有一家赶骡车名作陆大的，出来说道：

"难道强盗是老虎，真要吃人不成？他们也是人，天下只讲一理，客官，我替你们赶了去吧！"

钱江道：

"好极，毕竟你是个汉子。"

陆大拍拍胸说道：

"凭陆大一张嘴，强盗也要发善心，只是陆大有句话，宁可先小人，后君子。客官要陆大赶车，至少要两倍车价，还要请客官破钞，先打两斤酒，交陆大喝了，陆大才有胆量。"

说得众人大笑。倪邦达道：

"可以可以，莫说两斤酒，就是二十斤，也使得。"

当下掏出三两银子，先交陆大收下，陆大忙地打酒买菜，着实吃喝了一顿，方才起程。已是黄昏时候，陆大一面赶车，一面唱山歌，约莫走了两个多时辰，已是森林处所，陆大咳嗽了好几声，含着舌头说道：

"客官防备点儿，我听得前面有响动呢！"

三人暗暗好笑，只管含糊答应。行不多时，一声怪啸，十几个汉子从森林中闪出，早把陆大拖下。陆大吓得直呼救命，汉子们一面拧住陆大，一面把车上三人都拖下来，乘势行劫。钱江大声道：

"你们莫动手，咱们正苦无地安睡，请你们把咱们三人劫上山去。"

一个汉子挺出快刀，突地望钱江头上劈下。倪邦达忙伸出右臂格住了，聂煦春道：

"你们莫动蛮，速叫你们大王下山来，有话要讲。"

汉子们大怒，齐喊一声，似饿虎般地直扑三人身上来。倪邦达、聂煦春见汉子们不可理喻，一齐挺身格斗，钱江与陆大只躲树下，伏着不动。倪、聂两人一来一去，战了二十多回合，才把汉子们带来的刀枪都收住了。这时，要用劲一使，两人绰有余力，可以扫尽盗伙。盗伙见来势不佳，又一声怪啸，更有许多火光从山中蜂拥而出。倪、聂二人恐伤及钱、陆性命，也不再斗，只伸着双手受缚，于是汉子们把钱江、倪邦达、聂煦春、陆大四人都捆绑了结实，全把车中行李连人一起捆送上山，只剩了一辆空车弃在林下。欲知钱江等上山如何，且听下回分解。

第三十六回

良友登山手舞足蹈
官兵袭寨血溅肉飞

话说钱江等四人被盗伙捆绑而去，渡过小溪，绕由金鸡岭岭麓左面小路进行，前后左右，都是盗伙围着，约莫有五六十人，个个挺胸突肚，显得十分强悍。钱江心中暗喜，想这些人如今冲锋作战，定是勇猛胜利，只可惜横蛮不讲道理，少不得要整整教养。正在思索之时，已登山腰，转眼就是岭巅，见有巍峨巨宅，黑黑高耸，众盗把四人带入寨中，捆立堂下，早有头目入内报知。钱江举目四顾，见满壁挂着前朝先贤训人仗义立业之道，朗朗可诵，虽在草莽，犹见得个中玩意儿，料知寨中也必有读书明理者。这时，肃然无声，只见屏后闪出一人，大踏步跨到堂上。钱江定睛一看，果然是罗宇不误，仍是屏息无声，暗想他如何发落。谁知罗宇眼敏手捷，劈面第一个是钱江，第二个是聂煦春，直觉得如梦中一般。忽然住了脚步，定睛打量，看了又看，突地紧上脚步，走下堂来，一把握住钱江膀臂，说道：

"你不是钱东平英兄吗？如何会到此地？"

钱江笑道：

"早知罗兄雄霸一方，故来相就。"

罗宇果然见是钱江不误，喜得直跳起来，喊道：

"天哪！东平果尚有相见之日，也不白费了罗宇一番苦心了。"

说着，急忙亲自解缚。众头目见了大惊，围着罗宇跟前，忙请示下。罗宇即命众伙把倪、聂、陆三人都解了缚，遂问聂煦春好像哪里见过，聂煦春深深唱了个喏，回说：

"罗英兄乃是聂某恩公，如何便忘？"

罗宇方才记起。钱江遂把自己遇到聂煦春，因来找寻的话说过。罗宇又与倪邦达通过姓名，转问陆大，一一询毕，说道：

"既是东平兄与倪、聂两兄前来探视小弟，为何不先通知？致弟兄们开罪大驾。"

钱江笑道：

"人多话细，事机迫促，势不可待，如何说得清楚？"

罗宇点点头，回过身来，喝问众伙道：

"你们下山干事，不分皂白，胡乱捉拿，谁叫你们把三人捆绑来？"

一语方毕，早见五个头目在罗宇跟前跪下，说道：

"小的知罪，求大王恩示发落。"

罗宇喝命五头目各责杖五十。钱江急着留住，倪、聂二人也都劝罗宇息怒，说：

"原是我们辩白不清楚，莫怪他们。"

罗宇把五头目整整训饬了一番，五头目谢恩退去。罗宇又令好生看待陆大，明日发给三十两银子，送下山去，随即命头目陪同陆大往边屋里歇去了。

这里众伙纷纷请示，罗宇概令退下，自己陪着钱江、倪邦达、聂煦春三人，走入内室让座，先把自己逃出总督衙门，所以逼上梁山的根由备说了一遍。钱江也细述自己脱险情形，话未说完，只听门外有人通报酒席已备，请客入座。罗宇忙叫人去请秦海，一时秦海到来，与钱江等见了面，罗宇略把秦海来由说了，其中倪邦达原在孝感城仅悉细情，心下暗暗纳罕。一会儿，宾主五人相将入席，举杯豪饮，说不尽其中感慨。席间，钱江提起洪秀全、萧朝贵、杨秀清等在广西打算举事情形，也就说明来意。罗宇、秦海自是听了大喜，钱江因说起三种策略，请罗宇选择，或回广东总督衙门内应，或精选壮士往广西助战，或就在金鸡岭扩张声势，待时举发。罗宇想了一会儿，说道：

"从前总督衙门中，原有我的部下不少，向与交往，也很服从，只是我脱逃而出，一来难以进去，二来其中不无改变，时隔多日，似难措手。至于精选壮士赴粤，得会天下英雄于一处，本是最好，叵奈近来寨名四扬，往粤一条路上，多有官兵驻扎，不好坦荡而行，今况为时已迫，又不便分几次派遣。依某愚见，不如第三种策略，就此扩张声势，待广西事起，咱们便在这里遥应。虽说金鸡岭是小小地方，不足以立成大业，却是好几省往来要道，一旦有事，也可袭官军后路，以为环击之地。好在诸英兄不远千里而来，欢聚一堂，一切进行，都有商量，不知东平兄以为何如？"

钱江点头道：

"罗兄所见不差，确是此策最为妥当，只是咱们要扩张声势，应如何下手呢？"

秦海道：

"此去三十里，毗连四川境界，有山名浴虎，形势险要，进可以取，退可以守，咱们不如在那儿再分驻一支兵马。如今四川两湖诸省，正闹旱荒，民不聊生，官不抚恤，咱们只需登高一呼，不难聚集千余人，然后再筹粮饷，置备兵器，并不费事。"

众人闻言，都称妙计。钱江因问罗宇现在寨中粮饷，足够几日敷衍，罗宇道：

239

"如照现在人口计算，便过一年，也恐吃着不尽。若招收兵马数千人，只不过一两个月就完了。"

钱江也不言语，点头思索了一会儿。倪邦达想起孝感县葛家案件，遂问秦海，秦海回说自己被解差押着西来，也不明其中情形。

倪邦达叹道：

"可惜可惜！咱们现在商量各事，若得此人一助，那就马到成功。"

众人忙问何人何事，倪邦达才说起孝感县遇到李清渠的事，略把李清渠暗中救援秦海的话说了，秦海深自感激。钱江听罢，叹道：

"此真天下英雄，可惜他们行踪无定，何从招致？"

倪邦达又提起师父于啸海，言生平所见，只此两人。众人听了，大为动容。一时席毕，又闲谈了好一会儿，罗宇请各人安歇。倪、聂二人同宿一房，钱江就在罗宇房中睡下，私问罗宇上山以来，行劫几多。罗宇照实回说。钱江道：

"如此拦路抢劫，究不是道理，咱们上山时候，听市中哗传，多有不是之处，甚至到晚雇车竟无人敢答应下来。试思咱们要成就大业，哪里可如此失掉人心？"

罗宇点头称善，遂道：

"罗某生平，不好货利，不贪声色，问心也还无愧。吾兄金石良言，自当永世不忘，至本寨声名，所以如此扬溢者，为的三个月前，四川有个臬台黎宏绪新上任去，路过此地，被弟兄们围劫了。把黎宏绪捉上山来，小弟细问情形，乃知是徐广缙党羽，也是小弟夙怨，把黎宏绪杀了，因此远近传闻，吓得向晚不敢行路。其实小弟生平，最喜扶弱抑强，岂有一律抢劫之理？如今这条路上，越是富贵中人，越不敢走路，倒是贫人都不忌讳的。这

240

也是小弟素性如此，钱兄必然见谅。"

钱江道：

"劫富济贫，本是吾辈分内之事，咱们兄弟，哪里还有不知？只问罗兄杀了黎桌台之后，难道至今三四个月，官中一点儿响动没有？"

罗宇道：

"哪会没有响动？早已派兵来剿过了，亏得兄弟们消息早递，把山前山后张了铁网，架了一尊大炮，也是此山形势生得好，官兵竟一个不得上山。足足围了五日五夜，齐巧邻境出了盗匪，官兵调到那里安抚去了。我们山上，连草木都不曾动一根。"

钱江惊道：

"如此说来，日下正要防备官兵，哪里可以招收兵马？"

罗宇道：

"钱兄有所未知，本省官兵能有多少力量？小弟都已查过，我们万一提防不及，只望山后退却三十里，就往浴虎山一避，待官兵退去了再来。他们哪里能持久驻扎？只消如此出没进退，已足疲官军之力。好在我们人少，粮食也不多，随时携得走的。防的官兵从后路来围击，那就失了根据，这层我也布置好了。"

钱江听得罗宇早有成算，也不在意，因放过一边，略谈些别的情况，直至天明而睡。

越早，罗宇令两名伙伴送陆大下山，遂与钱、倪、聂、秦四人计算招兵方略，即日派头目散往四处，招收壮丁。这时，正值两湖灾荒，饥寒所迫，乐为盗贼，不上半个月，已招到七百多人，也有原在绿林的，也有本是良民因迫于生计前来投效的。罗宇概照营伍编制，随即教练了几次，又足足忙了十几日，方觉略有眉目。谁知罗宇正兴高采烈整饬部伍，其中早已埋了祸根。

原来那骡车夫陆大下山之后，拿得三十两银子，又承众伙好生看待，下山之后，喜得眉开眼笑，到处传说，少不得夸奖自己能耐，众人也都惊异。几日之间，远近都已传遍，官中屡想破获金鸡盗窝，因形势险要，布置周密，未得直上，不想陆大在外传说身入盗穴情形，被快班报知县官，县官发下朱签，当把陆大拘到，审问一切，陆大照实供上。县官听毕，思得一计，遂将陆大看押，一面派人到金鸡岭刺探。这时，罗宇正在招收壮丁，县官招选手下差役有勇有智的五十多人，四散金鸡岭相距七八里之遥，扮作难民模样，前去投效。罗宇果然收下不疑，于是一面详陈府道，请派大兵到县，前去剿灭，一面又选了十余名劲卒，由陆大上前引路，直往金鸡岭上，认明路径，陆大被官中压迫，只得引路前去。

这时，正是月之初旬，夜黑人静，官兵悄悄扮作商贾行旅，四处埋伏，以燃爆竹为号。陆大先引着众人上山，因寨前有伙役把守，不得前进，只绕到寨后，潜行暗伏，因是陆大已上山一次，认得一条路径不设铁网，其余都张有网盖，凡人上山，一触网盖，就有铜铃震响发声，里面自会知道。陆大是从小赶车跑腿的人，认路最是精明，虽在深夜，依然不失故道，因此陆大等十余人登上山顶，寨中毫不知觉，十余名劲卒，分开两路，先欲打从四周绕看一会儿，正要起身，忽遇查夜盗伙，丢了个口号，官兵回答不出，盗伙知有贼党混入，忙即退后，跳上屋瓦。官兵两人也即赶上，余人见势迫急促，急得燃放爆竹，不放爆竹时，万事皆休，一放爆竹，里面五十多名假投官兵，手执钢刀，用尽平生之力，暗中杀了个血溅肉飞，外面山下伏着大兵，一时都点起火把，一路路赶上山来。

顿时金鸡岭如火烧赤壁，光焰烛天，刀兵满地，四处呐喊厮杀之声暴如雷动。罗宇、倪邦达、聂煦春等惊从梦中跳起，登高四望，不觉大吃一惊。欲知后事如何，且听下回分解。

第三十七回

李清渠县堂释义士
于啸海客舍典奇珍

话说罗宇等突见官兵袭寨，里面杀声四起，外面官兵捷逼，罗宇手执大刀，施了口令，命众人退后立阵，以备血战。倪邦达、聂煦春各执快刀在手，带了二十多名盗伙，分两路抵御，三人回旋兜击，勇气百倍，把寨中五十多官兵杀了三十多人。陆大引上的十几人也死了一半，陆大早被盗伙刺死，抛尸山岩。罗宇又身先众伙，夺出围来，架起大炮发放，轰然巨响，上山一路官兵，全军覆灭，好似乱石滚山，纷纷下坠。罗宇又转过炮口，对准别一路官兵轰击，又是一排人众横尸山下。谁知前面正在对敌，后面大兵已拥上山顶，把营寨团团围住，罗宇急得反转身来，往前厮杀，倪邦达、聂煦春拼命血战，以一当十，连杀了五六十人，尸积如丘，血流成泽，官兵依旧节节进逼。罗宇统率本不到一百人，新招六百多口子都是些难民穷户，手无拿鸡之力，只听官兵招抚，大半都已投降。究竟众寡势殊，官兵源源不绝，罗宇、倪邦达、聂煦春等力疲神瘁，各战了七八十回合，已是不支。

自半夜战起，直到第二天辰末巳初，罗宇等委实支持不住，均被官兵拿获。官兵一共死了四百多人，罗宇寨中也死了七八十人，其余逃了三五十人去，所有罗宇、倪邦达、聂煦春、秦海、钱江，及从前盗首大小头目等，凡二十五人，均被官兵获住，上了镣铐，拘了黑索，一连串从金鸡岭而下，前后左右拥获着官兵五百多人。罗宇等到这时便插翅也飞不出重围，只听官兵打发。官兵恐他们中途有变，不时用好言劝慰，一路押往县衙，经县官坐堂审讯一过，罗宇等直认不讳，照实供说。其中唯钱江因恐害及胡元炜，故改易名姓，诈称罗宇兄弟，县吏审毕，令一律付押，详文上去，立即要就地正法。

县官正在点名，忽然屏后走出一位少年，对准县官脑后点了穴，县官立即不能动弹，值堂差役急得赶上去拿，均被少年一一点住。倪邦达抬头一看，不觉失声大喊起来。

原来这少年不是别人，就是孝感城中客店所遇的李清渠。倪邦达大声起处，转瞬见得白光五道，飞向罗宇等五人身上，顿时斩钉截铁，罗宇等五人铁索镣铐都解脱了。五人顿觉恢复自由，罗宇、倪邦达、聂煦春三人概把镣铐当了兵器，在大堂中用起武来。大堂下原立有官兵三五十人，以防意外之变，闻惊麇集堂上，与罗宇等三人围打击杀。这时三人怒发冲冠，进退回旋，势不可挡，又加有李清渠援助，胆壮力伟。忽忽之间，夺出重围，已打到大门外，三人加紧脚步，望街上窜去。罗宇忽想起钱江、秦海二人，心下恐惧，回顾倪邦达道：

"咱们正在紧打之时，怎么不见得钱、秦二兄？难道被官中捉到监牢去了？"

倪邦达也甚是纳罕，聂煦春道：

"咱们且寻个安静所在休息了，再去搭救二人。"

三人一壁走，一壁说话，忽然已到城脚，一齐跳过城墙，望郊野乱窜。罗宇抬头一看，见郊野中大树下站着三人，回头说道：

"聂、倪二兄试看，前面可是钱、秦二兄？如何这样形貌酷似？"

倪邦达猛省道：

"是了。还有一人，很似李清渠大侠，必是钱、秦二兄由李大侠早救得出了。咱们不妨奔前细认。"

于是三人似飞地跑向大树下去，果然是李清渠、钱江、秦海三人，罗宇等相见惊喜。原来李清渠乘众人酣战之时，挟着钱、秦二人自大堂屏门后绕出，转到后面花园，跳过两重高墙，遁出城外。料知罗宇等必能夺围而出，又必取道僻野，故在大树下等候。当下众人见过李清渠，谢过拯救之恩，请李清渠示下。李清渠道：

"此地非讲话之所，我们且到十里庄客店中再说。"

钱江问：

"此去十里庄，约有若干路途？"

罗宇道：

"过了前山，便是十里庄口，大约七八里路之遥。"

于是众人联袂起行。钱江、秦海终觉难后逃生，惴惴不安，因问李清渠：

"万一大兵追至，如何对付？"

李清渠道：

"此际县官昏迷，众人慌乱，恐未及点发大兵。大约两三个时辰，始能发付兵马，万一兵到十里庄来，咱们再思别法对付。"

罗宇接着道：

"咱们既出了虎口，自是容易逃生。钱、秦二兄安心过去，不必慌忙。"

众人且说且行，翻过山峰，那十里庄已在眼前。直进庄口，由李清渠引至客店，让众人坐下，说道：

"小可此来，别有事故，适逢诸兄遭劫，也是定数。如今试问诸兄要往何处去？"

罗宇道：

"我等本拟往广西一行，叵奈路上每有官兵驻扎，是以在山招收兵马。今既如此，自然往广西为是。"

李清渠道：

"诸兄往广西，可曾已有计划？却到广西哪处，尚乞见教。"

钱江遂把洪秀全起义金田、杨秀清在平隘山招兵图事一番话统通说过。李清渠点头称善，遂道：

"小可在此，尚有事未办，不能陪诸兄同行，敬请诸兄先行，小可在后再来。"

钱江道：

"最好李兄同行，一来路中有伴，二来咱们起事，须得李兄高才斟酌，但不知李兄之事何日可了？如为期不远，咱们就找个僻静处等候，也可替李兄尽一点儿呼唤之助。"

李清渠道：

"这倒不必，弟事不能一定，早期明后日也可了，迟则半月一月，哪里能预算时日？既是钱兄这么说，就请倪兄伴弟在此，待办好了时，同来广西平隘山聚会。"

倪邦达听了大喜。罗宇道：

"那么我们四人先行，也不好迟缓，就此动身如何？"

李清渠道：

"不差，事不可缓，恐官军追至，不如速行。只是钱、秦二兄皆不惯跋涉，倘有万一之变，不知罗、聂二兄可能对付不能？"

罗宇、聂煦春听李清渠这么一说，都迟疑不能立答，心下各有点儿忧惧。李清渠道：

"弟已为诸兄思得一计，前此弟为探查一事，特往湖南抚院

246

偷盖了印信一纸，如今此纸也已无用，只须填上一个公事，把四兄姓名写入，合好年月，无论何处，都可放行。"

说着，打开箱箧，掏出一封官缄，抽出白折一纸，上面盖着斗大印信。钱江、秦海见了大喜，众人以钱江曾充督幕，熟悉公文，就请钱江填写事由。钱江与秦海商议，造了个密查乱党公事，捏写四人名字，合填年月，堂皇正大，不但毫无破绽，而且文字洁净，书法劲秀，抚院文札中，果然是许一许二的公事。公文中所说，无非言越境密查乱党，如有不及之处，仰各该境地方官保护办理。此札既成，罗、聂、钱、秦四人泰然就道，毫无顾虑，只要出了湖南省境，换了衣衫，除了县里差役，谁还识得是金鸡岭逃犯？当下公文写就，罗宇等四人辞了李清渠、倪邦达，立即起程，与李倪相约在桂平平隘山杨秀清家相会。四人如鸟出笼，似虎出阱，风尘仆仆，又是一番况味。

不说罗宇等往平隘山如何计量，且说李清渠如何来至湖南，又如何偷得抚院印信空白纸札，如今先须提明。

看官记着，李清渠送葛凤藻妻子回山东青龙寺之后，秉师父之命，邀于啸海同往广西，当日由山东动身，往西南而行，本拟取海道，从福建、广东而进。因于啸海有父亲于慕郭之命，叫他往湖南长沙城找寻昔年旧友，为此，于啸海由河南、湖北往湖南长沙。李清渠趁此时机，也回浙江镇海，探望乡里，两人相约在长沙城聚会，一路同往广西，投寻师父霞航，于是两人分道扬镳，就在山东分路而行。

于啸海取道河南，行经湖北，直往长沙，找寻父辈旧友，谁知到了长沙，寻那人故宅，人亡家破，踪影无存，再问他那族中人，或说移往他处，或说其子孙流落城中。于啸海以父命所嘱，四处找寻，不遗余力，终究不得半点儿消息，无计奈何，只好作罢。唯这时李清渠尚未到来，只好在客店宿下，等候他到，同往广西，即在长沙城隍庙及大街小巷贴了符号，告知自己所住客店，俾李一到，容易会合。于啸海此来携有箱箧行李，那箱箧中藏着一稀世至宝，就是那道光帝御前之物，穆彰阿家中所遗失的绿玉水仙。于啸海为是师父霞航常常吩咐，不可抛遗此物在寻常人家，防有意外之祸，因此这回南下，便随身带来。于啸海不带此物犹可，带了此物，就种了祸根。平日于啸海出门，行囊极裕，从无不敷之时，这回因遍寻亲友，随在需资，中途又接济贫穷，耗了大半，到长沙之后，久住旅店，渐渐亏欠了店资，义侠挥金如土，不时遇见他人厄难，慷慨输资，岂可一日无钱？如于啸海本领，飞檐走壁，探幽发秘，宵行一遭，本不难罗掘巨资，只因他正心行事，秉承父教，向不屑取不义之财，除非替人排难，送他财物，也就收了。却不等几时，立刻散尽。此次于啸海为客店所逼，一时不得付清，意想李清渠一到，必有余资，何妨把绿玉水仙一付与质，待李清渠到来，再行赎回未迟。计议已定，遂把绿玉水仙取出，往典当质钱。谁知典当朝奉，从未见过此物，都不敢收受，于啸海走了好几家典铺，一概回说不当，心下好生纳闷，渐走过大街，见一家高墙耸立，墙上斗大金字招牌，写着"丰泰当"三个铺名，旁边又写着两行金字"兼当珠宝珍饰书画古物"。于啸海暗想，这当铺定是不小，其中或有识货的，随即跨入，打开布包，把绿玉水仙送到柜上。朝奉接取看了又看，一看，两两看，三又看看于啸海这人，好久无话，只顾几个人呶呶商量。一会儿，里面走出个老朝奉，望了一望，说道：

"拿去与东家自己估量估量，这种稀奇古怪的东西，我们做不得主。"

说着，拿过绿玉，捧到里面去了。一会儿，老朝奉出来，笑吟吟地走到柜上，对于啸海拱了拱手，问要当多少钱。于啸海因别家典铺都不肯当，又识不得价值，但道：

"随便，你看几多钱当几多是了。"

老朝奉道：

"一千两，八百两，五百两，客官要多少钱使用，便当多少钱。"

欲知于啸海如何回答，且听下回分解。

第三十八回

认玉树姚氏图奸谋
给剑侠欧阳施骗术

话说于啸海闻丰泰当这朝奉之言，意想自己并无极大用款，随道：

"五百两银子也够了，横竖早晚要来取赎的，请你写上五百两是了。"

老朝奉唯唯答应，一壁开票取银，一壁命伙计送茶送烟，恭维得不得开交。一时当票开好，老朝奉问于啸海住在哪里，我叫伙计替客官送银去。于啸海回说不必，老朝奉偏要代送，于啸海见老朝奉一番盛情，也难推却，当下答允了，老朝奉忙叫两个伙计携着银两陪同于啸海送到客店。于啸海当把店资付清，随给了伙计几个力钱，伙计们再三不肯收受，飞也似的回店去了。

看官，你道这丰泰当老朝奉如何这样恭维客气呢？原来，这丰泰当的主人翁姓姚，名毓盛，是长沙城中人，本身是个武进士，骑射刀法，独出一时，向在满人穆彰阿手下当过差事，当年着实为穆彰阿所信任。后来因恃力逞骄，为同寅中不容，被穆彰阿革职回籍。却是他在穆府时，卖官鬻爵，串通关节，手中积下私财巨万，回家之后，就在长沙城中开了这最大的当铺。从前穆彰阿受道光帝恩赐绿玉水仙时候，姚毓盛还在穆府当事，全盘情形，很是熟悉，也曾亲见过这鬼斧神工的绿玉名花。后来穆彰阿失玉，招小剑侠四人查访，小剑侠查了假的回来，穆彰阿起了不良之心，借宴会为名，捆绑小剑侠，小剑侠劈空遇救而遁，穆彰阿知罪陈奏失玉各节，姚毓盛知之深切。这回于啸海携往质钱，朝奉拿入呈览，姚毓盛见了大惊，明知是禁苑宝物，穆府赐供之珍，如何会落入民间当铺？他想穆府如此森严所在，会失了这物，甚至连剑客都查获不着，如今竟然找上门来，真是踏破铁鞋无觅处，得来全不费功夫。姚毓盛本是个极多心机的人，这回送到他手里，他哪里还肯放过？他想这来当的人必是江洋大盗，如果人赃并获，解到穆府去，少不得擢功论赏，而况道光帝正谕旨各省官府严查，邀帝宠而获贵官，全然在此一举，只恐这江洋大盗不易拿办，倒不如用计擒获。思想既定，遂问老朝奉来当的是怎样一流人物，老朝奉回说是一个年轻少年，姚毓盛又疑到从前小剑侠也是文质彬彬的青年男女，莫非这大盗也是剑客不成？再思这人或不是大盗，转由大盗手中递传过来，也未可知，无论如何，到这时姚毓盛绝不肯轻轻放过，少不得细探这少年人来历。随即吩咐老朝奉道：

"你问他要当多少钱，就给他多少，不论一千两五百两，哪怕一万两，切勿回绝了他。再问他住在哪里，派两名伙计可将银送去，查悉他的住所，再来报我。"

老朝奉一一答应，当下开票送银，两名伙计送于啸海至客店，既毕回来，禀过姚毓盛。老朝奉又传说于啸海的话，说他只要五百两银子，早晚就要来赎去。姚毓盛听了着急，暗想：这人如果是剑客，那就不易安排，待他来赎时，万不及措置了，不如先下手为强，赶早查明来历，趁势获住了才是。计议已定，命老朝奉退出，特请他家中一个谋士，双姓欧阳，名作忠保的来，商量这一段公案。

那欧阳忠保三十多年纪，文武全才，聪明伶俐，独出侪辈，只因他居心不正，专行些机诈勾当，成不了业，便在朱门托足，寄人篱下，已非一日。姚毓盛因自己是个武人，不懂文事，向以欧阳忠保深具才能，当作老夫子看待。当下欧阳忠保闻姚毓盛招请自己，一时就到。姚毓盛让欧阳忠保坐下，细细把绿玉水仙质当的事说了一遍，即要欧阳忠保探听。欧阳忠保道：

"探听却容易，不论他是剑客不是剑客，也不难对付，只是小可如果结识了这人，少不得请他到家，此地是尊府著名所在，不好使他前来。东翁先须设一处房屋，小可自有方法办理。"

姚毓盛笑道：

"这个自是容易，便在长沙城外如何？"

欧阳忠保道：

"不行，小可要与这人结识，先须到客店住下，当然是远来外客，岂有家住城外，人住客店的道理？"

姚毓盛道："这便如何处理？要一时三刻找个住宅，也不容易，咱家有个别墅，在十里庄口，只怕路途太远，不便使用吧！"

欧阳忠保点头道：

"这倒不妨，就在十里庄口别墅上行事，但不知这别墅现在可有人掌管没有？"

姚毓盛道：

"别墅向有家人看管，我这里又派几个熟识家人去，先在那儿招呼，你只管到客店去办理是了。"

欧阳忠保点头称善，姚毓盛又问：

"往客店去，应如何安排？"

欧阳忠保道：

"如今最要结识他，当他是个知己挚友，他才肯以肺腑之言相告。到这时看他情形，再行打算一切。如今只需干练家人一名，银两六七百两，行李一肩是了。"

　　姚毓盛如言而行，当下欧阳忠保打扮着豪贵公子模样，故意出城雇了舆马，重回城中，投往于啸海所住客店去了。店小二见欧阳忠保声势显赫，忙地上前招待，说长说短，引导欧阳忠保拣看房铺，欧阳忠保只拣了于啸海隔壁一所客房住下。店小二端上茶，一切安排略毕，欧阳忠保命家丁立着门外伺候，自己在房中安坐看书。一会儿，有两三个绅士来见，家丁递进名刺，欧阳忠保拒而不见，绅士们打躬作揖去了。又一会儿，有两个官家子弟求见，欧阳忠保仍是挡驾，如此贵客富商，穿梭似的不知来了几多，欧阳忠保始终不见一人。忽然间，有几个穿短衣的，又有几个三不像的穷人，好似乡僻农民轿夫家仆之类，其中也有几个似江湖上的朋友。欧阳忠保见此辈人来了，不但不拒见，而且务必下阶相迎，问长问短，末后又送他银两。如此一天，足足有二三十人前来求见，欧阳忠保凡是贵官富绅，一概挡驾，凡是贫户穷小子，概与延见，一视个知己朋友看待。客店中见了都大为称奇，这些玩意儿，都是欧阳忠保教姚毓盛干的，别人哪里知道？于啸海在旁客房中，见此人品貌出众，言语行动，和蔼非常，心下早有三分企慕，看他行事，偏是迎贫拒贵，益发合了自己心苗，便中就问欧阳忠保的家人，家人回说：

　　"我家少大人本是某督院之子，平生有一种怪脾气，自家是官府之子，却最恶的官府，偏喜与江湖上人合道，也不知他什么意思。"

　　于啸海笑而不答，这面家人告知欧阳忠保，欧阳忠保知时机已熟，便中开门出来，在外闲逛，乘于啸海立着门口时候，行经房外，故意瞧看于啸海神情。细细估量了一会儿，即忙欠身唱喏，道问姓名，于啸海照实告知，也回了一揖，延入欧阳忠保到自己房中坐下，便问欧阳忠保姓名。欧阳随口编了个名姓，两下

253

对坐谈心，欧阳忠保道：

"如足下人品俊逸，起脱非凡，一见便是个磊落英雄，小弟奔走江湖十几年，不曾见过足下这么人，如承不弃，尚望随时教导。"

于啸海道：

"英兄未免过褒，小可本是生意买卖中人，不懂世事，有劳英兄谬赞，愧不敢当。"

欧阳忠保道：

"小弟虽是个俗吏之后，平生也略略读书，交结天下志士，足下何必客气？小弟虽愚钝，难道连足下是不是生意中人也看不出来？足下如不屑与小弟交结，小弟也不敢高攀，足下如果看得起小弟，尚望见教。"

于啸海笑道：

"哪有此理！英兄多多误会了。小可自揆生平，毫无善状，不敢与大君子言交。如承下问，岂有不相输以诚？小弟敢问英兄，缘何不求仕进，却喜与江湖上人交际？"

欧阳忠保叹道：

"这话难讲，先严也算是当朝大员，说起来实在惭愧。英兄有所未知，做官的只会撒谎造伪，卸祸于人，求福于己，其中鬼鬼祟祟情形，不能细说。总一句话，做了官，便没了良心，倒不如江湖上人有祸共当，有福同享，义侠心肠，天地不磨，真足令人钦佩，就如小弟一班朋友，无非为的小弟是督院之子，前来讨好，其实他们这种人，最不可以论交，倒不如时下一类穷小子，着实有点儿义气，小弟把此中勾当早已看透了，为是足下非常人，故敢以诚相告。"

于啸海道：

"英兄卓见，深合愚心，咱们就此结个朋友吧！"

欧阳忠保大喜，定要拜于啸海为师，于啸海道：

"四海之内，皆是兄弟，何必迂论师生？以后小弟如有所知，自当诚告英兄。英兄别有大才，也当领教，大家相交以心是了。"

欧阳忠保方才无话，当命家人举酒设宴，两人豪饮阔论。席间，欧阳忠保论起拳技派别，井井有条，于啸海也插言数语，欧阳忠保脱口说道：

"小弟奔走江湖，只想遇到一个剑师，求学剑术，看足下温文谦恭，必然学过此道，不知如小弟者，可能指授不能？"

于啸海被欧阳忠保当头一棒，也不便掩饰，遂道：

"小弟也不过略略懂些门径，但不知英兄如何知道？"

欧阳忠保道：

"某奔走江湖，赖的是一双眼珠识交天下士，刚才见足下神情，已知绝非凡常，再看足下目光如炬，额角流光，不是精学内功，哪得有此？故而冒昧奉白，尚望见恕。"

于啸海笑道：

"某浪游天下十数年，未有如英兄之一见识破者，自是英兄目光独到，以后相见如兄弟，不必客气。"

欧阳忠保一面探于啸海之言，果是剑客，心下不免暗暗大惊，一面依然劝酒，定要于啸海指教剑术。于啸海笑道：

"此道虽小，却不易学。咱们相见有日，在后再谈吧！"

欧阳忠保见于啸海已信服自己，便好施行计策。欲知欧阳忠保所施何计，且听下回分解。

第三十九回

十里庄毒酒魔侠骨
姚家店恶侩设银坑

话说欧阳忠保与于啸海对坐豪饮之时，家人又递上名刺，说某大人某老爷某少大人求见，又说某街某户在外听候吩咐。欧阳忠保接取名刺瞧过，说道：

"你回他们说，我心神不快，明日再谈吧！"

家人答应出去，欧阳忠保重又叫回，问：

"那某街某户是否朱老四兄弟，关照他们来由，请他们坐一会儿，不好怠慢。"

家人应声而出，欧阳忠保仍与于啸海侃侃谈论。于啸海道：

"贵友诚意来见，英兄似宜出去招呼。"

欧阳忠保摇手道：

"不是小弟无友谊，他们这些人委实不是朋友，他们有求而来，便是无所不为，要你去求他们一桩小事，他们再也不睬你。"

说着，家人进来回：

"某大人某老爷某少大人都打轿回去了。某街某户果是朱老四兄弟，为的邻舍失慎遭了回禄，又因他家一个表亲被官中捉去了，求少大人恩典，设法救济。"

欧阳忠保道：

"你拿五十两银子给朱老四兄弟带回，他那个表亲为什么事，你问了明白，拿一张片子往衙门去，替他保了是了。"

家人听声退出。欧阳忠保对于啸海道：

"我每到长沙来一遭，把我麻烦死了。明日就想回去，既承足下相交，请大驾到寒舍休息几天，俾小弟也可略尽东道。"

于啸海遂问：

"尊府在哪里呢？"

欧阳忠保道：

"此去也不甚远，小弟住的是个镇市，名作十里庄。"

于啸海道：

"本来我也无所不可，只因我在此地耽搁，原为等候一个朋友，与他先前有约，同赴广西去的。这两三天内，他必要到了，此番恐不能奉陪，将来再到尊府拜望是了。"

欧阳忠保不听于啸海等候朋友也罢，一听于啸海还有个朋友，就要到此，越发吃紧，暗想：他那朋友一到，有了帮手，越发难办了。随即说道：

"足下想往广西，原要走过敝处的，不妨足下先在敝处荒宿，等贵友来了，通知客店，请他到十里庄就是。"

于啸海道：

"我看不必客气，缓日再当登门拜望。"

欧阳忠保哪里肯依？再三再四要于啸海同去。于啸海被他牵缠不过，依着短剑在手，来去自便，也就答应。欧阳忠保大喜，当下命家人付清店资，叫一辆骡车，与于啸海家人一共三人，即行起程，往十里庄去了。

这里早有人报知姚毓盛，姚毓盛当派壮丁四人，也即赶往十里庄，投别墅而去。欧阳忠保等宾主三人，足足行了一日一夜，已到十里庄口，进得庄中，直往别墅。于啸海留心细看，只见竹

257

篱茅舍，花明柳暗，好一处幽静所在。在入门之后，早有家丁奉迎，引着欧阳忠保、于啸海而进。穿过竹径，行入茅舍，又转出后面，只见曲字亚字栏杆，直通内厅，旁列假山石地，游鱼吟接，笼鸟满枝。于啸海意下不胜羡慕，口中不住地喝彩，暗忖：如此庭院，少不得有风格出尘之士，才能无愧。

行入厅中，欧阳忠保让于啸海坐下，又不免说些通常虚套，随即命左右举办酒席。这时早已由姚毓盛打发家丁，布置周密，色色俱全。不多时，酒席已备，欧阳忠保入内查问了一会儿，知姚毓盛所派四名壮丁也已赶到，所有应用物件，统通舒齐。欧阳忠保恭恭敬敬请于啸海上座，亲自端上酒杯，满斟绿酒。于啸海照例一口饮干，欧职忠保又满斟了一杯敬上，于啸海细看杯中物，色味绝佳，依然执觥称赏，方进喝三杯，左右捧上一色鲜味嫩鱼，欧阳忠保再三劝于啸海下箸。于啸海才一吃时，果然甘鲜可口，骤入肚中，顿觉一阵黑晕，浑身瘫软，手足无力，心知中了毒菜，待要举发袖剑，那酒气上晕，昏沉没竟撑持无力，连十年精练神剑，一时也挣扎不起。看官，你道这是什么毒药？

原来那于啸海喝的酒是蜈蚣蝎子之毒浸液而成，因年远代久，一时入口，便觉不出毒质，入胃以后，遇热渐生原毒，能使精神麻木不仁。这毒酒要遇到河豚就立即爆发，无论如何猛虎健将，未有不委顿就困。欧阳忠保故先备了此酒，然后进以河豚，诸毒骤发，于啸海虽铁骨铜筋，究是个生人肉体，这种不防之祸，又况深入肠胃，哪里还震慑得住？这毒酒河豚专会制定生人精神，却不至于毙命。姚毓盛原要生获于啸海，故下此毒手，当下欧阳忠保见于啸海已昏沉不省人事，在他人早已睡倒地上，却是于啸海筋练骨磨之人，仍能撑持兀坐，但已呆若木鸡，不能动弹，也不能说话。不过怒目眈眈，两眼盯住欧阳忠保，流露着无限毒恨精神。一会儿，眼中竟流出鲜血来了。

欧阳忠保见了大惊，忙命四壮丁拽着于啸海入内室床上睡下，一面将姚毓盛置备的牛筋绳索把于啸海团团捆了结实。于啸海这时毒上心头，盖世英雄，只凭着几个奴才打发，半句也说不出话来。众人把于啸海捆绑既毕，回报欧阳忠保，欧阳忠保沉思了一会儿，暗忖：于啸海有个朋友就要到长沙客店，那客店中已知于啸海往十里庄来，那朋友必然找到十里庄，十里庄姚家别墅是最有名的，被他找到，真也了得，不但前功尽弃，简直连生命难保，而况十里庄住房，忽然之间，声闻别墅主人已到，少不得远近传讲。欧阳忠保想了停当，遂命家丁预备眠轿，当把于啸海安置轿中，上面盖好被褥，装着病人模样亲自押着，仍回长沙丰泰当去了。这面别墅中仍留了几名家丁看守，又叫了几个泥水木匠，装修屋宇，掩饰耳目。十里庄人只晓东家修茸别墅，果然被欧阳忠保一手掩过。

欧阳忠保回到长沙丰泰当铺，把话陈过姚毓盛，姚毓盛又喜又惊，问：

"如今该如何办理？"

欧阳忠保道：

"飞贼铁骨铜身，一时中了毒酒，还未清醒，趁此把他落了银坑，一面飞马报知穆相，说绿玉水仙人赃并获，穆相必然大喜，东翁还怕不升官擢级吗？"

姚毓盛点头道：

"那么诸事拜托办理，银坑中先须收拾一间空房才是。"

原来姚毓盛开设丰泰，另外还干些秘密生利勾当，他家中有一个地坑，专事制造银条银币，那银质中混着铜铅，把真银取出，配量精制，一年差不多有几万生意。欧阳忠保早已打算于啸海住处，就是这银坑中最为稳妥。姚毓盛自然深服欧阳忠保之才，既把于啸海落坑之后，就请欧阳忠保作了公文，即日飞马入

259

京，报知穆彰阿去了。

这时，李清渠已由镇海家乡来到长沙，在长沙城隍庙中，见了符号，知于啸海在城中客店住下，即到客店探问，掌柜的回说于达官和一个客人往十里庄去了。李清渠遂问十里庄有多少路，从何而往，掌柜的一一回说。李清渠私计往广西是顺道路过的，心中泰然，待第二天才雇车起行，到了十里庄，四处寻觅符号，一无所见，心下暗暗纳罕。李清渠知于啸海谨慎做事，绝不会遇意外之祸，况且他本领出众，差不多事，一身绰有余力可以对付，也不慌忙，即在十里庄觅了一所客店住下，自己贴了符号，等待于啸海。

谁知过了两天，仍不见于啸海行踪，李清渠这时方才有点儿着急起来，重又回到长沙去寻，心下转想：莫不是遇了官中仇人被官役所害了？于是乘夜飞入湖南巡抚衙门探听，探听无着，却见巡抚正在亲阅公事，盖印画行。李清渠一想，趁此偷盖一印在空白纸上，如遇道府捉住于啸海，可以一纸文书解围，计定，顺便偷出一纸，盖了巡抚印信而出。复至客店，细问情形，客店中一一告知。

李清渠随又回到十里庄，路中听人讲说金鸡岭大盗非常厉害，今正招收兵马，一念之动，转思于啸海莫非孑身探盗，被众伙残杀了不成？于是登金鸡岭探望，哪知金鸡岭正出了祸事，把罗宇等二十五人都获住解县去了。李清渠从旁观看，其中一人乃是德州镖师倪邦达，再看余人也都慷慨超逸，不似巨盗凶狠之象，因此决计投剑搭救，遂即飞入县衙，把钱江、秦海两个文人先行救出。罗宇等三人也都杀出重围，得以无恙，于是六人共回十里庄。钱江、秦海、罗宇、聂煦春四人由李清渠设计，填写了一纸文书，往广西桂平平隘山去了，李清渠与倪邦达留下，仍细探于啸海情形。倪邦达向以于啸海认作师父，闻得此讯，更是起

260

劲出力。李清渠把于啸海失踪情形讲过之后，谓倪邦达道：

"于兄在客店中，必须中了贼人之计，但不知贼人是否真来十里庄，如果真来此地，那就容易查得，万一半途转往他处，又何从去问讯呢？"

倪邦达道：

"李兄是否查过那日在十里庄来了长沙客人？"

李清渠道：

"否，我也想从此访查，再看情形计较。"

于是李、倪两人分路查问过去，到晚回店，李清渠查得这日是姚家别墅修葺屋宇，果有几个人来的，后来一人生病回去了。倪邦达也查得姚家别墅修屋的事，问别墅主人做甚事的，回说是长沙城中开丰泰当的。李、倪两人回店之后，对核所查事实，料必与丰泰当铺有关。李清渠乘夜先往姚家别墅探了一会儿，不过是泥水木匠、修葺屋宇这事，毫无眉目，遂与倪邦达商议，同往长沙城丰泰当中密查。欲知李、倪二人查访如何，且听下回分解。

第四十回

地窟银窖残剑解缚
朱门绣户浩劫成灰

话说李清渠、倪邦达二人因问到姚家别墅情形，重来长沙城，夜已三鼓。李清渠潜入丰泰当铺周围刺探，足足刺探了好几个时辰，始终不得半点儿消息。

原来姚毓盛这人非常有心机，早已料到剑客能飞檐走壁，入夜刺探，故把计捕于啸海的话十分秘密不提。又况欧阳忠保也是伶俐出众的角色，行若无事，把当中伙计也都掩过耳目，外面人更是不容易知道了。因此李清渠接连入丰泰当中，未曾得到眉目，所有姚毓盛、欧阳忠保以及当中朝奉及姚毓盛妻子等，都在暗中见了面，却不闻谈着丝毫有关于啸海的话。李清渠探听无着，还道是自己走了迷路，急得没有法子。

第三天晚上，好好歹歹再走一遭，意想如果不得要领，只好把丰泰当放火了，这也是李清渠的聪明，遇到放火之时，凡有秘密，无不从百忙中豁露。李清渠一面设想，一面已到了丰泰当高墙，耸身一跳，直上屋瓦，其时不过黄昏时候，虽街道上店门已闭，而行人尚来往不绝。李清渠跳入丰泰当店中，正要入内探看姚毓盛动作，忽听门上有人呼道：

"郭庄主来了。"

姚毓盛忙地起身迎上前去，只见郭庄主五十多年纪，瘦长身材，正似富商样儿，大踏步走入里厅。原来姚毓盛住的，外面是当铺，里间就是住宅，中间隔一道照墙，有一头偏门朝西开设，因当铺前门到夜关闭了，所有客人店伙家仆一切人等，都从这偏门进出。偏门里面靠右是堂屋，靠左是住宅石库门。李清渠就伏在内厅边屋上，正对石库门，因此郭庄主进来，李清渠看得清清楚楚，遂见姚毓盛下阶相迎，与郭庄主拱手道：

　　"我刚才今天早上说起，知你快到了，今年比平年迟了几日了。"

　　郭庄主道：

　　"是的。一来家下有事，二来路上也不平静。"

　　说着，两人走进厅中坐下。姚毓盛道：

　　"船在西门外停留了吗？"

　　郭庄主道：

　　"是的。"

　　姚毓盛又问：

　　"这回要带几只船来？打算办多少货呢？"

　　郭庄主道：

　　"带了五只船来，办货总比他年差不多的。"

　　两人正在答间，李清渠闻里面走出一个人来。姚毓盛道：

　　"这位是欧阳忠保先生。"

　　郭庄主道：

　　"去年见过的，整整又是一年了。"

　　于是三人问长答短，无非讲些不关紧的话。李清渠听了无味，随即跃出墙外回店，心中好生纳闷。倪邦达在店中等候，也坐着空急，两人谈了几句话，各自睡下。这里姚毓盛与郭庄主正讲得起劲，谈些北京、天津的世故，也讲些两湖风俗人情。

看官记清，这郭庄主不是别人，就是前回书中所说的郑荟生。郑荟生因脱逃到南皮县中，改了姓名，叫作郭宝坤，也改了职业，开了米店。前回书中都已说过，因是这回郭庄主诚笃谨慎，生意大盛，现在又改店为行，设了分栈，每年秋后，到湖南办米。谚语说的两湖熟，天下足。言湖南、湖北的米谷足以供给天下，北方诸省全靠两湖出产。郭庄主每年到湖南办米时候，终托丰泰当主姚毓盛帮忙，因姚毓盛人熟，手势顺，又是城中富商，说话响亮。姚毓盛也贪着些其中小利，两得其便，很是要好，每俟郭庄主到店，格外巴结，留他住宿，陪他游览。

　　这晚乃是郭庄主初到之日，刚才泊船登岸，就来丰泰店中，两下相见，自是有许多问答之语。直谈到半夜，姚毓盛始命家人引了郭庄主到东厢安睡。这东厢本是一间书房，是姚毓盛自己日常晏息的，客房本在当店后面旁屋中，因夜深开门进出不便，姚毓盛为的郭宝坤是同道中好友，就请在书房中住宿。当下姚家家丁引郭庄主到书房后，关上房门，朝外走了。郭宝坤叠被解衣，忙了一会儿，方才熄灯睡下，正要睡去，只听床后有人长叹，吓得郭宝坤坐起身来，细听却无声息。停了一刻，又一声长叹，好像出自地下，如此停一会儿叹一会儿，竟似地板底下有个病人睡着的样子。郭宝坤起了好奇之心，披起衣服，蹲在床下，伏着细听，那叹息声越发显明，确定声息发出方向，是地板下面不误，四处找寻了一条板缝，对缝看去，见一人仰卧床上，全身用绳索捆着，旁边一人倚坐床侧，一盏油灯，点得半明半灭，看去非常凄凉。郭宝坤见了大惊，几疑身在梦中，细看那仰卧床上全身捆绑的人，好生面熟，闭目一思，原是搭救自己的恩人于啸海。再看那旁坐床侧一人，也不是别人，就是欧阳忠保。郭宝坤至此疑虑万状，想于啸海神术通天，为何会落到这般田地？莫非认错了人？再看了一会儿，果是于啸海不误，念自己受过他全家大恩，今见死不救，算是什么丈夫？待要报官，而身在客边，姚毓盛何等势力，岂是敌手？待要下身去救，一来自己瘦弱无能，二来又不知这地坑从何处出入，思来想去，直到天明，再也闭不上眼。忽想起欧阳忠保既是旁坐床侧，必然通同谋害，不如用釜底抽薪之法，先把欧阳忠保挟住了再说。计议已定，胡乱睡了一觉，忽忽之间，红日上升，披衣而起，开出房门，已有姚家家人前来服侍，请郭宝坤早餐。郭宝坤见过姚毓盛，略谈了几句通常虚套，随问：

"欧阳先生呢？"

姚毓盛道：

"他还没有起来，昨晚想是睡得晚了。"

郭宝坤道：

"我有一桩公事，想求欧阳先生大笔替我一挥，不知他肯做不做？如肯费心，我自当送奉笔资。"

姚毓盛忙问何事，郭宝坤道：

"因为运米过境，求捐局不稽延的公事。"

姚毓盛道：

"有什么难处？叫他随便写了几句得了。"

郭宝坤道：

"不是这么说，你我是多年好友，不打紧，他和我是客气的。我想今晚请他到船上去，我也备些酒菜，请他赏光赏光。毓翁如肯劳驾，那就更好。"

姚毓盛道：

"这有什么不可？待他起来，与他说了是了。至于我向来不出门，你也知道的，不必客气了。"

郭宝坤原也不想姚毓盛同去，遂道：

"毓翁既不便劳驾，也不相强。"

说着，欧阳忠保已披衣出来。郭宝坤见道：

"好极好极，刚才与毓翁商量，要请先生费费心。"

欧阳忠保忙问什么，姚毓盛代说道：

"宝坤兄有事请教你，要你替他做个公事，他自当另送笔资，还要请你吃饭。"

欧阳忠保道：

"笑话，这一桩事，何必如此张皇？郭庄主迟早吩咐一声，能够用得着，无不竭力。"

郭宝坤定要欧阳忠保到船上吃饭，说：

"还有几桩公事，也要请欧阳先生看看。"

欧阳忠保以为有了生意，也就答应，转思客店中方做了这事，怕于啸海的朋友查到，不便日间出门。遂道：

"既是这样，晚上好吗？"

郭宝坤本定的是晚上，接着说道：

"好极好极，我就回船上吩咐一声，再来接驾是了。"

说着，辞了姚、欧二人出门，即回船上，命家人按计布置，所有外人，一律都不准上船。吩咐完毕，吃了午饭，仍来城内丰泰当铺等候。直到上灯时候，船上人来丰泰当请客，郭宝坤催着欧阳忠保即去，当命雇了两乘轿子，出西门往船上去了。

再说李清渠、倪邦达两人，因访查无着，十分焦灼。李清渠急得要放火，转念万一殃及无辜，也不是道理，不如再忍耐察看。两人饭后无事，又到丰泰当铺这条街上游逛，刚巧遇着郭宝坤、欧阳忠保二人上轿，李清渠认得一是郭庄主，一是姚毓盛家里的师爷，却怪他们往何处去，丢了个眼色与倪邦达，二人随着后面同行。转瞬出了西门，见郭宝坤让欧阳忠保下船，二人潜伏对岸观看。郭宝坤入船之后，让欧阳忠保坐下，命家人四围立着，一时入席，再三劝酒，情殊殷勤。席毕，郭宝坤走出船外，

266

见夜色已晚，行人稀少，喝令家人把欧阳忠保拖下，三三四四捆了结实。郭宝坤手执快刀，问道：

"你这狠心贼子，在姚家宅中干的什么，把好人捆在地坑！你若直说出来，恕你一条狗命，若有三言两语不实，就把你斩首分尸。"

说着，擎起快刀狠命一试，吓得欧阳忠保直呼救命。正在这时，船板上突地跳下两人，郭宝坤见了大惊，问：

"你们是谁？可是欧阳贼党？郭某抵住一命，与贼党拼死。"

两人道：

"夜来船上谋害人命，还敢狡言，快放下了刀，免得一死。"

郭宝坤道：

"我受恩报恩，杀贼救人，与你们什么相干？"

两人道：

"究是什么根由，说与我们听了，果是你的理直，我们也许助你。"

郭宝坤见两人不是欧阳同党，心下很喜，遂道：

"我的朋友于啸海被他害了。"

一语未完，两人紧上一步，握住郭宝坤臂膀说道：

"什么话？原来你也是于啸海的朋友，我们正为此事而来。如今于啸海可在何处？"

郭宝坤听得两人乃是同志，急把夜间所见情形说了一遍，两人听了，目裂发指。郭宝坤说毕，两人深深一揖，说道：

"不图郭兄乃是吾辈救星，方才多有开罪，尚乞恕宥。"

郭宝坤忙地回揖，动问姓名，才知一名李清渠，是于啸海师弟，一名倪邦达，是于啸海艺徒。郭宝坤大喜过望，李清渠一面叫郭宝坤家人看守欧阳忠保，一面携着郭宝坤直往姚毓盛住宅。姚毓盛见郭宝坤引来客人，初不为意，倪邦达见了姚毓盛，怒不

267

可遏，急忙飞起一腿。姚毓盛本是武进士，也精通拳棒，连连避过回击一拳。李清渠举起两指，把姚毓盛点了穴，姚毓盛顿时呆若木鸡，只开口直呼家人，家人麇集，直扑而上。倪邦达进退回旋，把众人打得落花流水。

这时，李清渠已寻到地坑，解了于啸海之缚。那于啸海中毒已深，四肢瘫软，仅能缓缓行动，遂由李清渠背出地坑，叫倪邦达背至郭宝坤船中安歇去了。这里李清渠竟举火焚化，登时火光烛天，厦屋成灰，丰泰老当，姚家住宅，转眼都成瓦砾之场。其中朝奉伙计仆役人等也有逃出的，也有焚死的，那绿玉名花自然也同遭大劫，俄化虫沙。

李清渠回到郭宝坤船上，那欧阳忠保已被倪邦达杀了，于是李清渠、倪邦达、于啸海、郭宝坤就在船上住下。

过了几天，郭宝坤回北京，李清渠等也同往广西。后来于啸海在广西遇到师父霞航大师诊治，仍复原状。从此新剑侠之名，渐闻全国。

这时，洪秀全正起义金田，新剑侠扶洪氏纵横天下，凡十六省，计十二年，曾国藩、左宗棠辈一再苦战，久而无功，只以数由前定，未能底成大业，其间新剑侠安邦、卫民、御外、振危之事，如有余暇，还当与诸君执笔痛谈。

附　录：

陆 士 谔 年 谱

（1878—1944）

田若虹

1878 年（清光绪四年　戊寅）一岁

是年，先生出生于江苏青浦珠街阁镇（今上海市青浦区朱家角镇）。先生名守先，字云翔，号士谔，别署云间龙、沁梅子、云间天赘生、儒林医隐等。

《云间珠溪陆氏世系考》曰：

> 考吾陆，自元侯通食采于齐之陆乡，始受姓为陆氏。自康公失国，宗人逼于田氏，南奔楚，始为楚人。入汉而后，代有名贤，遂为江东大族。自元侯通六十三传而文伯卜居松江郡城德丰里，吾宗始为松人。自文伯九传而笳田公避明末乱，迁居青浦珠街阁镇，而吾族始有珠街阁支。

清代诗人蔡珑《珠街阁散步》述曰：

> 行过长桥复短桥，爱寻曲径避尘嚣。
> 隔堤一叶轻如驶，人指吴船趁早潮。
> 胜地曾经几度过，千家烟火酿熙和。

朱家角古镇水木清华，文儒辈出。仅在清代，就出了举人、进士三十余名。文人雅士创作的诗词、编著的文集，及专家撰写的医书、农书等各类著作达一百二十余种，名医、名儒、名家，层出不穷。

271

祖父传：寿铨（1815—1878），字仁生，号稼夫，捐附贡生，直隶候补，府经历敕授修。生嘉庆乙亥十一月初四申时，殁光绪戊寅十一月二十二日午时，享年六十四岁。葬青县十一图，月字圩长春河人和里主穴。配沈氏，子三：世淮、世湘、世沣。

祖母传：沈氏（1814—1889），享年七十六岁。

《云间珠溪陆氏谱牒》曰：

> 洪杨乱起，遍地兵氛兮，相挈仓皇避乱。乱事定而故居半成瓦砾，于是艰苦经营，省衣节食，以维持家业，及今已逾二代尤未复归。观然守先等得以有今日，则沈孺人维持之力也。

父传：世沣（1854—1913），字景平，号兰垞，邑禀生，生咸丰甲寅十一月二十日寅时，殁民癸丑二月二十七日戌时，享年六十岁。配徐氏，子三：守先（嗣世淮）、守经、守坚。《云间珠溪谱牒·世系考》记曰："吾父兰垞公讳世沣，字景平，号兰垞，邑禀生。聘温氏，生咸丰甲寅十一月二十四日寅时，殁同治癸酉六月十三日。配徐氏，生咸丰乙卯八月三十日。"

守先谨按：徐孺人系名医山涛徐公之女。性温恭，行勤俭，兰垞公家贫力学，仰事俯育悉孺人是赖，得以无内顾之忧。一志于学，成一邑名儒，寒窗宵静，公之读声与孺人之牙尺、剪声，每相呼应，往往鸡唱始息。今年逾七十，勤俭不异少时。常戒子孙毋习时尚，染奢侈俗，可法也。

兰垞公生子三人：守先居长；次即大弟守经，字达权；三即小弟守坚，字保权。

守先谨按：公性孝友，事母敬兄家庭温暖如春。母沈孺人病，亲侍汤药，衣不解带，旬日未尝有惰；容兄竹君公殁，出私财经纪其丧，抚其子如己子。艰苦力学，文名著一邑。于制艺尤精。应课书院，辄冠其曹而屡困。秋闱荐而未售，新学乍兴，科会犹未罢，即命儿辈入校肄业，其见识之明达如此。其次子，守先之弟守经，清华学堂毕业，留学美国政治学博士，司法部主事、厦门公审会堂堂长、江苏地方审判厅厅长、淞沪护军使秘书长；其幼子守坚，毕业于南洋公学铁路专科，沪杭铁路沪嘉段长。"皆驰声军政界，为世所重。"兰垞公为其后代定辈名为："世""守""清""贞"。

嗣父传：世淮（1850—1890），字同元，号清士，同治癸酉举人，大挑教谕，内阁中书。生道光庚戌七月二十一日，殁光绪庚寅十月初十日，得年四十一岁。

《陆氏谱牒·河南世系》记载："寿铨长子世淮，字同元，号清士，同治癸酉举人，大挑教渝，内阁中书。生道光庚戌七月二十一日，殁光绪庚寅十月初十日，得年四十有一。"

《青浦县续志》卷十六（人物二·文苑传）曰："钱炯福，字少怀，居珠里。为文拗折，喜学半山。同治庚午副贡。癸酉与同里陆世淮同领乡荐。世淮字清士，亦工文。"

《云间珠溪陆氏谱牒》曰：

公刚正不阿，任事不避劳怨，终身未尝二色。应礼部试，过沪江，同年某公邀公同游曲院，公秉烛危坐，观书达旦，竟无所染。角里路灯，系公所发起，行人至今便之。市河淤塞，公聚金开浚，今已越四十年，执政者无复计议及此。

嗣母传：石氏（1851—1914），生咸丰辛亥八月十一日亥时，殁于民国三年旧历甲寅三月十七日卯时，享年六十四岁。子三，守仁、守义、守礼，俱殇。

1881年（清光绪七年　辛巳）三岁

其弟守经（1881—1946）诞生。守经，字鼎生，号达权。守经曾先后赴日、美留学。后历任厦门公审会堂堂长、江苏及上海审判厅厅长等职，亦曾任清华、燕京、南京等大学教授。

1883年（清光绪九年　癸未）五岁

其妹陆灵素（1883—1957）诞生。陆灵素，原名守民（一作秀民），字恢权，号灵素，别署繁霜。南社社友。自幼聪慧好学，喜吟咏，善儒曲。陆灵素在黄炎培所办广明师范毕业后，于光绪三十二年（1906）去安徽芜湖皖江女校任教，与同校任教的苏曼殊、陈独秀相识。宣统二年（1910）与上海华泾刘季平（刘三）结婚。季平在北京大学任教时，灵素亦在北京，与陈独秀、沈尹默等有来往；季平在南京任教时，灵素也与黄炎培、柳亚子有往返。民国二十七年（1938）秋刘季平病逝，陆灵素悉心整理遗著，辑为《黄叶楼诗稿尺牍》。寄柳亚子校正，不幸遗失于战火，直至民国三十五年（1946）才以副本油印分赠亲友。新中国成立前夕，柳亚子在北京写诗怀旧："交谊生平难说尽，人才眼底敢较量。刘三不作繁霜老，影事当年忆皖江。"[1]

陆灵素是个女诗人，擅昆曲。每逢宴客，季平吹箫，陆唱曲，人皆比之为赵明诚与李清照。1903年，邹容从日本回国，因撰写《革命军》号召推翻满清统治，建立中华共和国，被捕入

---

[1]　参见《上海妇女志·人物》。

狱，于 1905 年瘐死狱中。季平为之葬于华泾自己家宅的附近。章太炎在《邹容墓志》中云："……于是海内无不知义士刘三其人。"

1887 年（清光绪十三年　丁亥）九岁

是年，先生从朱家角名医唐纯斋学医，先后共五年。世居江苏省的青浦。

唐纯斋曾以"同学兄唐念勖纯斋氏"为之《医学南针》初集和二集写序，极力赞其"好学深思""积学富""学尤粹""每发前人所未发""青邑望族代有闻人，而以医学名世则自君始"。并赞曰："角里地灵人杰，王述庵以经著名，陈莲舫以医术行世。惜莲舫之道行木有述，述庵之学之博而木曾知医。君今以经生之笔，释仲景之书，明经络之分治，导后学以准绳，湖山增色。"

1890 年（清光绪十六年　庚寅）十二岁

10 月 10 日，嗣父世淮殁。

是年，弟守坚（1890—1950.10）诞生。守坚，字禄生，号保权。毕业于南洋公学铁路专科。毕业后，又赴美国旧金山大学留学，专攻土木学，回国后，任沪杭铁路沪嘉段段长等职。

1892 年（清光绪十八年　壬辰）十四岁

是年，先生到上海谋生：

在下十四岁到上海，十七岁回青浦，二十岁再到上海，到如今又是十多年了。①

---

① 陆士谔：《新上海》第一回。

275

少年时曾为典当学徒，不久辞退回里。

1894 年（清光绪二十年　甲午）十六岁

8 月 1 日，中日甲午战争爆发。这一史实，在其历史小说《孽海花续编》中作了详尽而深刻的描述：

> 却说中国国势虽然软弱，甲午以前纸老虎还没有戳破，还可虚张声势。自从甲午战败而后，无能的状态尽行宣布了出来，差不多登了个大广告，几乎野心国不免就跃跃欲试……究竟都立了约，都定了租期。我为鱼肉，人为刀俎，国势不强，真也无可奈何的事。①

1895 年（清光绪二十一年　乙未）十七岁

4 月，本县始有机动船航班，载运客货通往外埠。

是年，先生回青浦。在青浦行医的同时，亦在家阅读了大量的稗官野史和医书。

1898 年（清光绪二十四年　戊戌）二十岁

是年，先生再次来到上海。先是以默默无闻的穷小子悬壶做医生。弃医改业图书出租，"收入尚还不差"，继而又潜心钻研小说，渐悟其中要领。大胆投稿，竟获刊登，由短篇而中篇，由中篇而长篇。那时还有几家书局收购了他好几种小说稿刊成单行本，风行一时。先生走上小说创作道路，与孙玉声先生很有关

---

① 陆士谔：《孽海花续编》第三十六回。

276

系。陆士谔来上海后认识了世界书局的经理沈知方，以及孙玉声。孙玉声这时在福州路麦家圈口开设上海图书馆，知道陆士谔学过医，就劝他一方面写小说，一方面行医，且允许他在上海图书馆设一诊所。在创作小说的同时，先生亦从事租书业务。

是年，青浦青龙镇十九世中医陈秉钧（莲舫），经两广总督刘坤一等保荐，从是年起，先后五次受召进京为光绪帝、孝钦后治病。

1899 年（清光绪二十五年　己亥）二十一岁

娶浙江镇海茶叶商人之女李友琴为妻。夫妻感情甚笃。李友琴曾多次为其小说写序、跋及总评，如《新孽海花》《新上海》《新水浒》《新野叟曝言》等。

《云间珠溪陆氏谱牒》记载：先生配李氏，镇海李兰孙次女；继李氏，泗泾李凤楼长女。

1900 年（清光绪二十六年　庚子）二十二岁

是年，先生长女敏吟（1900—1991）诞生。其与丈夫张远斋一起创办了华龙小学和山河书店。张远斋任校长，敏吟任教员。

1902 年（清光绪二十八年　壬寅）二十四岁

是年，先生次女陆清曼（1902—1992）诞生。其丈夫徐祖同（1901—1993），青浦镇人。

1904 年（清光绪三十年　甲辰）二十六岁

刘三与《警钟日报》主编陈去病在沪创办《世纪大舞台》杂志，提倡戏剧改良。同年，又与堂兄刘东海等于家乡华泾宅院西楼创办丽泽学院，并购置图书一万五千余册。在该院任教的有陆守经、朱少屏、黄炎培、费公直、钱葆权等。

1906 年（清光绪三十二年　丙午）二十八岁

是年，先生作《精禽填海记》发表，署"沁梅子"，由愈愚书社刊行。阿英《晚清小说史》提及此书，并称其为"水平线上的著作"。

8 月，作《卫生小说》，后改为《医界镜》，由同源祥书庄发行。吴云江活版印刷再版时，先生以"儒林医隐"之笔名在书前小引中曰：

> 此书原名《卫生小说》，前年已印过一千部。某公见之，谓其于某医有碍，特与鄙人商酌给刊资，将一千部购去，故未曾发行。某公爰于前年八月下旬用鄙人出名，将缘由登在《中外日报·申报论》前各三天（某公广告，鄙人所著《卫生小说》已印就一千部，因中有未尽善之处，尚欲酌改，暂不发行。如有他人私自印行及改头换面发行者，定当禀究云云），是版权仍在鄙人也。今遵某公前年登报之命，已将未尽善及有碍某医之处全行改去。因急于需用，现将版权出售。

儒林医隐主人谨志

在《医界镜》中，先生曾论述过中西医孰长的问题，他指出：

> 西人全体之学，自谓独精，不知中国古时之书已早具精要。不过于藏府之体间有考核，未精详之处，在西

书未到中华以前，虽未尽合机宜，而考验全体之功，其精核之处自不可没也。

是年，作《滔天浪》，古今小说本。先生用笔名"沁梅子"。阿英提及此书曰：

沁梅子著，光绪丙午年俞愚书社刊。

又道：

沁梅子不知何许人，据可考者，彼尚有《滔天浪》一种，亦是历史小说。唯纪实性较弱，是如他自己所说，凭自己高兴张长李短地混说。[①]

是年，作《初学论说新范》共四卷，由文盛书局出版发行。该书由末代状元张謇题写书名。

1907 年（清光绪三十三年　丁未）二十九岁

先生所著之《新补天石》《滑头世界》《滑头补义》及《上海滑头》写成。在《新上海》中，陆士谔借主人公梅伯之口提及其书：

梅伯道："你这《新中国》说得中国怎样强、怎样富，人格怎样高尚，器物怎样的精良，不是同从前编的什么《新补天石》一般的用意吗？"我道："一是纠正其

———————

① 阿英：《晚清小说史》第十二章。

279

过去，一是希望其未来，这里头稍有不同。"梅伯道：
"同是快文快事，我还记得你《新补天石》几个回目是
'杀骊姬申生复位，破匈奴李广封侯''经邦奠国贾谊施
才，金马玉堂刘泲及第''奉特诏淮阴遇赦，悟良言文
种出亡''霸江东项王重建国，诛永乐惠帝再临朝''岳
武穆黄龙痛饮，文山南郡兴师''精忠贯日少保再相英
宗，至诚格天崇祯帝力平闯贼'。"一帆道："我这几天
没事拿小说来消遣。翻着一册《滑头世界》里头载着金
表社的事，他的标题叫《滑头金表社》，你何不回去作
一篇《滑头补义》？"我道："不劳费心，我已作过的了，
停日出了版，送给你瞧就是了。"①

是年，在《神州日报》上发表了《清史演义》一、二集。先
生所撰《清史演义》始披露于《神州日报》，陆续登载。发刊未
久，阅者争购，报价因之一增。有目共赏，数月以来，风行日
远，尤有引人入胜之妙，而爱读诸君经以未窥全貌为憾。或索观
全集，或购定预卷，无不介绍于神州报社，冀速遂其先睹之。社
友于是商之，陆君即将一、二集先付剞劂，其余稿本修定遂加校
雠，不久可陆续出版。

是年，江剑秋先生于《鬼世界》（1907）序中提及先生所作
另外几部小说：《东西伟人传》《文明花》《鸳鸯剑》等。上述几
种应为先生1907年之前所作。

1908年（清光绪三十四年　戊申）三十岁

元月，作《公治短》，载《月月小说》十三号，署名"沁梅

---

① 陆士谔：《新上海》第四十二回。

子"，为短篇寓言故事。译《英雄之肝胆》，标"法国乌伊奇脱由刚著，青浦云翔氏陆士谔"译。亦作《官场真面目》《新三角》《日俄战史》三种。

《新孽海花》序录李友琴与陆士谔关于《官场真面目》等书之问答云：

> 今秋复以《新孽海花》稿相示。余读云翔书，此为第十八种矣。评竟问之曰：君前所著，意多在惩恶；此书意独在劝善，然乎？云翔笑曰：唯，子何由知之？余曰：君前著之《官场真面目》《风流道台》等，其中无一完人，嬉笑怒骂，几无不至。①

夏，作《残明余影》，李友琴女士于《新孽海花》载宣统元年（1909）冬十月序中曰：

> 友人以陆君云翔所著之《残明余影》稿示余，余亦视为寻常小说未之奇也，乃展卷细读，见字里行间皆有情义，而笔情细致，口吻如生，古今小说界实鲜其匹，循环默诵，弗胜心折。九月重阳，《医界镜》修改后再次出版发行。吴云记活版部印，同源祥书庄出版。

1909 年（宣统元年　己酉）三十一岁

是年，作《新水浒》《新野叟曝言》《风流道台》《改良济公传》《军界风流史》《骗术翻新》《绿林变相》《女嫖客》《女界风流史》《绘图新上海》《新孽海花》《苏州现形记》和《新三

---

① 陆士谔：《新孽海花》序。

国》十三种。

2月，作《风流道台》，此书在《新上海》及《晚清小说史》中均提到：

> 当下梅伯到我书房里坐下，见了案上的两部小说稿子《风流道台》《新孽海花》，略一翻阅笑道："笔阵纵横，到处生灵遭荼毒。云翔，你这孽也作得不浅呢！"我道："现在的人面皮厚得很，凭你怎样冷嘲热讽、毒讽狂讥，他总是不瞅不睬。不要说是我，就使孔子再生，重运他如椽大笔，笔则笔，削则削，褒贬与夺，再作起一部现世《春秋》来，也没中用呢。"

> 梅伯抽了两袋烟问我道："你的新著《风流道台》笔墨很是生动，我给你题一个跋语如何？"我道："那我求之不得，你就题吧。"……只见他题的是：《风流道台》，以军界之统帅效英皇之韵事，未始非官界中佳话。第以惜玉怜香之故，竟至拔刀操戈，殊怪其太煞风景。乃未会巫山云雨，顿兴宦海风波。于以叹红颜未得，功名以误，峨眉白简旋登，声望全归狼籍，可恨亦可怜矣。①

阿英《晚清小说史》亦云：

> 陆士谔著，六回，宣统元年（1909）改良小说社刊。

---

① 陆士谔：《新上海》第一回。

是年，作《新野叟曝言》，为国内最早之科学幻想小说，谈文素臣全家至月球事。全书共六册，约四十万字，宣统元年五月初版，同年同月发行，由上海小说进步社印行。此书亦另有磊珂山房主人撰的《新野叟曝言》一种。

7月，作《鬼国史》，改良小说社刊行，阿英评曰：

> 维新运动是失败了，立宪运动不过是一种欺骗，各地的革命潮，在如火如荼地起来。中国的前途将必然地走向怎样的路呢？这是不需要加以任何解释就能以知道的。把握得这社会的阴影，是更易于了解晚清小说。其他类此的作品尚多，或不完，或不足称，只能从略。就所见有报癖《新舞台鸿雪记》、石偻山民《新乾坤》、抽斧《新鼠史》……陆士谔《新中国》……也有用鬼话写的，如陆士谔《鬼国史》（改良小说社，1909 年）……专写某一地方的，也有陆士谔《新上海》、佚名《断肠草》（一名《苏州现形记》）等。①

阿英《晚清小说目录》称：

> 《女嫖客》，陆士谔著，五回，宣统年刊本。

陆士谔《龙华会之怪现状》中谈及《女界风流史》：

> 秋星道，你也是个笨伯了，书是人，人就是书，有了人才有书呢。即如《女界风流史》何尝不是书。

---

① 郑逸梅：《艺林散叶续篇》。

试翻开瞧瞧，你我的相好怕不有好多在里头么。穷形极相，描写得什么似的……这符姨太小报上曾载过，她是磨镜党首领呢，像《女界风流史》上也有着她的事情。①

11月，李友琴为其《新上海》序于上海之春风学馆，序中进行了评述：

> 盖云翔之用笔与他小说异，他小说多用渲染笔墨，虽尽力铺张扬厉，观之终漠然无情；云翔独用白描笔墨。写一人必尽一人之体态、一人之口吻，且必描出其性情，描出其行景。生龙活虎，跳脱而出，此其所以事事必真，言之尽当也。云翔在小说界推倒群侪，独标巨帜。有以夫，余读云翔新著二十三种矣，而用笔尖冷峭隽，无过此编。云翔告余曰，与其狂肆毒詈，取憎于人，孰若冷讥隐刺之犹存忠厚也。故此编于上海之社会、上海之风俗、上海之新事业、上海之新人物以及大人先生之种种举动，虽竭力描写淋漓尽致，而曾无片词只语褒贬其间，俾读者自于音外得悟其意。此即史公《项羽本纪》《高祖本记》《淮阴列传》诸篇遗意欤。

第六十回，镇海李友琴女士评曰：

> 书中描摹上海各社会种种状态，无不惟妙惟肖，铸

---

① 阿英：《晚清小说史》。

鼎像奸、燃犀烛怪，使五虫万怪，无所遁影。平淡无奇之事一运以妙笔，率足以令人捧腹，是真文字之光芒而世道之功臣也。若夫词隐而意彰，言简而味永，按而不断，弦外有声，《儒林外史》外鲜足匹矣。

是年5月4日至次年3月6日，作《也是西游记》（注：十七期上署名"陆士谔"），在《华商联合报》连载。后又结集出版。

1910年（宣统二年　庚戌）三十二岁

是年，长子清洁（1910.6—1959.12）诞生。1927—1937年间，清洁悬壶杭州。十七岁起在杭州创办医报《清洁报》，并历任浙江省国医馆顾问、中医院院长、疗养院院长等职。1937年抗日战争全面爆发后回沪，先于白克路行医，后又迁往吕班路。1944年先生病逝后，又迁回汕头路82号行医，直至1958年。清洁先生亦著有多种医书，如：《备急千金方疏证》十二册、《金匮类方疏证》三册、《伤寒卒病论疏证》三册、《伤寒类方疏证》二册、《评注王孟英医案》二册、《评注本草纲目疏证》七册等。

是年，其妹守民与刘三相识，经南社诗人苏曼殊撮合而结为伉俪。

是年，作《乌龟变相》《新中国》《最近官场秘密史》《六路财神》《逍遥魂》《玉楼春》《最近上海秘密史》七种。

3月，作《官场新笑柄》，在《华商联合报》连载。

腊月，《六路财神》刊行，版底云：

大小说家陆士谔先生健著十一种。先生著书不下五十余种，此十一种均系本社出版者：《新上海》《新鬼话连篇》《新三国》《风流道台》《新水浒》《六路财神》《新野叟曝言》《骗术翻新》《新中国》《改良济公传》《新孽海花》。

是年，在《新上海》中，他曾借主人公之口评述《逍魂窟》和《玉楼春》两种：

我道："这月里通只编得两三种，一种《新中国》，一种《逍魂窟》，一种《玉楼春》，稿子幸都在这里。"说着，把稿本检了出来。梅伯逐一翻阅，他是一目十行的，何消片刻，全都瞧毕。指着《逍魂窟》《玉楼春》两种道："这两种笔墨过于香艳，未免有伤大雅。"①

1911 年（宣统三年　辛亥）三十三岁

是年，先生弟守经被录取在美国威斯康新大学学习政治。与之同往的还有竺可桢、胡适、李平等。

是年，作《龙华会之怪现状》《女子骗述奇谈》《商界现形记》《官场怪现状》《官场艳史》《官场新笑柄》《十尾龟》《血泪黄花》八种。

4月，作《商界现形记》，由上海商业会社印行。

《商界现形记》共二集（上下卷），十六回。于宣统三年三月付印，宣统三年四月发行。著作者百业公，编辑者云间天赘生，校字者湖上寄耕氏。在《商界现形记》初集上卷，书前署曰："作者真实姓名和生平事迹，则无从考察。"此书与姬文的《市

---

① 陆士谔：《新上海》第五十九回。

声》、吴趼人的《发财秘诀》及托名大桥式羽著的《胡雪岩外传》皆为晚清反映商界活动的力作。阿英均收入《晚清小说丛抄·卷四》。现据本人考，该书为陆士谔先生所撰。[①]

长篇小说《十尾龟》共四十回，由上海新新小说社印行。

是月，《龙华会之怪现状》标时事小说。上海时事小说社发行，共六回。

《女子骗术奇谈》二册共八回，古今小说图书社刊行。"是指摘当时所谓新女子的作品，对撷拾一二新名词即胡作非为的女子加以讽刺，间有一、二宣扬之作。所见到的有吕侠《中国女侦探》……陆士谔《女子骗术奇谈》。"[②]

9月，《绘图官场怪现状》大声小说社版，初集十回。

在《最近上海秘密史》中，陆士谔借书中人物之口，介绍他的另外几部小说时道："他的小说像《官场艳史》《官场新笑柄》《官场真面目》都是阐发官场的病源。《商界现形记》就阐发商界病源了，《新上海》《上海滑头》等就阐发一般社会病源了。我读了他三十一种小说，偏颇的话倒一句没有见过。"

10月10日，晚九时，武昌新军起义，辛亥革命爆发。11月，起义军攻陷总督衙门，占领武昌全城。革命党人成立中华民国湖北军政府，推新军协统黎元洪为都督。12日，革命军占领汉口，湖北军政府通电全国，宣告武昌光复。

11月，先生创作讴歌武昌起义的《血泪黄花》，又名《鄂州血》。这部小说出版于1911年11月，距武昌起义仅一个月。作者满腔热情地歌颂辛亥革命，描写了起义军民的英勇奋战，表达了他对旧民主主义革命的向往之情。

---

① 可参见田若虹《陆士谔小说考论》第六章第一节：《〈商界现形记〉著者探侠》。

② 阿英：《晚清小说史》第九章。

1912 年（民国元年　壬子）三十四岁

是年，《孽海花续编》由上海启新图书局、国民小说社、大声图书局出版，续编共有二十一至六十一回。在《十日新》封底的小说广告中登有陆士谔所出小说数种：

《历代才鬼史》二册（洋八角）、《清史演义》（初集）四册、《清史演义》（二集）四册、《清史演义》（三集）四册、《清史演义》（四集）四册、《孽海花》（初集）各一册、《孽海花》（续编）四册、《女界风流史》二册、《女嫖客》二册、《末代老爷大笑话》二册、《也是西游记》二册、《雍正剑侠》（奇案）三册、《血泪黄花》二册。

1913 年（民国二年　癸丑）三十五岁

8 月，先生次子陆清廉（1913.8—1958.8）诞生。陆清廉，字凤翔，号介人。

《青浦县志·人物》记曰：

陆凤翔原名清廉，朱家角镇人，中国共产党员，革命烈士，陆士谔次子。1958 年 8 月 20 日，在北京开会返宁途中，因飞机失事不幸遇难，时年四十五岁。后经江苏省人民委员会追认为革命烈士。

《青浦文史》亦记曰：

陆凤翔（1913—1958），原名清廉，青浦朱家角人，

288

为通俗小说家、名医陆士谔次子。早年毕业于苏州高中，后在胡绳等的影响下，接受共产主义思想，创办社会科学研究会。1936 年 9 月加入中国共产党[1]。

是年，创作《宫闱秘辛》、《朝野珍闻》、《清史演义》第一部、《清朝演义》第二部四种。

8 月，《清史演义》第一部由大声局发行，标历史小说。

民国二年至十三年（1913—1924），陆士谔完成了《清史演义》一至四部的撰写：

> 余撰《清史演义》，此为第四部。第一部大声局之《清史演义》，第二部江东书局之《清史演义》，第三部世界书局之《清史演义》。第大声本书有一百四十回，长至七十万言。而江东本只三十万言，世界本只二十万言。

同时，他阐明了"演义"之缘由：

> 夫小说之长，全在表演。何为表？叙述治乱兴衰及典章文物、一切制度。何为演？将书中人之性情、谈吐、举动逐细描写，绘形绘声，呼之欲出。故旧著三书，唯大声本尽意发挥，或可当包罗万象；江东本与世界本为篇幅所限，未免蹈表而不演之弊。然而一代之功勋以开国为最伟大，一代之人物以开国为最英雄。与其

---

① 《青浦文史》第五期。政协青浦委员会、文史资料委员会编，1990 年 10 月。

歌咏升平，浪费无荣无辱之笔墨，孰若记载据乱，发为可歌可泣之文章。此开国演义所由作也。

10月10日，先生生父世沣殁，得年四十有一。

1914 年（民国三年　甲寅）三十六岁

元月，《清史演义》三集共四册出版。

是月，《十日新》第一至四期连载言情小说《泖湖双艳记》。

2月，《孽海花续编》再版，大声图书局出版。又，上海民国第一图书馆版本，标历史小说。本书从第二十一回写起，至六十二回止。回目全用曾朴、金松岑原拟。

10月，《清史演义》四集初版，继而出版五集。

是月，《也是西游记》题"铁沙奚冕周起发，青浦陆士谔编述"。在第八回回末，先生述曰：

> 《也是西游记》八回，奚冕周先生遗著也。笔飞墨舞，飘飘欲仙，士谔驽下，奚敢续貂。第主人谲谏，旨在醒迷，涉笔诙谐，岂徒骂世。既有意激扬，吾又何妨游戏。魂而有灵，默为呵者欤！

己酉十月青浦陆士谔识

在上海望平街改良新小说社广告中登有特约发行所改良新小说社启：

> 新出《也是西游记》，是书系铁沙奚冕周、青浦陆士谔合著。登华商联合会月报，海内外函索全书纷纷如

雪片，盖不仅妙词逸意、文彩动人，而远大之眼光、华严之健笔，实足振颓风、挽末俗。或病其文过艳冶、意近诲淫，则失作者救世苦心矣。

12月10日，在《十日新》第一期发表短篇小说《德宗大婚记》《新娘！恭献！哈哈》《贼知府》《泖湖双艳记》①。

是月20日，在《十日新》第二期发表逸事短篇小说《赵南洲》。

是月30日，在《十日新》第三期发表滑稽短篇小说《花圈》《徐凤萧》《英雄得路》。

是年，其文言笔记《蕉窗雨话》由上海时务图书馆出版。《蕉窗雨话》（共九种），记乾隆间史部郎中郝云士谄事和珅事，记杜文秀踞大理事，记石达开老鸦被擒异闻，记董琬欲从张申伯不果事，记张申伯为太平天国朝解元事，记王渔洋宋牧仲逸事，记说降洪承畴事，记岳大将军平青海事，记准噶尔与俄人战事②。

1915年（民国四年　乙卯）三十七岁

是年，先生妻李友琴病故，终年三十五岁。先生悲痛不已。常以医术不精、未能挽爱妻为憾，遂更发奋钻研医学。又创作几种笔记体文言短篇小说，如《顺娘》《冯婉贞》《陈锦心》《顾珏》等，皆散刊于上海《申报》。

3月14日，作笔记小说《顺娘》，在《申报》"自由谈"、"红树山庄笔记"栏目发表。

3月15日，继续连载《顺娘》。《顺娘》以庚子事变之后

---

① 陆士谔：《泖湖双艳记》第一至四期连载，标艳情小说。
② 收于《清代野史丛书》。

"罢科举"，选派留学生到西方留学的这段历史为背景。其中又穿插了男女主人公雁秋和顺娘悲欢离合的故事。故事虽未脱俗套，但情节曲折，人物个性鲜明，其中不无对世俗的道德观和封建习俗的批判。

3月19日，作笔记小说《冯婉贞》，在《申报》"自由谈"、"爱国丛谈"栏目发表，亦见于《虞初广记》。写咸丰十年英法联军火烧圆明园时事，当时有圆明园附近的平民女子冯婉贞率少年数十人以近战博击的战法，避开敌人的枪炮，击溃了敌军数百人，杀死百余人。文章的结尾陆士谔曰："救亡之道，舍武力又有奚策？谢庄一区区小村落，婉贞一纤纤弱女子，投袂起，而抗欧洲两大雄狮，竟得无恙，引什百于谢庄，什百于婉贞者乎？呜呼！可以兴矣！"[①] 其书在1916年被徐珂收编入《清稗类钞》，修改了原文。亦被列入中学范文读本。

4月，《清史演义》五集再版。

8月，作《顺治太后外纪》，由上海进步书局出版。1928年2月五版。

提要曰："是书叙顺治太后一生事实。夫有清以朔方，夷族入住中原，论者多归之天而不知兴亡盛衰之故乃操之于一女子手。盖佐太宗之侵掠，说洪氏之投降与有力焉，然而深宫秘事史官既讳而不书，远代茫然罔识，是编记载最为尽，诚足广异闻而资谈助也。"

1916年（民国五年　丙辰）三十八岁

4月7日，作笔记小说《顾珏》在《申报·自由谈》发表。

《顾钰》刻画了一位身怀绝技、武力超群，而又恃强踞傲、

---

① 　陆士谔：《冯婉贞》，《申报·自由谈》1915年。

强不能而为之的"勇"者形象。顾钰，亭林先生八世孙。其躯干彪伟，孔武有力，一乡推为健士。他夜不卧床榻，巨竹两端而剖其中，"卧则以两臂撑之。竹席如弓，身卧其内。醒则疾跃而出，竹合如故"。"稍迟延，臂竹猛夹裂颅破脑，巨竹之张合，常在百斤左右"，其两臂之力可谓巨矣。然山外有山，人外有人，顾终因"耻受人嘲"而不自量力，在比斗中惨败。

4月10日，作笔记小说《陈锦心》，在《申报·自由谈》发表。《陈锦心》以"义和团运动，洋兵入京"之时代为背景，描写了男女主人公国华和锦心的悲欢离合。国华就读于武备学校，他与锦心约"俟武校毕业始结婚"。不料被"匪"掳，"迫为司帐"。荡析流离，积二年之久，始得归。而锦心虽误以其为死，却"死生不渝"，"矢志柏舟"。小说终为大团圆之结局。作者将国华与锦心之婚姻悲剧归罪于"红巾"之乱，无疑体现了其封建思想之局限性，但小说中又通过叙事主人公的视角简要地描述了庚子事变联军入京后之情况：

> 国华被匪掳去，迫为司帐，不一月而大沽失守，洋兵入京，匪众分队四散。国华被众拥出山海关迁流至奉天，又至黑龙江，积二年之久，始得归。

这篇笔记小说，与吴趼人的《恨海》和忧患余生的《邻女语》皆为反映庚子事变之题材。虽不能与之媲美，但亦有异曲同工之妙。

是年，作《帐中语》，上海进步书局印行，署"云间龙撰"，标家庭小说。首语云："留作世间荡子的当头棒喝。"

提要曰："夜半私语恒于帐中为多，此书叙夫妇二人帐中问答。语言温柔旖旎，有时为诙谐之谈笑，有时为正当之箴规，亦风流亦蕴藉，是小说别开生面之作。"

是年秋，作《初学论说新范》，张謇题书名。弁首编辑大意共八条，如第一、二条阐明编辑题旨："本书论说各题皆自初等教科书中选来，即文中曲引泛论用典、用句均不越教科书范围。""本书条文词句务求浅近，立意务取明晰、务期初学易于开悟。"

1917 年（民国六年　丁巳）三十九岁

是年，娶松江泗泾李氏素贞为续室。

6 月，作《八大剑仙》，一名《清雍正朝八大剑仙传》。共十九回，约七万余字。现存民国六年（1917）六月，上海交通图书馆铅印本一册。该本至民国十二年（1923）十月，已出至十版。

是年，作《剑庐花影》。1926 年 3 月，五版。其提要曰：

> 女中豪杰载清史籍者，令人阅之心深向往。本书所述杀身成仁之侠女韩宝英，更属巾帼中所罕见者。宝英本桂阳士人女，逊清洪杨之役为贼所掳，几至辱身。幸遇翼王石达开援救脱险，并为杀贼报仇扶为义女。宝英感恩知遇，卒以死报，脱翼王于难。全书自始至终叙事曲折详尽，文笔亦简明雅洁，堪称有声有色、可歌可泣之作。

1918 年（民国七年　戊午）四十岁

是年，"岁戊午，挟术游松江"。① 在松江西门外阔街悬壶。行医中将十多年来对医学研究的心得，写成医书十余种。

7 月，先生作《中国黑幕大观·政界之黑幕》共一百零一

---

① 陆士谔：《医学南针》自序。

则，由上海博物院路 8 号鲁威洋行发行。编辑者路滨生，发行者葡商马也，由蔡元培等人作序。陆士谔所写"政界之黑幕"有别于当时鸳鸯蝴蝶派小报所津津乐道的秘事丑闻，与其社会小说宗旨一致。他的此类小品文皆以社会现实和时事新闻为描写题材，广泛而深入地触及当时社会、经济、军事、文化、外交、政治的各个层面，其揭露和讽刺之深刻与时代的节奏深相吻合。其文或庄或谐，或正或奇，嬉笑怒骂皆成文章。

其中《民国两现大皇帝》调侃了政体之变更竟同儿戏；《五百金租一翎项》写民国以来，红顶花翎已抛去不用了，不意复辟之举突如其来，某司长知翎项为必需之物，遍搜箱匣，竟无所获，遂租一优伶之花翎代之；《闽神之门联》描写了张勋复辟后之民俗；《二本新审刺客》写民国二年三月，前农林总长宋教仁，拟由上海搭火车北上，方欲上车，突被刺客击中腰部，越再日逝世之事件；《新南北剧之黑幕》《新南北剧之第一幕》揭露了袁项城篡位总统和北洋军权之丑闻；《洪述祖之大枪花一》述中法和约告成，刘遣洪诣法军；《杜撰之灾祸与谶语》叙蔡锷起师护国，北军屡北，不得已取消帝制；《失败之大原公子》写洪宪帝既颁称帝之令，乃亟兴土木。在《疑而集诗》中，陆士谔曰：

> 政界之黑幕不外吹牛、拍马、利诱、威逼种种伎俩。此四者尽之……不意自民国以来，政治界幕中偏又添新色料，一曰阴谋，一曰暗杀。如总统之突然称作皇帝，浙江之忽然伪号独立，此均属于暗杀者。人心愈变愈阴，国势愈变愈弱。

10 月，作《薛生白医案》，神州医学社新编，上海世界书局出版，1923 年 8 月三版。序曰：

薛生白君，名雪，字生白，自号一瓢子。生白因母文夫人多病，始究心医术。其医与叶香严齐名，当时号称叶、薛。吾国医学，自明季以来，学者大半沉醉于薛院，使张景岳之说，喜用温补，所误甚多，独生白与香严大声疾呼，发明温热治法，民到如今受其赐……薛氏医案如凤毛麟角，弥见珍贵。临证之暇，特将先生医案分类校订，并附录香严案以资对照，使读薛案者得于薛案外，更有所益也。

民国八年十月后学珠街阁陆士谔谨序于松江医寓

1919 年（民国八年 己未）四十一岁

从 1919—1924 年间，陆士谔在松江医寓先后写了十多种医书。至 1941 年止，先生共创作医著、医文四十多种：《叶天士幼科医案》、《陆评王氏医案》、《薛生白医案》、《叶天士手集秘方》、《医学南针初集》、《医学南针二集》、《王孟英医案》、《丸散膏丹自制法》、《增注古方新解》、《温热新解》、《奇疟》、《国医新话》、《士谔医话》、《叶香严外感温热病篇》、《李士材医宗必读》、《邹注伤寒论》、《陆评王氏医案》、《陆评温病条辨》、《医经节要》、《诊余随笔》、《基本医书集成》（主编）、《家庭医术》、《增注徐洄溪古方新解》、《内经伤寒》、《新注汤头歌诀》、《寒窗医话》、《医药顾问大全》、《论医》、《国医与西医之评议》、《中西医评议》、《小闲话》。医学论文多在《金刚钻》报发表。

元月，先生幼子清源（1919—1981）诞生，笔名海岑。毕业于立达学院。清源幼承庭训，博闻强识，其医学和文学皆颇有造诣。抗战期间，他辗转于福建长汀、泉洲、永安各地从事翻译、教学、编辑及行医等工作。并以行医所得创办了《十日谈》出版社，印行了不少文艺书籍，如德国苏特曼的戏剧集《戴亚王》（施蛰存译）等，行销于东南五省。抗战胜利后，清源回沪。其时陆士谔去世不久，他继承父业，挂起了"陆士谔授男清源医寓"的招牌，正式悬壶行医。新中国成立后，清源曾先后任平明出版社、新文艺出版社和上海文艺出版社编辑，从事英、俄文学翻译。主要译著有屠格涅夫的《三肖像》《两朋友》《多余人日记》、卡拉维洛夫的《归日的保加利亚人》、米克沙特的《英雄们》等。1979 年，他与施蛰存合作，根据西方独幕剧的发展历史编了一套《外国独幕剧选》（六册）。由于精通俄语，他负责选编苏联及东欧诸国的剧本。当第一集于 1981 年 6 月出版时，清源已于同年 4 月病故，未能见到此书的出版。

元月，作《叶天士幼科医案》，上海世界书局出版。陆士谔序曰：

叶香严先生，幼科专家也。而其名反为大方所掩。世之攻幼科者，鲜有读其书，是何异为方圆而不由规矩、为曲直而不从准绳。吴江徐洄溪，素好讥评，而独于先生之幼科，崇拜以至于极。一则特之曰名家，再则曰不仅名家而且大家。敬佩之情溢于言表。今观其方案，圆机活泼，细腻清灵，夫岂死执发表攻裹之板法者，所得同年而语耶？《冷庐医话》载先生始为幼科，虚心求学，身历十七师而学始大进，则如灵秘术其来固有自也。

民国八年十月后学珠街阁陆士谔谨序于松江医寓

是年，作《叶天士女科医案》。

1920 年（民国九年　庚申）四十二岁

元月，作《增注徐洄溪古方新解》共八卷。上海世界书局石印本 1922 年 6 月再版。

2 月，《叶天士手集秘方》，上海世界书局出版。陆士谔序曰：

> 秘方者师徒相授，从未著之简策者也。顾未著之简策，后之人从何纂集成书？曰，秘方之源，非人不授，非时不授，故名之曰秘。岁月既久，私家各本所传各自记述。然方之秘难泄，而纂秘方者，大都不知医之人，所以秘方之书虽多，而合用者甚鲜也。叶天士为清名医，其手集秘方，大抵本诸平日之心得，较之《验方新编》等自可同年而得。顾其书虽善，体例已颇可议……因系先辈手译，未便擅自更张；方有重出者，亦未敢留就删节致损本来面目。唯逐细校雠，勘明豕亥，使穷乡僻壤有不便延医者按书救治，不致谬误，是则校者之苦心也。

7 月，作《医学南针》初集，上海世界书局石印本。1931 年七版。其师唐念勋纯斋氏序曰：

> 陆士谔，好学深思之士也。其于《灵》《素》《伤寒》《金匮》等书极深研几，历十余年如一日。昼之所思，夜竟成梦。夜有所得，旦即手录，专致之勤，不啻张隐庵氏之注《伤寒》也。顾积学虽富，性太刚直。每值庸工论治，谓金元四大家之方药重难用，叶香严、王

298

潜斋之方药轻易使，陆子辄面呵其谬，斥为外道之言。夫病重药轻，无补治道；病轻药重，诛伐无辜。论药不论证，斥之诚是。然此辈碌碌，何能受教，徒费意气，结怨群小，在陆子亦甚不值也。余尝以此规陆子，而劝其出所学，以撰一便于初学之书，俾后之学者。得由此阶而进读《灵》《素》《伤寒》，得造成为中工以上之士，则子之功也。夫医工之力，不过能治病人之病；医书之力，则能治医工之病，于其勉之，陆子深韪余言，操笔撰述，及一载而书始成。其网罗之富，选才之精，立论之透，初学之书所未有也。较之《必读》《心悟》等，相去奚啻霄壤。余因名之曰《医学南针》，陆子谦让未遑。余曰，无谦也，子之书不偏一人，不阿一人，唯求适用，大中至正，实无愧为吾道之南针也，因草数言弁之于首。

民国九年庚申夏历二月唐念勋纯斋氏序于珠溪医室

是年夏，作《孽海情波》，由上海沈鹤记书局出版。

1921 年（民国十年　辛酉）四十三岁

4 月，作《增评温病条辨》，（清）吴塘原著，先生增评。
5 月，作《王孟英医案》，上海世界书局出版。哈守梅序曰：

青浦陆君士谔，名医也。其治症，闻声望色，察脉问证，洞见藏府，烛照弥遗。就诊者无不叹为神技，而不知君固苦心得之也。余以善病喜读医籍，去年冬，购得《医学南针》，读之大好，因想见陆君之为人。与君畅谈医学并及近代名流，君于王孟英氏最为推服……因出其自编之孟英医案，分类排比，眉目朗然，余不禁狂喜，劝之发刊。君曰，孟英原案，犹《资治通鉴》，余此编，犹纪事本末，不过自备检查尔，何足问世。余曰初学得此，因证检方得见孟英之手眼，未始非君之功也。陆君颇题余言，余因草其缘起，即为之序。

民国十年五月金陵哈守梅拜序

陆士谔自序曰：

《王孟英医案》有初编、续编、三编之分，编者不一其人，而《归砚录》则孟英自编者也。余性钝，读古人书，苦难记忆，而原书编年纪录检查又甚感不便，因于诊余之暇，分类于录，籍与同学讲解。外感统属六淫故，风温、湿温间有编入外感门者。夫孟英之学得力于枢机气化，故其为方于升降出入，手眼颇有独到；而治伏气诸病，从里外逗，尤为特长。大抵用轻清流动之品，疏动其气要，微助其升降，而邪已解矣。其法虽宗香严叶氏，而灵巧锐捷，竟有叶氏所未逮者。余尝谓孟英于仲夏伤寒论、小柴胡汤、麻黄附子细、辛汤诸方必极深穷研，深有所得。故师其意不泥其迹，投无不效。捷若桴鼓，读者须识其认证之确、立方之巧，勿徒赏其用药之轻，庶有获乎！

民国十年五月青浦陆士谔序于松江医室

农历六月，作《丸散膏丹自制法》。1932年5月再版，由陆士谔审订。先生自序曰：

> 客有问此书何为而作也，告之曰，神农辨药，黄帝制方，圣王创制为拯万民疾苦。伊尹、仲景后先继起，孙邈有《千金》之著，王涛有《外台》之集，《圣济》《圣惠》各方选出，无非本斯旨而发未发光大之。自世风日下，业此者唯知鸢利，罔识济人，辄以己意擅改古方药名，虽是药性全非。医师循名用辄有误，良可慨也，本书之作意在使制药之辈知药方定自古贤，药品之配合分量之轻重、制法之精粗，丝毫不能移易。各弃家技一秉成规，庶几中国有统一制药之一日，按病撰药无不利药病有桴鼓应之，斯民尽仁寿之堂，是所愿也。有同道者盍兴乎，来客悦而退，因讹笔记之以叙本书。

民国十年夏历六月陆士谔序

全书分为内科门四十一类、女科门九类、幼科门十一类、外科门十类、眼科门六类、喉科门七类、伤科门、医药酒门……

是年，增补重编《叶天士医案》，上海世界书局出版。

是年，作武侠小说《血滴子》，又名《清室暗杀团》，二十回，六万多字。现存民国十年（1921）六月上海时还书局铅印本一册。卷首有民国十五年（1926）长沙张慕机序。此书在当时尤为风行，还改编成京剧在沪上演。

1922年（民国十一年 壬戌）四十四岁

元月，《绣像清史演义》序，写于松江医寓。

是月,《七剑三奇》,上海中华新教育社出版,共四十回。现存民国十一年(1922)上海中华新教育社平装铅印本二册,二万多字,首有作者序,卷后有李惠珍识语。

6月,编《增注古方新解》。

约是年,撰侠义小说《七剑八侠》,共二十四回,由上海时还书局出版发行。第二十四回中写道:"种种热闹节目都在续编之中,俟稍停时日,当再与看官们相会。《七剑八侠》正篇终,编辑者陆士谔告别。"

1923年(民国十二年 癸亥)四十五岁

10月,《薛生白医案》第三版。

是月,《八大剑仙》第十版。

是月,《金刚钻》报创刊,陆士谔曾协助孙玉声编撰《小金刚钻》报。

1924年(民国十三年 甲子)四十六岁

4月,作《医学南针》二集,上海世界书局出版。首有先生自序题:"民国十三年甲子夏历四月青浦陆守先士谔甫序于松江医寓";亦有唐纯斋序曰:

> 陆君士谔名守先,医之行以字不以名,故名反为字掩。而君于著述自著,辄字而不名,故君之名,舍亲戚故旧外,鲜有知者。角里陆氏系名医陆文定公嫡系,为青邑望族,代有闻人。而以医学名世者,则自君始。君为午邑名儒兰垞先生哲嗣。先生学问经济名重一邑,而屡困场屋,以一明经终,未得施展于世。有子三人,俱著名当世。君其伯也,仲守经,字达权;季守坚,字保

302

权，均驰声军政界，为世所重。而君之学尤粹。君以预防为主医学，极深研几，每发前人所未发，于五运六气、司天在泉，则悟地绕日晹。以新说释古义，语透而理确；于伤寒温热、古方今方，则以经病络病，一语解前贤之纠纷。盖君喜与经生家友，每借经生之释经以自课所学，故所见迥绝恒蹊也。角里在松郡之西，青溪环绕，九峰远拥，地灵人杰。王述庵以经著名，陈莲舫以医术行世，惜莲舫之道、之行而未有著述；述庵之学、之博而未曾知医。君今以经生之笔，释仲景之书，明经络之分治，导后学以准绳，湖山增色。吾闻君之《医学南针》共有四集，此其第二集也。以辨证用药读法为三大纲，较之初集进一步矣。其三集则专以外感内伤立论，四集则专释伤寒金匮，甚望其早日杀青也，是为序。

是月，清明节，刘绣、刘曼君、刘缙、刘龙《先父刘三收葬邹容遗骸的史迹》一文中曰：

1924 年清明节，章太炎、于右任、张溥泉、章士钊、李印泉、马君武、冯自由、赵铁桥诸先生来华泾祭扫先烈邹容茔墓时，吾父权作主人，于黄叶楼设宴招待。章太炎先生与吾父所吟今尚能背诵。太炎先生诗云："落泊江湖久不归，故人生死总相违。至今重过威丹墓，尚伴刘三醉一回。"吾父缅怀亡友，追念往事，悲慨遥深地吟曰："杂花生树乱莺飞，又是江南春暮时。生死不渝盟誓在，几人寻冢哭要离。"

7月，《女皇秘史》由时还书局出版。此为《清史演义》之第四部。作者自序称于民国十三年（1924）七月，青浦陆士谔甫序于松江医寓。是月24日，江苏督军齐燮元、浙江督军卢永祥为争夺上海地盘酝酿战争。本县局势紧张。驻松浙军封船百余艘供军用，居民纷纷避迁。县议会及各法团电致北京及江浙当局，呼吁和平。

　　是月中旬，先生先遣其妻避上海，与长子清洁看守家门。

　　是月29日，先生避难第二次来沪。

　　9月30日，江浙战争爆发，史称齐卢之战。县城学校停学，商店多半歇业。

　　10月12日，浙江督军卢永祥兵败下野，江浙战争结束。松江防守司令王宾等弃城潜逃。先生第三次赴沪。在《战血余腥录》中先生叙述了他第三次来沪悬壶之情形。

　　先生避难来沪后，聊假书局应诊。民国十四年（1925）六月，他先是在英界四马路画锦里口老紫阳观融壁上海图书馆行医，民国十四年十一月十二日，后又迁移到英租界跑马厅汕头路23号新层；民国二十二年（1933）九月，他再次迁移到公共租界中央区，汕头路82号。

　　一日，有广东富商路过上海图书馆，恰巧看到士谔正为病家诊脉开方，就上去攀谈。一交谈，就觉得陆士谔精通医学，请陆出诊，为其妻治病。士谔在病榻边坐下，一看病人骨瘦如柴，气若游丝。原来已卧床一月有余，遍请名家诊治，奈何无灵。病情日见沉重，饮食不思，气息奄奄。富商请陆士谔来看病，也是"死马当活马医"。诊脉后，士谔开好药方说："先吃一帖。"第二天，富商又到诊所邀请，说病人服药后就安然熟睡，醒来要吃粥了。这样经过半个月的诊治，病人霍然而愈。富商感激不尽，登报鸣谢一月，陆士谔的医名由此大振。不久就定居于汕头路82号挂牌行医，每日门诊一百号。

12 月 27 日，在《金刚钻》报"诊余随笔"，先生撰文谈小儿虚脱症及其疗法。

是年，先生修《云间珠溪陆氏谱牒》（不分卷），署"陆守先修"，其侄陆纯熙在《云间珠溪陆氏谱牒》中曰："士谔叔父就珠街阁近支先行编纂校雠，即竣，付诸石印，分给同宗俾珠街阁近支世系。已可按世稽查。"

关于《云间珠溪陆氏世系考》陆纯熙述曰：

> 守先谨按：吾宗谱牒世甚少，刊本相沿至今，即抄本亦复罕购，浸久散佚，世系将未由稽考，滋可惧也。此百数十年中急需修入者不知凡几。屡拟评加修订，而宗支散处，调查綦难，因商之，士谔叔父就珠街阁近支先行编撰。校竣，即付之石印，分给同宗，俾珠街阁近支世系已可按世稽查。

中华民国十三年十一月十八日纯熙谨识

1925 年（民国十四年 乙丑）四十七岁

1—6 月，《金刚钻》报连载其短篇小说《环游人身记》。

在其科幻短篇小说《寒魔自述记》和《环游人身记》中，作者通篇运用了生动贴切的比拟和比喻来说明病毒侵入人体之途径。如《寒魔自述记》叙述了"途"之六兄弟：风魔、寒魔、暑魔、湿魔、燥魔、火魔漫游人体之经历，从而感受到"此为世界风景之最"。在《环游人身记》中则记述了"余"挟暑风二伴"登女郎玉体"分道从"寒府"，人之汗毛孔和"樱唇"通过咽窍（食管）、喉窍、颃颡舌本、脾脏（少阴脉）、肾脏（阳阴脉）、胃府进入人之膏粱之体，它们环游人身一周。文中穿插了"余"与暑伴等之对话，辛辣地讽刺了那种不学无术的庸医，同时倍加推崇名医之医术医德。上述两篇，皆具有较强的故事性和情节化的特点，语言亦幽默风趣，读来引人入胜。

是年，作《今古义侠奇观》，该书演历代十四位男女义侠的故事。出版广告启曰："当行出色撰著武侠说部之老手陆士谔君，收集古今英雄侠义之事迹，仿今古奇观之体例，编成《今古义侠奇观》一书，以为配世化俗之工具。情节离奇，文笔紧凑，聚数千年来之侠义于一堂，汇数十百件之佳话为一编，前后合串，热闹异常……写英雄之除暴，则威风凛凛；写义侠之诛奸，则杀气腾腾，可以寒奸人之胆，可以摄强徒之魂……洵足以励末俗，而挽颓风。"①

在《留学生现形记》封底，亦将其列为最新出版之小说名著：

吴趼人：《二十年目睹之怪现状》《九命奇冤》《电术奇谈》

李涵秋：《近十年目睹之怪现状》《自由花》

海上说梦人：《歇浦潮》《新歇浦潮》

徐卓呆：《人肉市场》

不肖生：《江湖义侠传》

陆士谔：《今古义侠奇观》《剑声花影》

以及名家译著：《十五小豪杰》等共二十二种。

是年，作《续小剑侠》，由上海时还书局出版。

---

① 见于《红玫瑰》杂志第三十二期广告。

4月，作《小闲话》连载。另有医学杂论《治病之事》《治病日记》。

8—12月，作《义友记》，连载于《金刚钻》报。

是年，《金刚钻》报登载《内科陆士谔诊例》一个月。

3月，《金刚钻》报记曰：

世界书局管门巡捕某甲，于正月二十一日晨正洗脸间，忽然仆倒，就此一蹶不醒，不及医治而死。及后该局经理沈知方叙之于先生，并研究其致死之由。先生曰，此则唯有"脱"与"闭"两症。"脱"则原气溃散，"闭"由经络闭塞，闭则有害其生，脱则虽有神丹，难挽回也。沈君曰，死者全身青紫。越曰，两医解剖其尸，则肺脏已经失去其半。先生曰，该捕平日必酷嗜辛辣而好之饮烧酒，不然肺何得烂，然其致死之因，虽由肺烂，而致死之果，实系气闭。因仆侧肺之烂叶遮住气管，呼吸不通，故遂死也。询之果然。

是月，《金刚钻》报载有一病人家属严寿铭感谢他的信曰："舍亲俞幼甫谈及避难来申之陆士谔，姑往一试，至四马路画锦里口上海图书馆陆寓，延之来诊。不意药甫下咽，胸闷既解，囊缩即宽。二诊而唇焦去、身热退。三诊而能饮半汤，四诊而粥知饥矣。"

是月，先生著《温热新解》。先是《金刚钻》报发表，1933年9月又在《金刚钻月刊》重版。

5月，先生在《金刚钻》报"读书之法"中曰：

先父兰坨公以余喜涉猎古史，训之曰，读书贵精不贵博，汝日尽数卷书，聊记事迹耳，其实了无所得。因出《纲鉴正史》曰，何如……余遂以刘三（小学家）读经之法，读秦汉唐各医书，而学始大进。辨论撰方，自谓稍易着手，未始非读书之益也。

5 月 27 日，先生曰："余自《医学南针》出版而后，虚声日著。远客搭车来松者，旬必有数起，均系久来杂病，费尽心机，效否仅得其余。及避难来沪，沪地交通便利，百倍松江。囊时远客，仅沿沪杭线各城镇，今则有由海道来者，有由沪宁线各站来者。"

6 月 12 日，《金刚钻》报《陆士谔名医诊例》：

所治科目：伤寒、湿热、咳嗽、妇科、产后、调经各种杂病。

时间：上午十时至下午三时门诊，午后三时出诊。

地址：英界四马路画锦里口上海图书馆。

11 月 12 日，先生迁移到英租界跑马厅汕头路 23 号新层。

1926 年（民国十五年　丙寅）四十八岁

3 月，《剑声花影》第五版刊行。

是月 31 日，在《金刚钻》报上登载《修谱余沈》曰：

今吾家新谱告成，自元侯通至士谔凡七十九世……原原本本，一脉相承，各支宗贤亦均分载明白。扬洲别驾分类，为吾二十六世祖，娄王逊为吾五十八世祖……

4 月 14 日，先生作《寒魔自述记》连载于《金刚钻》报。

12 月，《家庭医术》初版，上海文明书局印行。1930 年再版，署"辑选者陆士谔"。

1928 年（民国十七年 戊辰）五十岁

2 月，《顺治太后外纪》五版，由上海进步书局印行。

4 月，《绘图新上海》五版。

4 月，由范剑啸著、先生参与润文的小说《双蝶怨》由上海大声图书局出版。

9 月，《古今百侠英雄传》由上海时还书局出版发行，标绘图古今侠义小说。先生自序曰：

> 余嗜小说，尤喜小说之剑侠类者。所读既多，未免技痒。缘于诊病之余，摇笔舒纸，作剑侠小说。在当时不过偶尔动兴，聊以自遣，不意出版之后，竟尔风行，实出余意料之外。意者下里巴人，属和遍国中耶？

> 中华民国十七年八月十五日
> 青浦陆士谔序于上海汕头路医寓

是年，出版《北派剑侠全书》与《南派剑侠全书》。在《古今百侠英雄传》之末页，附南北两派剑侠全书总目：

> 北派：《红侠》、《黑侠》、《白侠》、《三剑客》（二册）。
> 南派：《八大剑侠传》、《血滴子》、《七剑八侠》（二册）、《七剑三奇》（二册）、《小剑侠》（二册）、

《新剑侠》（二册）。

10月，作《新红楼梦》，由上海亚华书局出版。

是年，《金刚钻》报登载《内科陆士谔诊例》一个月。

1929年（民国十八年　己巳）五十一岁

元月，作短篇《记平湖之游》①，作者于冬至日作平湖之游，其记曰：

> 平湖多陆氏古迹，此行得与二千年前同祖之宗人相聚，意颇得也……盖平湖支为唐宰相宣公系。宣公系三国东吴华亭候补丞相逊之后，而吾宗为选尚书王昌之后，王昌与逊在当时已为同曾祖姜昆，故吾宗与平湖陆氏，为二千年前一家。考诸家乘，信而有征也。此次邀余往诊者，为平湖巨绅陆纪宣君。甲子秋，余避难来沪，纪宣亦携眷来沪。其夫人患病颇剧，邀余往诊，遂相认识。由是通信，如旧识焉。

是年，作武侠长篇小说《江湖剑侠》，共四十回，由国华书局出版。回目前写有"陆士谔著、蔡陆仙评"。并有云间吴晚香之序言，写于上海。其序文称：

> 青浦陆士谔先生精"活人术"，复长于写武侠小说。形其形状，其状惟妙惟肖，可骇可惊。历次所作，阅者无不击节。盖先生于乱世触目伤心、愤激之余，发为奇

---

① 于1929年1月6—12日连载于《金刚钻》报。

文，非以投世俗之所好也，聊以鸣方寸之不平耳。

蔡陆仙先生第一回评曰：

叙武侠本旨如水清石出，历历可见。所谓探骊得珠，已白占足身份，况描写官吏之嚚顽、社会之黑暗、胥吏之残酷，无不细心若发，洞若观火，笔墨酣畅，尤有单刀直入之妙。

1930 年（民国十九年　庚午）五十二岁

2 月，作《龙套心语》，共三册，书末标社会小说。以龙公名义发表。由上海竞智图书馆出版。此书先是在《时报》连载，现上海图书馆存有《时报》版剪贴本和竞智图书版本两种。书前有龙公自序、答邮人书（代序），又有马二先生序。序曰：

《龙套心语》著者署名"龙公"，不知其何许人也。全书二十四回。著者自云"记载南方掌故，网罗江左侠文"。语虽自负，正复非虚。

篇末曰：

著者必为文章识见绝人之士，而沉沦于末察者，故能巨细靡遗，滔滔不尽，若数家珍。虽曰诙谐以出之，而言外余音，固含有无限感慨，殆所谓伤心人别有怀抱者耶？

1984 年，文化艺术出版社在"中国史料丛书"中再版推出此

311

书，更名为"江左十年目睹记"，并认为本书的作者是姚鹓雏，首页为柳亚子题序，1954 年 7 月 20 日写于首都。（是年 6 月 25 日姚鹓雏先生卒。）又增加了出版说明和常任侠序，并将其置于马二先生原序之前，同时亦保留了龙公自序。书后附吴次藩、杨纪璋增补的《龙套心语·人名证略》。《龙》书首页及封底皆为云间龙在空中飞舞，与陆士谔之《商界现形记》同。其书之目录"一士谔谔有闻必录"，作者自己充当书中之人物，亦与其小说风格一致。故据本人考证，此书作者应为陆士谔。①

3 月，陆清洁编辑、陆士谔校订的《万病险方大全》由上海国医学社印行，国医学社出版，中央书店发行。次年 7 月再版。夏绍庭序曰：

> 青浦陆士谔先生邃于医学，莅沪行道有年，囊尝闻其声欬。审知为医学士，平生撰述甚富。著有《医学南针》一书，精确明晰，足为后学津梁。今其哲嗣清洁英台秉性聪慧，为后起秀。既承家学之渊源，又竭毕生之心力，广摅博采，罗致历年经验良方汇成一书。

民国十有九年暮春之初夏绍庭序于九芝山馆

陆清洁自序：

> 智者千虑，必有一失。愚者千虑，必有一得。故名医之处方，有时而穷，村姬之单方，适当则效，非偶然

---

① 可参见田若虹《陆士谔小说考论》第六章第二节：《〈江左十年目睹记〉著者考》。

矣。谚称"单方一味，气死名医"。夫单方非能气死名医也，必单方神效，如鼓应桴始足当之无愧。本书各方，苦心搜访，南及闽粤，北至燕晋，风雨晦明，十易寒暑。而异僧奇士，秘而不宣人之方药，必有百计以求之。一方之得，必先自试用，试而有验，珍同拱璧。有历数月不得一方，有一日间连获数方。积之既久，乃编为十有三种。包罗有系，或谓余篇有仲景之验、千金之富、外台之博，则余岂敢。余编是篇，聊供乡僻之处，医士寥落、药铺未计所需耳。初无意问世也，平君襟亚热情殷殷，坚请付印，盛情难却，始从其议。然自审所编，挂一漏万，在所不免，知我罪我，唯在博雅君子。

中华民国十九年三月陆清洁序于沪寓

4月15—30日，《小闲话》中以王孟英医书为题，论及当时医林之风尚：

> 海宁王孟英，为清咸同间名医。近世医者多宗医说，喜以凉药撰方，或谓近日医家之弊，孟英创之也，欲振兴古学，非废孟英书不可。余颇不然之。孟英当日大声疾呼，立说著书，无非为救弊补偏之计。源当时医者不认病症，不究病源，唯以温补药为立方不二法门，故孟英不得已而有作也。试观孟英医案，救逆之法为多，亦可见当时医林风尚之一斑。

1924—1936年，先生在《新闻夜报》副刊《国医周刊》上主笔介绍医药知识，亦公开为病家咨询。

6月，先生《家庭医术》再版。

是年，先生在如皋医学报五周汇选撰《中西医评议》，就中西医之汇通问题与余云岫展开论辩，双方交锋数月。先生认为："中西医学说，大判天渊。中医主张六气，西医倡言微菌；一持经验为武器，一仗科学为壁垒，旗帜鲜明，各不首屈。"然而两相比较，则"形式上比较，西医为优；治疗上比较，中医为优。器械中比较，西医为胜；药效上比较，中医为胜。为迎合世界潮流，应用西医；为配合国人体质，应用中医"。

是年，《金刚钻》报登载《内科陆士谔诊例》一个月。

1931 年（民国二十年 辛未）五十三岁

是年，清廉考入江苏省苏州中学高中部。"九一八"时，他积极参加请愿团宣传抗日，并与同学胡绳一起创办了社会科学研究会，宣传马列主义。

先生仍在上海行医，又任华龙小学校董。先生女婿张远斋任校长，女儿敏吟和清婉皆任教员。先生之剑侠小说约写于1916—1931 年间，大多由时还书局出版。其历史小说以历史事件为基础，而根据稗官野史、民间传闻加以敷衍虚构而成，故曰："书中事迹大半皆有根据，向壁虚造，自信绝无仅有。"当时他曾摘诸家笔记中剑侠百人，别录成册，以备异时兴至，推演成书。后老友郑君彝梅见之，劝之付梓，先生辞不获，因草其摘取之。其剑侠小说为《英雄得路》、《顾珏》、《红侠》、《黑侠》、《白侠》、《七剑八侠》、《七剑三奇》、《雍正游侠传》、《剑侠》、《新剑侠》、《今古义侠奇观》、《小剑侠》、《江湖剑侠》、《古今百侠英雄传》、《新三国义侠》、《新梁山英雄传》、《八剑十六侠》、《剑声花影》、《飞行剑侠》、《八大剑仙》（又名《八大剑侠传》）、《三剑客》、《血滴子》、《北派剑侠全书》、《南派剑侠全书》二十四种。此外有评点《双雏记》和《明宫十六朝演义》两种。

11 月，先生在《金刚钻》报撰《说部杖谈》曰：

> 他人作小说，而我为之评注，非易事也。下笔之初，必先研究作者之布局如何、用意如何，首尾如何呼应，前后如何贯穿，何为伏笔，何为补笔，何为明笔，何为暗笔，探微索隐，真知灼见，而后其评注乃不悖于本义。圣叹评《水浒》《西厢》，虽未都尽餍人意，要其心思之缜密，笔锋之犀利，能发人所未发，则似亦不可没也。仆才不逮圣叹万一，更乌评注当代名小说家之杰作，而平江向恺然先生，即别署不肖生者，著《近代侠义英雄传》说部，乃由老友济群以函来嘱余为评，辞意颖颖，弗能却也。谬以己意为之评注，漏疏忽略无当大雅，固于《侦探世界》之辑余赘墨中，言之数矣。

是年，借《侦探世界》半月刊，在其杂文《说部杖谈》中提及：

> 他人作小说，而我为之评注，非易事……固于《侦探世界》之辑余赘墨中，言之数矣。

是年，《金刚钻》报登载《内科陆士谔诊例》一个月。

1932 年（民国二十一年 壬申）五十四岁

5 月，其医书《丸散膏丹自制法》再版。

是年，《金刚钻》报登载《内科陆士谔诊例》一个月。

1933 年（民国二十二年　癸酉）五十五岁

元月，作杂文《说小说》曰："近年小说之辈出，提及姓名妇孺皆知者，意有十余人之多。革新以来，各界均叹才难，只小说界人才独盛，此其中一个极大之原因在……"指出了小说之所以不同于诗赋等文学体裁之五种原因。

是月，作散文《雪夜》。作者在风雪之夜，斗室寂居，颇有感慨：

> 斗室之中，有一寂然之我也。由既往以识将来，百阅百年，此间更不知成何景象。是否变为崇楼杰阁、灯红酒绿之场，荒烟衰草、鬼泣鸦鸣之地，虽尚未能预测，而此日此时此地，未必恰有此风雪，可以决定，即使百年后之此日此时此地，未必恰有此风雪，无论如何，此斗室总已不复存在，此斗室中之我总已不复存在，可断言也。夫然则我之为我，原属甚暂，夫我之为我，即属甚暂，则此甚暂之我，对此甚暂之时光，何等宝贵①。

是月，作散文《快之问题》，慨叹时光之流逝曰："吾诚惧者，老死而犹未闻道，未免始终有失此时光耳。"

是月，在"民众医学常识"栏目谈医说药。从 2 月至 8 月连载。

2 月，另作小品文《白话教本》《新文学》二种。

是月，作散文《春意》曰："春风嘘佛，春气融和，春色碧

---

① 《金刚钻》报 1933 年 1 月 2 日。

色，春水绿波，春花之开如笑，春鸟之鸣似歌，凡此种种，风也，气也，草也，水也，花也，鸟也，皆可名之曰春意……"①

是月，《金刚钻》报"全年订户之利益"栏目（二）推介《金刚钻小说集》一册曰：

> 小说集中所刊字文，俱戛戛独造之作。短篇数十种各有精彩，长篇三种尤为名贵。长篇一，程瞻庐之《说海蠡测》、海上漱石生之《退醒庐著书谈》……短篇，漱六山房《西征笔记》、陆士谔《猫之自序》……

3月，在"医紧商榷""春病之危机"栏目连载医文。

4月，作《温病之治法》《我之读书一得》《泅溪书质疑》等医学小品文。其曰："辨药唯求实用，读书唯在求知，知之为知之，不知为不知，如武进、邹闰阉之疏证，斯为得矣。"②

是月，"月刊启事"栏目编者曰："某人略谙医药，便自诩神仙。陆君擅歧黄术，将医药常识尽量贡献，神仙之道，完全拆穿；养生之道，十得八九。是医生应该多读读，可以祛病延年；不是医生也可以增进学识。"③

5月，作《清郎中门槛》《医海观潮》《钟馗嫁妹》等小品文。

9月，谈"人参之功用""脚湿气方"，在"医经节要""答言"栏目谈医说药。

是月，作小品文《马桶》《四库全书》《僵先生（二）》等。

是月，编辑《青浦医史》。

---

① 《金刚钻》报1933年2月14日。
② 《泅溪书质疑》，《金刚钻》报1933年4月15日。
③ 《诊余随笔》，《金刚钻》报1933年4月24日。

是月，迁移到公共租界中央区汕头路 82 号。

10 月，先生续汪仲贤的小品文《僵先生》第一集，载于《金刚钻月刊》。全书共三集：其一《僵先生》汪仲贤著；其二《僵先生打开僵局》陆士谔续；其三《僵先生一僵再僵》汪仲贤著。

11 月，先生连载在《金刚钻》报上的短篇小说《寒魔自述记》与《环游人身记》结集重版于《金刚钻报月刊》。

是月，作笔记体小品文《鉴古》。

是年，《绣像清史演义》五版。撰医书《奇虐》等。

是年，《金刚钻》报登载《内科陆士谔诊例》一个月。

1934 年（民国二十三年　甲戌）五十六岁

是年，作《国医新话》，并继续在公共租界英法租界出诊。

公共租界：中央区西至卡德路、同孚路，东至黄浦滩，北至苏州路，南至洋泾浜。

法租界：西至白尔部路、横林山路、方浜桥路，南至民国路，北至洋泾浜，东至黄浦滩。在"陆士谔论医"栏目中提及《国医新话》及其所著有关医书：

> 丞曰：士翁先生通鉴，久仰鸿名，恨未瞻韩，晚滥竽商途，公余，常求医学。然以才短理奥，毫无所得。数年前得大著《医学南针》，指示之深如获至宝。余力诵读，只得一知半解，先贤入门之作，均无此中明显，初学宝筏真为稀有。三、四两集屡询津中世界书局分局，出书无期，去岁秋得公著《国医新话》及《医话》，理论精微，断诊明确，并指示种种法门，开医药之问答，能于百忙之中行此人所难能者。仁心济世，景慕益

殷，夫邪说乱政，自古已然，海通以还，西术东来，尤甚于古。当此国人遭医劫之秋、后学失南针之日，吾公雄才大辩，融会今古，绍先圣之正脉，开启后进；障邪说之狂流，挽救生民，天心仁爱，降大衍公也……而敬读尊著，几无一日可离，然除得见者外，如《钻》报之发行所《医经节要》《邹注伤寒论》《新注汤头歌诀》《寒窗医话》未知何家代印发行，统希赐示，俾得购读，使自学得明真理。

民国二十六年五月十九日

是年至次年，由陆清洁编辑、陆士谔校订的《医药顾问大全》（共十六册），由上海世界书局陆续印行。

此书有八篇他序（夏序、丁序、戴序、贺序、蔡序、汪序、杨序、俞序）和一篇作者自序。

俞序曰：

陆君清洁，性谨厚，工厚文。其尊翁士谔先生，为青浦珠街阁名医，精岐黄术。为人治病，常切中病情十全八九，又擅长文学。所著《医学南针》，传诵医林，实天土灵胎第一人也。清洁幼承庭训，学有渊源，而于医学造诣尤深。处方论病，广博精湛，深得其尊翁医学之精髓。

是年，组织中医友声社，在电台轮值演讲中医常识，先生主讲"医学顾问大全"。

3月，在"谈谈医经""小言"栏目谈医说药。

319

10 月，谈中医研究院问题曰：

缘眼前医界，有伪学者，有真学者。所谓伪学者，乃是说嘴郎中，全无根底，摇笔弄墨，居然千言立就，反复盘问则瞠目不能答一语，此等人何能与之群？此一难也。真学者中又有内经派、伤寒派之分……①

是年，先生于《杏林医学月报》发表《国医与西医之评议》，此文针对当时中医改良思潮而发。

是年，先生发表《国医之历史》《释郎中》两种医书。

是年，《金刚钻》报登载《内科陆士谔诊例》一个月。

1935 年（民国二十四年　乙亥）五十七岁

《金刚钻月刊》记曰：

青浦陆士谔先生，来沪已有十载，凡伤寒、温热、妇科各症，经先生治愈者，不知凡几。且素抱宏志，开拓吾学，治愈之各种奇症。自撰医话，刊布《钻》报，方案原原本本，足供《医学南针》。唯手撰医书十种在世界书局出版者，均系十年前旧作。近来因忙于酬应，反无暇著书，未竟之稿，未能继续，徒劳读者责问耳。先生常寓公共租界中央区汕头路 82 号，门牌、电话九一八一一。②

---

① 《金刚钻》报 1934 年 10 月 9 日。
② 《金刚钻月刊》第二卷第一集。

该期还刊登了先生《著作界之今昔观》。此文揭露和抨击了古今那种喜出风头，贯于剽窃成文、据为己有，或以本人名微，辄托前代名人"学者"之不正文风。

元月，先生的《七剑八侠》续编十三版，由上海时还书局出版发行。正、续编二册，定价二元六角，续编共二十回。

4月，先生的《八大剑侠传》亦由上海时还书局出版发行。第二十一版篇末曰："是书草创之始，原拟撰稿二十回，不意撰述至此，文义已完。增书一字，便成蛇足。陡然终止，阅者谅之。"

1936 年（民国二十五年　丙子）五十八岁

1—10月，先生在《金刚钻》报连载《按王孟英医案》。

2月26—27日，先生在《金刚钻》报"医林"栏目发表《论藏结》上、下篇。

4月28—30日，陆清源在《金刚钻》报发表《伤寒结胸与痞之研究》一至三篇。

7月，作《士谔医话》曰："自撰医话，刊布《钻》报，方案原原本本，足供《医学南针》。"由世界书局发行。在1924—1936年间，先生常在《金刚钻》报的"诊余随笔"及"管见录"上撰文。《金刚钻》报编辑济公（施济群）曰："陆士谔先生在本报撰'诊余随笔'颇得读者欢迎，后因诊务日忙而轰，近先生复以'管见录'见贻，发挥心得，足为后学津梁。"①

7月8—15日，先生在"医药问答"栏目解疑答难。

7月19—20日，作《黑热病中医亦有治法吗》，发表于《金刚钻》报。

---

① 《金刚钻》报1925年5月18日。

8 月 20—21 日，作医学论文《微菌》上、下篇，发表于《金刚钻》报。

8 月 31 日—9 月 1 日，先生在《金刚钻》报发表《论学术之出发点》上、下篇。

10 月，《清史演义》第四部《女皇秘史》重版。

《清史演义·题词》丹徒左酉山曰："金匮前朝尚未修，鸿篇海内已传流。编年一隼温公体，杂说原非野乘俦。笔挟霜天柱下握，版同地编枕中收。吾家曾作《春秋》传，愿附先生文选楼。"

10 月 1—6 日，先生长子陆清洁发表《驳章太炎先生伤寒论讲词》1—7 篇。

10 月 2—7 日，在《金刚钻》报"医林"栏目发表《江西热疫之讨论》1—6 篇。

1936 年 11 月 13 日—1937 年 1 月 19 日，作杂文《南窗随笔》一、二、三、四集。

11 月 15 日，在《金刚钻》报"医林"栏目发表《经验》上、下篇。

12 月 1—2 日，作杂文《南窗随笔》上、下篇。

12 月 13 日，先生之子陆清源在《金刚钻》报登载启事：

> 清源秉承庭训研读伤寒，一得之愚，未敢自信，刊诸"医林"，广求磋切。正在学务之年，未届开诊之日，辱荷厚爱，有愧知音。自当奋勉研攻，以期不负知我，图报之日，请俟他年。现在，尊处贵恙，期驾临汕头路 82 号诊室就治可也。

12 月 17 日，在《金刚钻》报发表《中西医之辨证法（一）》。

1936 年 12 月—1937 年 1 月 27 日，陆清源在《金刚钻》报连载《伤寒小柴胡汤之研究》。

12 月 20—23 日，在《金刚钻》报发表《再论辨证》谈中医问题。

1937 年（民国二十六年　丁丑）五十九岁

1 月 11—12 日，在《金刚钻》报发表论文《落叶下胎辨》上、下集。

1 月 13 日，在《金刚钻》报"医林"栏目发表医学论文《中医之学术》道："做了三十年来中医，看过百数十种医书，觉得中医的短处，就在理论的话头太多。虽然中医书也有不少罗列证据的，拿它归纳比较，终觉理论占据到十分之六七，证据只有十分之三四，断断争辩，公说公有理，婆说婆有理……究其实在，有何用处？"

1 月 15—16 日，在《金刚钻》报发表医学论文《研读叶氏温热篇》上、下集。

1 月 18 日，在《金刚钻》报发表中医理论文章《辨证》。

1 月 19 日，在《金刚钻》报发表短文《邹氏书之销数》。

1 月—3 月 24 日，先生在《金刚钻》报连载《叶香严温热病篇》。

1 月 23—24 日，先生作杂文《中医要自力更生》曰：

> 要知道自己的长，先要知道自己的短。中医的短处就好似古代传流的理论，叫作医者意也，讲的都是空话。说长道短，口若悬河，嘴唇两爿皮，遇到病症，便如云中捉月、雾里看花地胡猜乱道，一个病都用医者意也的法子诊治。……中医的长处，也就是古代传流的辨

证法，叫作症者证也……

1月26—28日，先生作杂文《医者意也之谬》在《金刚钻》报连载。

2—3月，陆清源在《金刚钻》报连载《伤寒阐疑》。

3月，由陆清洁编辑、陆士谔校订的《大众万病顾问》，于是年三月初版。民国三十五年（1946）十一月新三版，编者自云："是书也，四易其稿，历三寒暑。约二十万言，以疗治虽不言尽美，然比较完备，可断言也。……民国二十四年（1935）六月，青浦陆清洁序于杭州板桥路医庐。"

戴达夫为其序曰：

陆君守先，青邑人也。为明文定公嫡裔。博通经籍，妙用刀圭。二十四番风遍栽杏树，八千里余纸抄录奇书。女子亦识韩康，士夫群推秦缓。哲嗣清洁，毓灵毓秀，肯构肯堂，飘飘乎横海之鱼龙，乎缑山之鸾鹤。况能志勤学道，训禀经畬，勉受青囊。精言白石，待膳侍寝之暇，博极群书。闻诗礼之余，耽窥奥衍。餐花梦里，贮锦胸中。摇虎毫而成文，不愧云间才调。喜龟蒙之继德，依然郁石清风。爰著万病验方大全，而丐序于余……

岁次上章敦牂春莫馀干戴达夫序于上海医学会

汪寄严先生序：

清洁同志，英敏多才，国医先进陆士谔先生哲嗣

324

也。幼承庭训，家学渊源，宜乎头角峥嵘，矫然特异。其编撰是书，都二百万言，阅十寒暑始成。浸馈功深，洵巨制也。伏而读之，内外兼备，妇幼不遗。其于病理之叙述推阐靡遗，而于诊断治疗，则多发人所未发。骎骎乎摩仲圣之垒，驾诸家而上之。附方分解，以明方药效能，绝非掇拾者所可比。特开辟调养一门，俾病者于新愈时，知所避忌。其努力以发挥国医功效，谳微备至，是开医学之新纪元，尤足为本书生色。国医当此存亡绝续之交，得是书而振起之。同道可精作他山石，后进得奉为指南针，岂仅社会群众之顾问而已哉。

民国二十三年十月新安汪寄严寄于沪江医寓

4月1—31日，先生在公共租界（中央区西至卡德路、同孚路，东至黄浦滩，北至苏州路，南至洋泾浜）、法租界（西至白尔部路、横林山路、方浜桥路，南至民国路，北至洋泾浜，东至黄浦滩一带）出诊行医。时间：下午二时至六时。每日上午在上海英租界跑马厅，汕头路82号寓所看门诊，时间上午十时至下午二时。

《金刚钻》报继续登载《内科陆士谔诊例》一个月。

4月20日，在"医书疑问"栏目中，病友王道存君提出疑问数点，请陆先生解答。先生次子陆清洁先生一一代为解答。

4月22—23日，上海医界春秋社请杭州光圭君回答"疬节痛风"之疑问，沈君转请陆清洁君回答。

4月26日，湖南湘潭李佩吾君，为其夫人之病函曰：

先生出版《国医新话》《医学南针》，指明应读各种方书，佩吾皆一一购备……感将贱内病状敬为先生详陈之。

4月29—30日，作《叶香严外感温热病篇》，刊载于《金刚钻》报。

5月4—24日，《小金刚钻》继续报载《内科陆士谔诊例》。

5月19日，在"论医"栏目，天津景晨君曰："敬读尊著，几无一日可离。然除得见者外，如《金刚钻》报之发行所《医经节要》《新注伤寒论》《新注汤头歌诀》《寒窗医话》，未知何家代印发行，统希示，俾得读。"

5月21日，先生在《南窗随笔》中谈读书体会曰：

读古人书须要放出自己眼光，不可盲从，始能得益。倘心无主宰，听了公公说，就认为公有理；听了婆婆说，就认为婆有理，纵读破万卷书，绝无用处。如柯韵伯之为伤寒大家、吴鞠通之为温热大家，任何人不能否认，但柯韵伯心为太阳之说，吴鞠通温邪处在于太阴经之说，不可盲从也。

5月25日，在"论病"栏目答李佩吾君第二次求医信。

5月28—29日，继续在"论医"栏目中答医解难。

5月30日，在"论医"中提到："南针三、四集，现方在撰述中。"

是月，先生主编《李士材医宗必读》，由上海世界书局出版。

6月1日，先生在《小金刚钻·南窗随笔》撰文，为捍卫祖国医学不遗余力。

6月3—30日，继续在《金刚钻》报登载《内科陆士谔诊例》。

6月8日，在"南窗随笔"中先生阐明中西医之所长曰：

中医重的是形，形易见而神难知，此世俗所以称西医为实在欤。

7月2—30日，在《金刚钻》报继续刊登《内科陆士谔诊例》。

7月16日，先生三子清源在《金刚钻·国医三话》自序中曰：

清源待诊以来，亲承庭训，研读古书，每遇一方，必究其组织之法。为开为合，疗治之道，为正为反。趋时者则笑源为守旧。源亦知假借他人门阀，足以增光蓬荜……所以守草庐，不愿阀阅，奉久命编辑《国医三话》毕，因述其意为述。

7月20—22日，先生在《金刚钻报·论病》中答李佩吾君第三次来函。

7月25日，先生在《中医教育之我见》中谈中医教育曰：

中医之学术，重实验，不重理论；中医之教育，现代都有两途：一是各别教育，一是集团教育。中医学校是集团教育，师徒授受是个别教育。个别教育重在实验，集团教育重在理论。

7月26日，续曰："据余之经验，中医之教育，以个别为适，集团为不适，敢贡献于主持中医教育者。"

8月1日，陆清源在《金刚钻》报上写《国医三话》后序。

8月3日，先生在"论病"栏目中答程君、宝君致函求医。

8月9—13日，陆清源以《桂枝人参汤》为题谈医说药。

1938年（民国二十七年　戊寅）六十岁

秋，刘三病故。陆灵素整理刘三遗稿编成《黄叶楼诗稿尺牍》多卷，交给柳亚子校正刊印，不料太平洋战争爆发，文稿遗失于战火。灵素在痛惜之余，又以惊人毅力收集残稿，刊印出油印本分赠亲友。

是年，撰《内经伤寒》。

1938—1943年，先生悉心行医，整理医学著作。以其医术精湛，医德高尚，而被誉为上海十大名医之一。

1939年（民国二十八年　己卯）六十一岁

1—10月，先生次子清廉任中共晋城县委书记。发动群众减租、减息，组织反扫荡，完成扩军任务。

1940年（民国二十九年　庚辰）六十二岁

3月，清廉下太行山开展平原游击战争。至冀鲁豫区留在党委机关工作，后又担任地委宣传部长、清风县委书记、地委书记、区党委副秘书长等职。1949年，随刘邓大军南下，8月任西南服务团第一支队队长……1955年8月，在中央高级党校学习，结业后任冶金工业部华东矿山管理局局长。1958年8月20日，在北京开会返宁途中，因飞机失事不幸遇难，时年四十五岁。后经江苏省人民委员会追认为革命烈士。①

1941 年（民国三十年　辛巳）六十三岁

是年，《金刚钻》报主编施济群编辑《医药年刊》，在其中"中医改进论"栏目中有先生两篇医学论文：《病名宜浅显说》《陆氏谈医》。后者包括：《病家最忌性急》《说病与认证》《中医之药方》《中医之用药》《膜原之病》《脑膜炎》《小白菜戒白面瘾》《鼠疫治法之贡献》《睡眠病之研究》《黑死病之探讨》。在《医药年刊》之"国医名录"中记载：

陆士谔：内科，跑马厅汕头路 82 号，（电话）九一八一一。

陆清洁：内科，吕班路蒲柏坊 35 号，（电话）八六一四二（杭州迁沪）。

1943 年（民国三十二年　癸未）六十五岁

是年冬，先生中风。

1944 年（民国三十三年　甲申）六十六岁

3 月，先生因中风卒于汕头路 82 号寓所。据传先生中风当日，全家人正共进晚餐，忽闻汕头路 82 号（先生诊所）起火，并见其西厢房上空红光闪烁，原来并非起火，而是一颗陨石坠落。先生亦于是时中风。其长子清洁为其致"哀启"，所叙述的都是关于医药方面之事，于历年来所撰小说只字不提。《金刚钻》

---

① 参见《青浦县志·人物》第三十四篇。

报副总编辑朱大可先生为陆士谔写挽词赞曰：

　　堂堂是翁，吾乡之雄。气吞湖海，节劲柏松。稗史
风人，医经济世。抵掌高谈，便便腹笥。仆也不敏，忝
在忘年。式瞻造像，曷禁泫然。

　　先生在中医学上的卓越贡献和在通俗小说创作方面的建树不
可磨灭，树立了发愤图强的样板，并以"稗史风人，医经济世"
为后人所崇敬。

图书在版编目(CIP)数据

新剑侠 / 陆士谔著. — 北京：中国文史出版社，
2019.3

（民国武侠小说典藏文库·陆士谔卷）

ISBN 978 - 7 - 5205 - 0893 - 3

Ⅰ. ①新… Ⅱ. ①陆… Ⅲ. ①侠义小说 - 中国 - 现代
Ⅳ. ①I246.5

中国版本图书馆 CIP 数据核字（2018）第 270398 号

点　　校：清寒树　旷　野
责任编辑：薛媛媛

出版发行：**中国文史出版社**

社　　址：北京市海淀区西八里庄 69 号院　邮编：100142
电　　话：010 - 81136606　81136602　81136603　81136605（发行部）
传　　真：010 - 81136655
印　　装：廊坊市海涛印刷有限公司
经　　销：全国新华书店
开　　本：720 × 1020　1/16
印　　张：21.75　　字数：254 千字
版　　次：2019 年 3 月第 1 版
印　　次：2019 年 3 月第 1 次印刷
定　　价：71.80 元